藤枝邸の完全なる密室

1

烏賊川《いかがわ》の市街地を遠く離れた山の中腹。キツネかタヌキ、もしくは潜伏中の犯罪者ぐらいしかいないと思える秘密めいた場所に、ただ一軒、でんと建つ西洋風の豪邸がある。烏賊川市で指折りの資産家、藤枝喜一郎《ふじえだきいちろう》の屋敷である。

藤枝喜一郎は若いころ、烏賊釣り漁船の乗組員として活躍。その後、飲食店経営で財をなし、歳を重ねてからは株式投資と不動産売買でその資産を数倍にしたといわれる伝説的人物だ。損することはいっさいしない。採算度外視でやったことは、自伝の出版だけ。

そんな彼の人生はある種の人たちからは《パーフェクトゲーム》と賞賛を集め、またべつの人たちからは《烏賊川のイカサマ野郎》の謗《そし》りを受けている。毀誉褒貶《きよほうへん》の激しいことは、資産家にはありがちなことであるが、喜一郎の場合はマイナス評価が圧倒的に優勢のようだ。彼が人里離れたこの地に一軒家を構えたのは、そんな世間の風当たりを気にしてのことかもしれない。

烏賊川の土手の桜が開花を迎えた三月の終わり。花冷えの厳しい夕刻のこと――

降り続ける冷たい雨の中、藤枝邸を訪れる一台の乗用車があった。運転席に座るのは、仕立てのよい濃紺の背広をスマートに着こなした目つきの鋭い男、藤枝修作《しゅうさく》である。

彼の車は巨大な門を静かにくぐり抜け、広々とした庭の一角に停車した。せわしなく雨粒を掻き分けるワイパーの向こうに、藤枝邸の大きな玄関が見える。

「いよいよ、だな……」

ぼそりと呟《つぶや》く藤枝修作は喜一郎の甥《おい》っ子で、年齢は二十六歳。喜一郎が大株主として名を連ねる某建設会社に所属して三年目。会社では将来を嘱望《しょくぼう》されるエリートである。

理性的で頭の回転が速く決断力に富む修作は、叔父のことが大好きだった。資産家にして倹約家、なおかつ妻も子も持たず、身寄りは甥っ子の修作ただひとり。そんな喜一郎に万が一のことでもあれば、彼の《パーフェクトゲーム》の成果を相続する者は、修作をおいて他にいないのだ。好きにならないわけがない。もちろん修作の願いは、この大好きな叔父がいっさい苦痛を感じることなく、大勢の人々に惜しまれながら、一日でも早く、いや一分一秒でも早く天国へと旅立ってくれることだった。後は、修作が叔父の分も含めて薔薇色の人生を謳歌《おうか》するばかりだ。

遅かれ早かれ、そのときは訪れるはずだった。ところが――

どうやら座してそのときを待っていられる状況ではなくなったらしい。

状況が大きく変化したのは、今週初めのことだ。喜一郎が贔屓《ひいき》にしている美人弁護士から、修作のもとに突然の電話があった。電話の向こうの彼女は、声を潜めて意外な質問。

「あなたの叔父さん、最近、新しい女でもできたんじゃないの？」

修作はあらためて最近の喜一郎の様子を思い返す。いわれてみると、なるほど近頃、喜一郎は少し変かもしれない。本来、着るものには無頓着な彼が、妙に若者めいた服を着ている場面を何度か見かけた。アクセサリーなど嫌いな彼が、誰に貰ったのか洒落《しゃれ》た指輪をしていたこともあった。そういえば、柑橘系のコロンの香りを漂わせていたことも——

振り返れば、思い当たる節はいくつもある。だが、それがなんだというのだ？

「彼、遺言状の書き換えを考えているらしいわよ。内容はよく判らないけれど、あなたにだけは内緒にしといてくれって、何度も念を押されたから、あなたに不利な内容になることだけは間違いないわ。だからあなたも、わたしがこのことをあなたに喋《しゃべ》ったってこと、叔父さんにだけは内緒にしといてね」

ちなみに、この職業倫理に欠ける女弁護士と修作とは、海よりも深く沼よりもドロッとした関係。彼女が修作に有益な極秘情報を垂れ流してくれるのは、その濃密な関係のおかげである。そんな彼女は、「来週、叔父さんと会う約束だから」といった後、最後の最後に意味深な言葉を付け加えた。「――じゃあ、頑張ってね」

通話を終えた修作は、あらためて深く考えた。遺言状の書き換えを目論《もくろ》む叔父に対して、甥っ子がなにをどう頑張れるというのか。頭を床に擦《こす》り付けて、どうか遺言状の書き換えについては御再考のほどを、と泣きの涙でお願いでもするか。それともいきなり拉致監禁して、遺言状の書き換えは絶対許さん、と腕ずくで阻止するか。いやいや、どれも無駄な努力だろう。彼女が望んだのは、それとは違った頑張り方に違いない。

そういえば、彼女はいっていた。来週、叔父に会う、と。つまり遺言状の書き換えは来週にもおこなわれる公算が高い。悠長な手段に訴えている暇はない。

では、今週中だ。土曜日までに叔父を無事に天国に送り届ける。それしかない。

修作の決断は一瞬だった。しかし、ただ殺すだけでは不充分だ。なにしろ修作は、いまのところ莫大な遺産の唯一の相続人なのだ。叔父がおかしな死に方をすれば、容疑はたちまち修作に降りかかってくる。叔父を殺すなら、修作自身に容疑がかからないような工夫が必要だ。例えば、鉄壁のアリバイを準備しておくとか。いや、それよりも――

あれこれ考えた挙句、修作は周到な殺人計画を立案した。そして準備万端整えた修作が、勇躍、藤枝邸を訪れたのが今日――土曜日の夕刻というわけだ。

車から降り立った修作は、そぼ降る雨の中で、傘を差そうかどうしようかと一瞬迷った。

結局、傘の必要はないと判断した彼は、黒革の鞄を頭上に掲げて雨を避けながら、芝生の庭を駆け足。玄関にたどり着き呼び鈴を押すと、扉が薄く開かれた。チェーンロックの掛かった扉の隙間からギョロリと片目を覗かせたのは、間違いなく喜一郎本人だ。

「やあ、叔父さん、遊びにきましたよ。開けてください」

週末、修作が予告もなく藤枝邸を訪れることは珍しくない。喜一郎は特に疑う素振りもなく、ロックを外して甥っ子を屋敷に招きいれた。

「よくきてくれた。さあ、部屋に入って、ストーブで身体を温めるといい。桜の季節だというのに、今日はやけに冷える」

そういう喜一郎は厚手のズボンに毛糸のセーター姿。その表情には、自然な笑みが浮かんでいる。

おそらく――というか、間違いなく喜一郎は甥っ子の来訪の意味に気付いていない。いまのいままで修作が優しく賢い甥っ子を演じ続けてきた成果だ。喜一郎は修作のことを信頼してくれている。その喜一郎を、修作は殺しにきたのだ。

しかし、そのような気配を微塵《みじん》も感じさせないまま、修作はにっこり微笑《ほほえ》んだ。

「僕、鞄を部屋に置いてきますよ。後で、一緒に飲みましょう。実はいいブランデーが手に入ったんですよ。楽しみにしていてくださいね」

修作は二階へと続く階段へと歩を向ける。すると、背後から突然響く叔父の声。

「——ん、ちょっと待て、修作」

修作は内心ドキリとしながら、恐る恐る振り返る。なにかマズイことでも、あっただろうか。すると喜一郎は予想に反して、いたって素朴な問いかけ。

「ブランデーは、その鞄の中なんだな。だったら、ここで鞄から出していけばいい。重たいビンを、わざわざ二階に持って上がる必要はないじゃないか」

「……え⁉」修作は思わず絶句した。確かに叔父のいうことに一理ある。

だが、いまここで鞄を開けることはできない。どうしてもできない理由があるのだ。

「いや、あの、ブランデーは鞄の底のほうにあって……ここでは取り出しにくいから……」

咄嗟《とっさ》の嘘にしては上出来だった。ああ、そうか、じゃあ仕方がないな——と納得の表情を浮かべる叔父を見て、修作はホッと胸を撫《な》で下ろす。それから彼は脱兎《だっと》のごとく階段を駆け上がり、二階の一室に飛び込んだ。彼が泊まりにきた際にいつも利用する寝室だ。ベッドの端に腰を下ろし、修作は小さく溜め息。それから、あらためて鞄のファスナーを開けて中を見た。

開いた鞄の口から姿を覗かせたのは、巨大なペンチにも似た鋼鉄のハサミ。それは鉄製のチェーンをビニール紐のごとくに切断できる、特殊なカッターだった。こんなものが鞄の口から現れた日には、さすがの叔父も修作を疑惑の目で見るに違いない。彼が叔父の前で鞄を開けられなかった所以《ゆえん》である。

修作はチェーンカッターを鞄の中に仕舞ったまま、ブランデーのビンを抱えて一階へと下りていった。そして内心の殺意を笑顔で覆い隠しながら、喜一郎の自尊心をくすぐる言葉を口にした。

「久しぶりに叔父さん自慢の地下室を見せてもらえませんか。叔父さんの好きな名曲を聴きながら、美味《うま》い酒を飲もうじゃありませんか」

喜一郎は二つ返事で頷《うなず》くと、さっそく甥っ子を地下へと続く階段にいざなった。

喜一郎自慢の地下室というのは、オーディオルームのことである。窓のない密閉された小部屋に高価な音響機材とふかふかの椅子が並んでいる。最高の音質が約束された最高の空間の中、大音量で昭和のムード歌謡を聞くのが、喜一郎の最大の趣味だった。無論そこにブランデーが加われば、いうことなしだ。彼は間違いなく石原裕次郎《いしはらゆうじろう》の名曲に耳を傾けながら、上機嫌でブランデーグラスを傾けることだろう。もともと喜一郎は高価な酒には目がないタイプ。しかも酔えば必ず居眠りするのが昔からの癖だ。今夜、彼にはとことん飲んでもらって、とことん酔ってもらおう。そして眠りに落ちたイカサマ大富豪が、再び目を覚ます朝はない――

修作はほくそ笑みながら、自ら地下室の重厚な扉を開けた。

それから、あっという間の二時間が経過。極上のブランデーと魅惑のムード歌謡に酔った藤枝喜一郎は、椅子の上で安らかな寝息を立てていた。夢の中の居酒屋で木の実ナナとデュエットでもしているのか、その表情にはいやらしい笑みが浮かんでいる。

修作はいったん地下室を出て、二階の自室に戻った。鞄の中から、白い手袋を取り出し、それを両手に装着する。そして、鞄から必要な道具を取り出す。まずは丈夫なロープ。それから例のチェーンカッター。そして短い針金。最後にもうひとつ、最後の仕上げに使う重要アイテムを一個ポケットに忍ばせて、修作は部屋を出た。

すぐさま地下のオーディオルームに引き返す。喜一郎はいびきをかきながら、すでに熟睡の領域に達していた。いよいよ実行のときだ。

修作がこれからやろうとしていること。それはズバリ《密室殺人》である。

密室――なんという甘美な響き！　幼少のころより推理小説に慣れ親しんできた修作にとって、密室は憧れであり、それを作り出す犯人は尊敬の対象。そしてそれを解き明かす名探偵は英雄《ヒーロー》だった。叔父を殺害する。しかも自分に容疑がかからないやり方で。そう決断した直後から、彼の頭の中にあったのは、他でもない密室殺人だったのである。

だが、ひと口に密室殺人といっても、密室の中で殺せばそれでいい、というものではない。そもそも犯人にとって密室殺人の利点とはなにか。多くのマニアが様々な形で分類を試みているから、いまさらくどくど語ることもないが、密室の意味ある利用法として代表的なものは二種類ある。ひとつは事故や自殺に見せかけるための密室。もうひとつは誰かに罪をなすり付けるための密室。この二種類だ。

前者はいわずもがな。例えば、密室の中で男が腹から血を流して死んでいる。男の手には日本刀。当然、自殺（切腹！）に見えるというわけだ。

後者は、例えば密室の中に腹を刺されて死んでいる被害者と、もうひとり気絶した誰かが一緒にいる、というような状況を考えれば判りやすい。常識的な捜査員ならば、こう考える。片方が被害者ならば、もう片方が犯人に違いない、と。かくして無実の第三者に容疑が掛けられる一方で、真犯人は容疑を免れる、というわけだ。

物語として面白そうなのは後者かもしれない。だが、より現実的なのは前者だろう。

実際、世の中で事故や自殺として処理された事案の中には、優秀な頭脳によって巧妙に作られた密室殺人が、相当数紛《まぎ》れ込んでいるに違いない。それが修作の考えだった。

密室殺人は可能だ。周到な準備と冷静な行動力さえあれば不可能は可能になる！

修作は自らにそう言い聞かせると、さっそく作業に取り掛かった。だが、いきなり殺すわけではない。喜一郎が生きているうちに、済ませておくべきことがある。それは、殺人に用いるいくつかのアイテムに、喜一郎本人の指紋を残しておくという作業だ。

修作はロープやチェーンカッターなどのアイテムに、熟睡する喜一郎の指を押し当てて、彼の指紋を付けた。これで、これらの道具は《喜一郎の持ち物》になった。

その作業が済むと、修作は手袋をした手で白いロープを握った。少し手間取りながら、ロープの片側に人間の頭が通るくらいの輪っかを作る。修作はその輪っかを熟睡中の喜一郎の首に掛けた。それから彼は喜一郎の眠る椅子の背後に回り、ロープを肩に背負うような体勢で両足を踏ん張った。修作と喜一郎は背中合わせの状態だ。このまま柔道の一本背負いのような要領で担ぎ上げれば、喜一郎の首はロープによって圧迫され、たちまち彼は死に至るという寸法だ。

ちなみに、この特殊な殺害方法には《地蔵担ぎ》というハイセンスな名称がついている。地蔵担ぎによって殺害された被害者は、縊《い》死《し》と見分けがつきにくいという——

それから、筆舌に尽くしがたい凄惨な場面を経過した数分後。

地蔵担ぎによって仏となった喜一郎の身体は、一本のロープによって壁の高い位置にある金属製のフックに吊るされた。フックは本来、スピーカーを固定するためのものだったらしいが、人間の身体を支えるのに充分な強度があった。吊るされた喜一郎の両足は、わずかながら床に届いている。だが、両足が床に着いた状態の首吊りは珍しくない。

これでいい。修作は自らの犯行の出来栄えに満足した。そして、ひょっとするといまここに警察を呼んだとしても、彼らはごく普通に「藤枝喜一郎が首を吊って自殺した」という判断を下してくれるのではないかと、そう思った。だったらそれもいいか、と修作は思いかけたが、いやいや、それでは本来意図した犯行の趣旨に反する。自分はあくまでも夢に描いた密室殺人を現実のものとするのだ、と思い直した。

本末転倒、という言葉が一瞬脳裏をよぎったが、修作は気にしないことにする。迷いを断ち切った彼は、いよいよ密室の製作へと移行した。

窓のない地下室は、密室にするにはうってつけの空間だった。出入口は一箇所、木製の重厚な扉があるのみだ。ノブの近くに、鍵で開け閉めするありふれた錠が付いている。だが鍵やら錠やらは関係ない。今回の密室に必要なのは、チェーンロックのほうだ。それは扉の内側、ちょうど修作の胸の高さにあった。いまロックは掛かっていない。チェーンは扉の枠のところから、ぶら下がっているだけだ。チェーンの先端には、見慣れた黒いツマミがある。ロックする際は、このツマミを扉側のスリットに滑り込ませるわけだ。修作は実際、そのようにして扉を内側からロックした。地下室は密室になった。

だが、これでは修作が出られない。

そこで修作はチェーンカッターを手にした。ツマミにいちばん近いところにあるチェーンの輪に、カッターの刃先を当てる。握りに力を込めると、さすがの威力だ。鋼鉄のチェーンの輪が、まるで竹輪のように楽々とねじ切れた。ちぎれたチェーンの輪は回収してポケットの中へ。残ったのは、スリットの中のツマミと、枠からぶら下がった一本のチェーンだけだ。扉のロックは解除され、修作は地下室を出る。

だが、これでは密室にならない。

そこで短い針金の出番だ。修作は、たったいま切り離された黒いツマミとチェーンを、この針金で繋ぎ合わせた。扉の外側に立つ修作が、細く開いた扉の隙間に手を差し入れるようにして、器用に指先を動かす。細かく神経を遣う作業だ。だが、充分な時間をかけた結果、それは満足のいく仕上がりとなった。黒いツマミとチェーンは、しっかりと繋ぎ合わされた。いったん切断されたものを、針金で繋ぎ合わせただけなのだが、一見すると普通のチェーンロックのように見える。そもそも、扉の内側にあるツマミとチェーンの結合部そのものが、扉の外側からは角度的に見えにくいのだ。

修作は試しに扉のノブを思いっきり引いてみた。扉が十センチ程度開いたところで、チエーンはピンと張り詰め、ノブを握る手にガツンとした手ごたえがあった。いかにも内側からロックされている、そんな感触が修作の右手に残った。

大丈夫だ。これなら、大抵の人間は騙《だま》されてくれるに違いない。

修作は扉を静かに閉めた。それから彼は、オーディオルームの隣にある、もうひとつの小さな扉を開けた。そこは物置だった。正体不明のダンボール箱や、様々な道具類が所狭しと並んでいる。そんな中、修作は例のチェーンカッターを、よく見える場所にさりげない感じで置いた。

物置の扉を閉めると、修作はホッとした思いで白い手袋を外した。

とりあえず、今夜の仕事はこれで完了だった。地下室は見た目上、密室になった。密室の中では、喜一郎が首を吊った状態で死んでいる。お金持ちの年寄りが自殺した――一見してそう思える状況が出来上がった。あとは、この密室をしかるべき人物に発見してもらうだけだ。

そして、その場面には修作自身も立ち会う必要があった。トリックの最後の仕上げは、そのときにおこなわれる。それは、明日の朝になるだろう。通いの家政婦が藤枝邸にやってくるのが、午前九時。その同じ時刻にたまたま（といいつつ、本当は計画どおりなのだが）藤枝邸を訪れた修作は、家政婦と一緒に地下室の異変を察知する――それが彼の思い描いたスケジュールだった。

だとすると、自分はいったんこの屋敷を離れたほうがいいのだろうか。それとも、ひと晩ここで過ごして、明日の朝に備えるべきか。そんなことを考え考え、修作は地下室を離れて一階へと向かう。階段を上り、居間へ向かおうとする途中、何気なく玄関ロビーへと視線を向けた瞬間——

「ひゃあああぁぁッ！」

修作は驚きとともに悲鳴を発した。誰もいないはずの玄関に人の気配があった。いや、気配があった、などという生易しいものではない。背広姿の男が玄関ロビーに置かれた来客用の椅子に堂々と腰を下ろし、優雅に足を組んで鼻歌を歌っているではないか。

「…………」修作はその場に凍りつきながら、椅子に座った男を凝視した。

一方、背中で悲鳴を聞いた男は、わずかに首をすくめただけで、悠然と顔を捻《ひね》り修作のほうを向くと、「やあ」というように軽く右手を挙げる仕草。おかげで修作は一瞬、知り合いか!?と思って自らの記憶を辿ったが、いや、どう考えても初対面の見知らぬ男だ。

「だ、誰だ、あんた……」

緊張した声で尋ねると、男は椅子から立ち上がり、どこか親しげな口調でこういった。

「どうも。今夜、藤枝喜一郎氏とお会いする約束をいただいているんですがね。喜一郎氏は御在宅でしょうか——え、わたし⁉　わたしの名は鵜飼《うかい》。鵜飼杜夫《もりお》と申します」

2

「外は寒かったので、勝手に中で待たせていただきましたよ。いや、もちろん何度も声はお掛けしたのですが、返事がなかったものですから。ひょっとして喜一郎氏はお留守ですか」

鵜飼と名乗る謎の人物は悪びれもせずにそういうと、大富豪の姿を捜すようにキョロキョロとあたりを見回す。強張《こわば》った表情の修作は、背筋に冷たい汗を掻きながら、この状況への対応策を考えた。喜一郎はいない、そういってこの男にお引き取り願うことは、可能だろうか。いや、駄目だ。喜一郎が死んだこの夜に自分が屋敷にいるところを、この男に見られてしまった。いまさら彼を追い返しても意味はない。ならば、いっそ——

「ああ、叔父に御用ですか。いや、実は僕もいまきたところなんですがね、叔父の姿が見当たらなくて捜していたところなんですよ。あ、僕は喜一郎の甥で藤枝修作といいます」

「そうですか。しかし変ですねえ。喜一郎氏、僕との約束を忘れちゃったのかなあ」

おそらく、そうだろう。喜一郎は彼との面会の約束を忘れて、修作と酒を飲んだ。あるいは、酒を飲むうちに彼との約束を失念したのか。いずれにしても、予定外の闖入者《ちんにゅうしゃ》の登場で、密室殺人の計画が変更を余儀なくされたことは間違いない。

だが、まあいい。明朝に家政婦を相手におこなうはずだったことを、今夜、この男の前でおこなうだけのこと。変更はあっても、ほんの微調整に過ぎない。むしろ顔見知りの家政婦よりも、見知らぬ第三者である彼のほうが、密室の見届け人としては相応《ふさわ》しい。

「いやあ、ホント叔父さん、どこにいっちゃったのかな。こんな天気の悪い夜に出歩くはずもないんだけど」

「天候は三十分前ぐらいに回復して、いまはもう月が出ていますよ。だけど、どっちにしろ出歩きたくなる夜じゃありませんね」

そういって、鵜飼は寒そうに肩をすくめる。

「そうですよ。叔父はこの屋敷にいるはずです。すみませんが、もうしばらく待ってもらえますか。なにしろ、この屋敷、馬鹿みたいに広いんで――」

すると、なんの前触れもなく鵜飼がいった。「喜一郎氏は、地下室では？」

「ひぃッ――」修作は、いきなり冷たいものを背中に押し当てられたような気分で、短い悲鳴を発した。なにをいいだすんだ、こいつ。「な、なぜ、地下室だと!?」

「さっきから何度呼んでも返事がないということは、僕の声が聞こえないところにいるのでしょう。だったら、地下室という可能性がいちばん妥当かと。あるんでしょう、地下室？　この前、喜一郎氏が自慢げにいっていましたよ」

「あ、ああ、なるほど」理屈をいわれれば、頷ける話だ。修作は胸を撫で下ろす。「確かに、地下室はまだ捜していませんでしたよ。そうだ、ちょっと見てきますね」

修作はさりげなく玄関を離れ、屋敷の奥へ。そこから地下へと続く階段の手前で、三十秒ほど時間を潰す。再び玄関へと舞い戻った修作は、首を傾げながら鵜飼に告げた。

「地下室の様子が変なんです。中から鍵が掛かっているから、誰かいるのは間違いありません。たぶん叔父でしょう。でも呼んでも返事がないし、人の気配も感じない――」

「ふむ、それは心配ですね」と、鵜飼は全然心配そうじゃない顔でいった。「部屋の中で倒れて動けないのかもしれない。僕にも見せてもらえませんか、その地下室を」

鵜飼の申し出は、修作にとって願ったり叶ったりだ。さっそく修作は鵜飼を連れて地下室へと向かった。階段を下りながら、修作はあらためて鵜飼に質問した。

「ところで、あなたは叔父とどういう関係なんですか。今夜の来訪の目的は？」

すると鵜飼は、おや、まだいっていませんでしたっけ!?　そんな表情を浮かべながら、ようやく自らの素性を明かした。「街にある『鵜飼杜夫探偵事務所』って知りません？」

だが、知る知らないを答える暇はなかった。修作は鵜飼の口から飛び出した《探偵事務所》という単語に驚き慌て、うっかり踏み板を踏み外し、階段の残りを一気に下まで転がり落ちた。

「わあああぁぁぁぁ――ッ」

「――僕はそこの所長でしてね。喜一郎氏からは、ちょっとした調査を依頼されていて、今夜はその御報告に上がったというわけです――ねえ、ちゃんと聞いていますか？」

階段の下で悶絶する修作に対して、鵜飼は同情するどころか非難めいた視線を送る。修作は呻《うめ》き声を発しながら、小さく左右に首を振った。探偵だって!? 聞いてないぞ――

肉体的精神的ダメージを負った修作は、よろよろと立ち上がるのがやっと。一方、鵜飼はひとりでさっさと地下室の扉の前にたどり着く。重厚な木製の扉の前に立った探偵は、

「やあ、これが地下室の扉ですね。なるほどぉ、立派な造りだぁ。職人の確かな腕前を感じるなぁ」

と、ひとしきり扉の品質と意匠を絶賛。そして彼はおもむろに扉のノブに手を掛けた。

瞬間、修作は自分の喉もとをぐっと握られたような感触を覚えた。まずい。針金で繋いだチェーンロックのトリックは、家政婦のおばさんの目を誤魔化すには充分なものだろう。だが、プロの探偵の目を欺《あざむ》くには、仕掛けが甘いといわざるを得ない。このトリックは必ずばれる。観念した修作は、思わず顔をそむけた。

その扉を開けるな！　開けないでくれ！

だが、なにも知らない鵜飼は、ノブを捻りぐっと手前に引く。扉は十センチ程開いたところで、張り詰めたチェーンによって止まった。ガツンという衝撃音があたりに響く。鵜飼の右手がノブからすっぽ抜け、彼の口から「おッ」という意外そうな声が漏れた。

「鍵は鍵でもチェーンロックですか。じゃあ駄目だ。チェーンロックじゃ仕方がない。他の鍵ならいざしらず、チェーンロックじゃ手の出しようがない。お手上げですね」

迂闊《うかつ》というか軽率というか、探偵は目の前のチェーンの具合を確かめようともせず、早々と白旗を掲げた。この探偵、観察力は家政婦のおばさん以下らしい。諦めかけた修作の中で、希望の光が煌々《こうこう》と輝きはじめた。

いける！　このレベルの探偵なら、むしろ楽勝だ！

「ね、おかしいでしょう⁉　チェーンロックが掛かっているってことは、中に誰かがいるってこと。なのに、ほら——叔父さーん、いるんですかーッ——ね！　呼んでも返事がない。これは変です。ああ、やっぱり、叔父は急病で倒れているのかも」

すると、鵜飼はなぜかアッサリ首を左右に振って、

「いや、喜一郎氏は首を吊って亡くなっているんでしょう」

「——んな！」修作は目を剝《む》いて驚きを露《あらわ》にした。こいつ、なぜそのことを！　修作は

内心の動揺を見透かされまいとして叫ぶ。「な、なにをいうんです！　え、縁起でもない！」

「でも、ほら、そこに見えてるじゃありませんか」

「み、見えてる⁉　どこに⁉」修作は開いた扉の隙間から部屋の中を覗き込む。

見えているはずはない。修作は喜一郎の死体を吊るす際、敢えて扉の死角になる位置を選んで、それを吊るしたのだ。事実、覗き込む修作の視界に見えるのは、CDラックや音響機器ばかりである。さては、この男、鎌をかけているのか？

怪訝《けげん》な顔の修作に対して、鵜飼が背後から説明を加える。

「見えませんか。ほら、正面に見えるCDラックの上に小さな鏡があるでしょう。そこに映りこんでいますよ。壁際で首を吊っている喜一郎氏の死体が」

「ひぇぇぇぇぇぇぇッ――」修作は蒼白になった。自分としたことが、なんたる失態だ。

それにしても、この探偵、チェーンロックの仕掛けにはまるで気付かないくせに、こんな細かいところで妙な観察力を発揮するとは！　意外に侮《あなど》れない男だ。

「と、とにかく、叔父が大変です！　さっそく、この扉を開けてやらないと――」

「はあ？」鵜飼は冷静に反論した。「なんで、そうなるんです？　喜一郎氏は首を吊っているんですよ。僕らはこれ以上手を出さずに、後のことは警察に任せるべきでは？」

「うッ――」それはまあ、確かに彼のいうとおりなのだが、修作にとってはそれではマズイのだ。この扉は開けてもらわなくては困る。そうでないと、トリックの最後の仕上げができないではないか。「いや、だから、それはその――おや！　むむッ！」

「どうしました？」

「動いた！」修作はダメモトで叫んだ。「鏡の中で叔父が動いた！　まだ死んでいない！」

「ええ⁉」鵜飼は疑り深そうに眉を寄せて、「いやいや、いくらなんでも、あの状況で生きていられるなんて――」と扉の隙間から中を覗き込むや否や、悲鳴にも似た声で、「ホントだあッ！　確かにいま動いたあッ！」と、修作自身が驚くほどの素直な反応。

鵜飼杜夫、意外と暗示にかかりやすいタイプらしい。実際には、死体が動くはずもない。ただ両足を床に着いた不安定な首吊り死体が、ゆらゆら揺れて鏡に映っているだけである。だが、修作はここぞとばかり、畳み掛けるように言葉を並べた。

「でしょ！　きっと、叔父が首を吊ってから、まだそんなに時間が経っていないんですよ。いまだったら、まだ助かるかもしれない。いや、きっと助かる！　だとすれば、悠長に警察なんか呼んでいる暇はありませんよね。よーし、こうなったら、一刻も早くこの扉を開けて、叔父を助けてやらないと――ん⁉」

ふと気付けば、鵜飼が扉から距離をとって腰をかがめている。その姿はタックルを試みるアメフト選手のようでもあり、立ち合い寸前の力士のようでもある。なにする気ですか、と尋ねる間もなく、鵜飼はその姿勢から「はッ！」気合もろとも扉に向かって猛然と体当たり。そして一瞬の後、「——ぶはッ！」扉に弾き返された彼の身体は、玩具《おもちゃ》の人形のように廊下の床に転がった。脚と手が変な方向に捻じ曲がっている。なんなんだ、この人⁉

恐怖にも似た感情を覚えて絶句する修作をよそに、鵜飼は首を傾げながら立ち上がる。

「おかしいな。密室の扉ってやつは、探偵が体当たりすれば大抵、開くものなんだが」

「ひ、開くわけありませんって。この分厚い扉に、ひとりで体当たりしたって——」

「じゃあ、今度はあなたも御一緒に。さあ！」

「『さあ！』じゃありません。二人でも無理です！」修作は鵜飼の誘いを一蹴して、あらかじめ用意していたべつの提案。「それより、道具を使いましょう。扉を開けるのにちょうどいい道具が、確かこの物置にあったはずですよ」

そういって修作は隣にある物置の扉を開け放つ。すると鵜飼が我先にとばかりに物置に飛び込む。薄暗いスペースに雑然と並べられた道具類を前にして、鵜飼は興奮を露にした。

「なるほど。これは、なかなか充実した道具置き場ですね。ああ、ちょうどいい道具とは、これですね。うむ、これさえあれば、どんな扉も開く。まさに、おあつらえ向きだ」

「そうでしょうそうでしょう。さっそくその道具であのチェーンを——って、ちょっと！

あんた、なに持ってるんですか！」

「ん、なにって——斧《おの》ですよ」探偵は手にした大斧をこれ見よがしに掲げた。「密室の扉に斧。まさに定番です。さあ、危ないですよ、離れて離れて！　その分厚い扉に一撃で大穴を開けて見せますからね」

扉の前に立った探偵は、手にした斧を大きく振りかぶって、「せーの！」

「やめろおおぉぉ——ッ！」

修作は我を忘れて、探偵と扉の間に身体を入れる。勢い余った探偵は一気に斧を振り下ろす。あわや、血まみれの大惨事。だが、修作が見よう見まねで差し出した両手は、振り下ろされた斧の刃を頭上数センチのところでキャッチしていた。まさに奇跡の瞬間だった。

「おお！　まさかあなたに真剣白刃取りの心得があるとは！」鵜飼は感激したように声を上擦《うわず》らせた。「でも危険だからやめてもらえませんか、そんな命知らずな芸は」

「芸じゃない！　あんたが物騒なものを振り回すからだ！」

「あなたが言い出したんですよ。ちょうどいい道具があるって」

「誰が斧を使って扉をぶっ壊せといったんですか。違いますよ、これです、これ」修作は物置の中から自らそれを持ち出して鵜飼に示した。「チェーンカッターです。どんなチェーンロックも、これさえあれば一瞬で切断できる優れものですよ」

「チェーンカッター⁉　なんで、そんなものが一般家庭の物置にあるんですか。日曜大工の道具としても、特殊すぎるでしょうに。なんでなんで⁉　ねえ、なんでです⁉」

「し、知りませんよ、そんなこと僕に聞かれたって」

ああ、うっとうしい。こんな奴、事件に巻き込むんじゃなかった。修作はいまさらのように自分の判断を後悔した。「まあ、いいじゃないですか。とにかく実際あるんだから使わない手はない。さあ、扉を開けてチェーンがピンと張るようにしてください。僕がチェーンを切りますから」

「よし、判った」鵜飼は素直に修作のいうことを聞き、両手で扉を固定する。

修作は張り詰めたチェーンの真ん中にカッターの刃をあてがい、勢いよくレバーを閉じた。両手に確かな手ごたえ。修作と鵜飼の目の前で、チェーンは真っ二つに切断された。

こうして、密室の扉は開かれた。

扉が全開になるや否や、鵜飼は放たれた矢のように室内へと飛び込んでいく。

「ああッ、やっぱりだ――」

鵜飼は首を吊った状態の喜一郎を壁際に発見するなり、すぐさまそちらに駆け寄った。

修作は扉の傍で、驚きのあまり立ちすくむ甥っ子を演じた。恐怖と悲しみのあまり、死体に駆け寄ることもできない、といったふうだ。修作の見守る前で、探偵は死体を検《あらた》めはじめた。脈を診《み》て心音を聞き、瞳孔を確認して、結局、探偵は喜一郎の死を確認することになるだろう。

好機到来。探偵が死体に気を取られている隙に、修作は最後の仕上げに取り掛かる。

修作はポケットの中から、最後の仕上げに使う小さなアイテムを取り出した。それはハンカチに包まれた一本のチェーンだ。地下室のチェーンロックに使われているのと同じ種類のチェーンなのだが、長さは通常の半分ほどしかない。その一方の端には黒いツマミが付いている。ツマミには前もって、喜一郎の指紋が残してある。喜一郎を殺害する直前、熟睡する彼の右手の指にツマミを押し付けておいたのだ。

それから修作は扉の内側にあるスリットを見た。当然そこにも同様の黒いツマミがある。ツマミには、たったいま半分の長さに切断された短いチェーンが針金で繋がっている。これを警察や探偵の手に渡すわけにはいかない。そこで、最後の仕上げが必要となる。

修作はそのツマミをスリットから引き抜き、ポケットの中に仕舞った。代わりに、ハンカチの中にある黒いツマミをスリットに差し込む。そのツマミには、短いチェーンの端がしっかりと（つまり針金ではなく正常な形で）繋がっている。

両者の交換は、一瞬の早業《はやわざ》でおこなわれた。

振り向くと、鵜飼はいまだ喜一郎の死体の確認作業に夢中である。こちらの行動に不審を抱いた様子はない。大丈夫だ。修作は胸を撫で下ろし、遅ればせながら喜一郎の死体へと駆け寄った。そして、彼にとってはすでに判りきった質問を口にする。

「お、叔父はやっぱり死んでるんでしょうか……」

鵜飼は、「残念ながら」といって首を左右に振った。「先ほど、死体が動いたように見えたのは、我々の願望が生み出した錯覚だったようです」正確には、探偵の騙されやすさが生んだ勘違いであるが、「さて、こうなった以上は——」

鵜飼は背広のポケットから携帯を取り出す。だが、修作は鵜飼を制するようにいった。

「警察に通報するんですね。だったら、僕がやりましょう。あなたはこの家の関係者ではない。僕が通報したほうが自然だ。一階の固定電話で一一〇番してきます。あなたは、ここにいてください。それじゃ——」

一方的に告げると、修作は逃げるように地下室を飛び出していった。そのまま、駆け足で一階に駆け上がった彼は、電話のある居間を通り抜け、まっすぐキッチンへと向かった。古いフローリングの床の片隅にしゃがみこむと、床板に手を掛ける。爪を立てると、床板の一枚が持ち上がり、その下に空洞が現れた。修作が以前から存在を認識していた、秘密の空間だ。修作はそこに例の針金で細工したチェーンを隠した。上から床板で塞《ふさ》ぐと、見た目は普通の平らな床にしか見えない。これなら発見される心配はないだろう。

密室トリックの最後の仕上げの、そのいちばん最後のひと仕事をやり終えて、修作は思わず勝利のガッツポーズ！　それから彼は居間へと戻ると、ひとりソファの上で脚を組み、傍らの電話機を引き寄せ、受話器を持った手で一一〇をプッシュした。

「あ、もしもし、警察ですか。大変です。僕の叔父が首吊り自殺しましてね――」

3

通報を終えた修作は、意気揚々と地下室に戻った。そこでは扉の前に立った鵜飼が、切断されたチェーンをじっと見詰めていた。多少の胸騒ぎを覚えて、修作は尋ねる。

「なにか、不審なところでもありますか、そのチェーンロック？」

「いえ、特に細工された様子はありませんね。もともとチェーンロックは細工の入り込む余地が少ない。糸や針を使って、外側からチェーンロックを掛けるのは無理ですからね」

そういって、鵜飼はあらためて壁際に吊るされた喜一郎の死体のほうに歩み寄った。

「見たところ、縊死――つまり首を吊って死んだもののようです。手足の先端には死斑が現れはじめています。亡くなって三十分程度が経過していると見ていいでしょう。ということは、僕らが地下室の異変を察知したときには、もう遅かったんですね」

「そうですか」修作は落胆のフリをして、小さく溜め息。そして壁に張られた某大物歌手のポスターを、バシンと右手で叩いた。「畜生！　信じられない。まさか……まさか叔父がこんな形で自殺を遂げるなんて……」

「ええ、僕も信じられません。ていうか、これ、自殺じゃないでしょう」

瞬間、驚き余った修作の右手に力が入り、ポスターの大物歌手の顔が縦にビリリと引き裂かれた。修作の突拍子もない反応を、鵜飼は啞然《あぜん》とした顔で眺めている。修作は誤魔化すように、破り取ったポスターの切れ端を左右に振った。

「いやいやいやいや――これは自殺でしょう！　どう見たって自殺ですよ。だって、あなたも見たでしょう。密室ですよ、密室！　それもチェーンロックの密室です。その完璧な密室の中で、叔父がただひとり首を吊って死んでいるんですよ。これが自殺でなくて、なんだっていうんですか！」

「殺人ですね」

「――な！」図星を指された修作は、思わずポスターの切れ端を二つに引きちぎる。「な、なぜ、そう思うんですか、殺人だなんて。あなたがそう思う根拠を聞かせてください」

すると鵜飼は、「本来は機密事項ですが」と前置きして語りはじめた。

「僕は喜一郎氏から、ある調査を依頼されて、今日はその報告にきた。さっき、そういいましたよね。その調査というのは具体的にいうと、とある若い女性が喜一郎氏の本物の娘かどうか、という調査だったのです。ええ、妻も子も持たなかったといわれる喜一郎氏ですが、実はいたんですね、彼の血を受け継ぐ女性が。喜一郎氏はその女性と一緒に暮らす考えだったようです。しかし、万が一ということもある。そこで、いちおう念のためにわたしに彼女の身許調査を依頼した、というわけなんです。ええ、その女性は間違いなく喜一郎氏の血を引く娘さんだと確認されましたよ」

娘と聞いて、修作はピンときた。喜一郎が突然、遺言状の書き換えを目論んだ理由。突然、服装に気を遣うようになった理由。やはり女が原因だったのだ。ただ、女は女でも隠し子だったとは意外である。「しかし娘がいたからといって、自殺ではないといえますか」

「だって、娘さんとの新しい生活を思い描いていた喜一郎氏が、このタイミングで自殺する理由がないじゃありませんか。心情的にあり得ない」

心情!?　なんだ、そんなことか。修作は内心ほくそ笑みながら反論する。

「なるほど。しかし人間の心理状態というのは、所詮、他人には窺い知れないもの。叔父の心理を理由に、自殺の可能性を否定するというのは、ちょっと強引過ぎませんか」

「確かに」鵜飼は意外にもあっさり頷いた。「では、もうひとつ具体的な根拠を。この首吊りに使われたロープ、その輪っかになった部分の結び目を見てください」

「結び目⁉　それがどうかしたんですか」

「ロープの結び目というものは、ときにその人の職業や人生経験を表すものなのです。ほら、この結び目、まるでお団子のような不細工な結び目になっているでしょう。敢《あ》えているなら、クソ結びというやつだ。これは喜一郎氏の結び目ではありません。なぜなら喜一郎氏といえば、その成功物語の出発点は烏賊釣り漁船の乗組員。つまり彼は元船乗りだ。船乗りならロープの先に輪を作るのはお手のもの。もやい結び、と呼ばれる基本的な結び方があります。でも、この結び目は全然違う。たぶんロープワークなどしたことのない誰かべつの人物が、このロープを結んだんですね。喜一郎氏を自殺に見せかけるために」

「う――」

修作は目の前の探偵を見直した。なかなか見事な推理だ。確かに、これは殺人事件に違いないし、犯人はロープの扱い方を知らない普通の会社員だ。修作は鵜飼の意外な鋭さに舌を巻きながら、それでもまだ彼には余裕があった。

「なるほど。確かにあなたのいうとおり、叔父は何者かに殺害されたのかも。しかし御存知のとおり叔父は《烏賊川のイカサマ野郎《うら》》の異名を取ったほどの人物。あくどい金儲けもしてきたはず。叔父を殺したいほど恨んでいる人物は、この街にゴマンといますよ」

「いや、五万はいないでしょう。烏賊川市の全人口から考えて、五万は多すぎる」

「《ゴマンといる》は比喩《ひゆ》ですよ！　容疑者はたくさんいるって意味です。それに、そう、密室の問題がある。あなたは、これをどう考えるんですか」

修作は半ば挑発するようにいった。喜一郎の死が殺人ならば、犯人はどうやってチェーンロックの掛かった地下室の密室から脱出できたのか。それこそが今回の事件の核心なのだ。この問題が解き明かされない限り、探偵は事件を解決できない。完全なる密室は常に犯人側の利益だ。

修作はあざ笑うような目で、探偵を眺めた。

探偵はそんな修作の気持ちを知ってか知らずか、

「ふむ、確かにこれは完全な密室で起こった殺人事件なのかもしれませんね」

と呑気な調子で呟くと、ふいに話題を転じた。

「ところで、警察には通報したんですよね。まあ、山奥のことだから、警察の到着にはまだ時間が掛かりそうだ。それじゃあ、僕らは上で待っていましょう。これ以上、現場を荒らしたら警察に睨《にら》まれてしまいますしね」

鵜飼は床に散らかったポスターの切れ端を指差していった。確かに、彼の提案はもっともだ。これ以上、現場でこの男と一緒にいたら、修作は自分がなにをやってしまうか自信が持てない。修作は鵜飼と一緒に地下室を離れ、一階への階段を上がった。だが、居間へ向かおうとする途中、ふと玄関ロビーに目をやった瞬間——

「ひゃあああぁぁッ！」

修作は再び驚きの悲鳴を発した。誰もいないはずの玄関に人の気配——というか、またしても見知らぬ男の姿があった。ダウンジャケットの若い男が来客用の椅子に深々と腰を下ろし、大きく股を広げた恰好で、呑気に口笛を吹いているではないか。

悲鳴を聞いた若い男は、ゆっくり顔をこちらに向けて、「やあ、どうも」と軽く右手を挙げる仕草。それを見た修作はもはや、知り合いか⁉　とは露ほども思わなかった。きっとこいつは、探偵の知り合いに違いない。行動様式が酷似しているから、ひと目で判る。

「誰なんだ、あんたは——？」

見知らぬ青年に尋ねると、彼はゆっくりと立ち上がり頭を掻きながら答えた。

「ああ、僕は戸村流平《とむらりゅうへい》といいまして、鵜飼探偵事務所で働く、まあ探偵の助手みたいな者です。屋敷の傍に停めた車の中で、いままで待機していたんですが、さっき鵜飼さんから電話で呼ばれましてね。こうして参上したわけです」

「電話だって⁉」修作は背後に佇《たたず》む探偵に尋ねた。「そんな電話、いつしたんです？」

「もちろん、あなたが一一〇番通報している間に、ですよ」

それだけ説明すると、鵜飼は戸村という青年のもとに歩み寄った。そして、二人の間でこれ以上ないほど簡潔な会話が、一往復だけ交わされた。

「どうだった？」

「ありません！」

鵜飼は助手のひと言に満足した様子だった。そして彼は再び修作のほうに向き直ると、

「これで判りました。やはり喜一郎氏は密室にて殺害されたのです」

と、あらためて今回の事件が密室殺人であることを宣言。修作は、なにをいまさら、と怪訝な顔。すると鵜飼はそんな修作の顔に指を突き出し、鋭い語調で言い放った。

「藤枝修作さん、あなた喜一郎氏を殺しましたね」

4

修作は黙ったままで鵜飼とその助手、戸村の姿を交互に見やった。意味が判らなかった。突然、探偵の助手を名乗る男が現れて、鵜飼と短い会話を交わした。その直後、鵜飼は確信を持って修作のことを殺人者であると断罪した。なぜだ。なぜ、それほどまでに唐突に真相を見抜くことができるのだ。この目の前に佇む冴えない三十男、鵜飼杜夫が人知《じんち》を超えた推理力を持つ、神の如き名探偵だとでもいうのか。そんなはずはない。

修作は表情を強張らせながら、怒りと不安で拳を震わせた。

「ぼ、僕じゃない。僕が犯人だなんて、そんなの口からデマカセだ。証拠があるのか。あんたも見ただろ。現場は完全な密室だったんだぞ！」

「ええ、確かに現場は完全な密室でした」鵜飼は修作の言葉を認めた後、意外な台詞《せりふ》を続けた。「だから、あなたが犯人なのですよ」

「だから⁉　だから、ってなんだ⁉　意味が判らないぞ」

「まあまあ、そう興奮しないでください」鵜飼は人を食ったような調子で、修作の肩に親しげに手を置いた。「さっきから、肩がぶるぶる震えていますよ。寒いんですか」

「さ、寒いもんか」修作は肩に添えられた鵜飼の手をはねのけて叫ぶ。「むしろ暑いくらいだ。身体が震えるのは、あんたがおかしなことをいって、僕を怒らせたせいだ！」

すると、鵜飼はいままでになく真剣な顔を修作に向けて、その眸《ひとみ》を覗き込んだ。

「いや、寒いでしょ。寒いはずですよ。桜の季節だというのに、今夜はやけに冷える」

「はあ⁉」と、声を発する修作の息が霧のように白かった。

それを見て、修作はいまさらながら鵜飼の言葉が事実であることに気付いた。いまのいままで、緊張と興奮の連続であまり意識に上らなかったが、確かに今夜は寒い。いわゆる花冷えというやつだ。だが、それがどうした。桜の季節には付きものじゃないか。いや、しかし、それにしても寒い。寒すぎる。まるで、季節が真冬に逆戻りしたようだ——

その瞬間、修作の脳裏を嫌な予感がよぎった。まさか、ひょっとして、そんなはずは！

立ちすくむ修作の前で、鵜飼は道を譲るように真横に一歩身体をずらす。修作の目の前にあるのは、屋敷の玄関扉だ。修作はふらつくような足取りで、その扉に歩み寄ると、重たい扉を一気に開け放った。吹き込む寒風とともに、修作の目に飛び込んできた光景——

屋敷の外は一面の銀世界だった。

「そ、そんな、馬鹿な……」

修作は愕然《がくぜん》として、ふらつくように扉にしがみつく。身体が震えるのは怒りでも寒さでもなく、驚きと恐怖のせいだった。そんな彼の背後に、音もなく鵜飼が忍び寄った。

「夕方まで降っていた冷たい雨は、夜になって雪に変わりました。あなたは気付いていなかったようですけど、僕がこの屋敷にやってきたとき、屋敷の周囲は降り積もった雪ですっかり覆《おお》われていたんですよ」

「…………」なにもいえない修作に、鵜飼は淡々と解説を加える。

「ほら、よく見てください。門のところから、この玄関まで二つの足跡が残っていますよね。ひとつは僕の足跡。もうひとつは、ついさっき流平君がつけたばかりの足跡です。おや、それじゃあ、喜一郎氏を殺した殺人犯の足跡は、どこにあるんでしょうね。喜一郎氏が殺されたのは、いまから三、四十分ほど前のこと。でも、そのときには、もうすっかり雪は止んでいて、空には月が出ていたのですよ。犯人が玄関から逃走したのなら、この雪の上には何者かの足跡が残っていなければおかしい。では、犯人は玄関ではなく、窓や裏口から逃走したんでしょうか。その可能性は充分にある。そこで僕は流平君に指示を出しました。屋敷の周囲をぐるっと一周して、誰かの足跡がないか捜すように、とね。彼が屋敷を一周した際の足跡は、そこに見えます」

鵜飼は屋敷の周囲に沿って伸びる、真新しい足跡を指で示した。

「流平君は捜索を終えて、僕らの前に現れました。彼の結果報告は、あなたも聞きましたよね？」

確かに聞いた。「どうだった？」「ありません！」。あの短い会話の意味が、修作にもやっと判った。屋敷の周囲には誰の足跡もありません――そういう意味だったのだ。

「これでもう、お判りでしょう。僕がこの屋敷を訪れたとき、この藤枝邸全体が雪に覆われた完全なる密室だったわけです。そして、このとき屋敷にいたのは、自殺に見せかけて殺害された喜一郎氏と、あなたの二人だけです。密室の中に男が二人。片方が被害者なら、もう片方が犯人に違いありません。つまり、あなたが犯人だ。違いますか、藤枝修作さん」

「…………」

違わない。彼の推理は、いたって常識的な捜査員のそれだ。名探偵の神の如き推理には程遠いが、まさしく事実を言い当てている。修作は膝を屈しそうになりながら、しかし懸命に探偵の推理の抜け道を捜した。すると、ひとつ微かな光明が彼の頭に閃《ひらめ》いた。

「そ、そうだ。犯人はまだ逃走していないのかも……まだ、この広い屋敷の中に身を潜めて、逃亡の機会を狙っているのかも……」

「なるほど。その可能性もなくはないですね」

そういう鵜飼は、余裕の表情で続けた。「ならば、その確認作業はこれからこの屋敷に押しかけてくるであろう、警察の方たちにお願いしましょう。彼らが屋敷中をくまなく捜索すれば、僕らの知らない真犯人がひょっこり現れるのかもしれない」

鵜飼の言葉が終わるのを待っていたかのように、遠くでパトカーのサイレンが響きはじめる。烏賊川市警察の登場だ。修作は、もう聞きたくない、というように扉を閉めて、よろけるように近くの椅子に腰を下ろした。

「いや、屋敷の捜索は必要ない。この屋敷には僕のほかは、あんたたちしかいない。見知らぬ真犯人なんて、現れるわけがない。そうだ。犯人は僕だ。僕が叔父を殺したんだ。密室の中で首を吊ったように見せかけて殺した。──くそ、うまくいったと思ったのに！」

だが、とんだ大失敗だ。地下室を密室にして完全犯罪を成し遂げたつもりが、知らないうちに藤枝邸という密室の中に被害者と一緒に閉じ込められていたなんて！

我ながら間抜けすぎる話で、笑い話にもならない。

自嘲《じちょう》気味に笑みを浮かべた修作は、ふいに顔をあげて鵜飼を見た。そうだ。警察に引き渡される前に、この憎らしい探偵の口から、ひとつ聞いておきたいことがある。

修作は探偵に尋ねた。

「あんた、あの地下室の密室の謎は解けたのか？」

すると鵜飼は名探偵にはあるまじき素っ気ない態度で、こう答えた。

「そんなもん、僕は知りませんよ。きっとなにか、上手いやり方があったんでしょ――」

時速四十キロの密室

1

昇ったばかりの朝日に車体を輝かせながら、一台の青いルノーが走る。

場所は烏賊川《いかがわ》市の市街地を出て、西へ数キロいったあたり。白浜海岸道路と呼ばれる、海沿いの県道である。片側を切り立った崖、片側を太平洋に挟まれた片側一車線の舗装道路。一般人が夏休みのこの時季、昼間ならばドライブに最適なロケーションだが、なにしろ現在の時刻は早朝六時。ドライブするには早すぎる。

すると、青いルノーはなにを血迷ったのか、歩道に乗り上げるような恰好で路肩に無理矢理急停車。中から現れたのは、二人の男。助手席から降りてきたのは、二十歳前後の青年。ワイキキの浜辺に沈む夕日の情景がプリントされたアロハシャツを着ている。

一方、運転席から出てきたのは、真夏というのに生真面目《きまじめ》な背広姿の三十代。その男は目の前で銀色に輝く海を見るなり、なにを思ったのか急に上着を脱ぎはじめ、その脱いだ上着を右手の指先にかけて肩に担ぐポーズ。おまけに海岸沿いのガードレールに無理して片足を乗っけて、これ見よがしに潮の香りを嗅《か》ぐ仕草。精一杯海の男を気取った彼の口からはいまにも、海に抱かれて男ならば、と加山雄三《かやまゆうぞう》の歌詞が飛び出しそうな雰囲気である。

「海に〜抱かれて〜」

「やめてください、鵜飼《うかい》さん」本当に歌いだすのを見て、アロハ青年——戸村流平《とむらりゅうへい》が呆れたように首を振る。「昭和の若大将を気取っている場合ではありませんよ」

白浜海岸に現れた謎の男、鵜飼杜夫《もりお》は、これでもれっきとした私立探偵。烏賊川市内の某雑居ビルにて『鵜飼杜夫探偵事務所』の看板を賑々《にぎにぎ》しく掲げ、皆様の健康と安全を願い、犯罪とCO^2の削減に取り組む地球に優しい名探偵である。関わった難事件は数知れず、解決した事件の数は数えるほどしかない。それでもいつか収入が支出を上回るそのときを夢見ながら、日夜自転車操業のペダルをこぎ続ける不屈の男。そんな鵜飼は助手である戸村流平にとって、探偵稼業の師匠でもある。

「なんなら、『探偵事務所の若大将』って呼んでくれてもいいんだぜ」

「誰も呼びませんよ」

流平の冷淡な態度に失望したように、鵜飼はようやくガードレールから片足を下ろした。

「まあ、そんなことはどうでもいい。僕らは大事な人に会いに、こんな朝っぱらから、この辺鄙《へんぴ》な海岸にやってきたのだ。探偵である僕らにとって、最も大事な人物。依頼人である小山田幸助《おやまだこうすけ》氏に会うために。そして、その小山田氏に大事な報告をするためにね」

鵜飼は聞いているほうが恥ずかしくなるような説明的な台詞《せりふ》を平然と口にすると、額に手をかざしながら、「さて、小山田氏はどこかな。このあたりで釣りをしているという情報は間違いないはずだ」と、さらに補足説明。

流平は鵜飼の言葉を聞き流して、ガードレール越しに海側を見渡す。白浜海岸は干満の差が激しいことで知られる遠浅の海だ。いまは干潮らしく、その名のとおり白い砂浜が広がっている。遥か遠くの波打ち際にビーチパラソルがポツンと一本。そこに人の姿が見える。

「どうやらあれが小山田氏のようだな。子供を連れているらしい。――やあ、そこの階段から浜に下りられそうだ。いってみよう」

鵜飼の指差すほうを見ると、そこにあるのは歩道から砂浜に続く、長さ五メートルほどのコンクリート製の階段。長年、海水の浸食を受けた結果だろうか、下半分がボロボロだ。

流平は嫌な予感を抱きながら階段を下りていく。

「気をつけてくださいね、鵜飼さん、この階段、コンクリートが弱くなっていますよ」

「なに、心配ない。それより君のほうこそ、気をつけたまえ。ここにぬるぬると湿ったワカメがある。危ない危ない。こんなもの、ウッカリ踏んで転げ落ちたとしても、きっと誰も笑ってくれないよ。いいね、絶対踏むんじゃないよ。踏んだら、大変だからな。いいな、絶対だからな、絶対に踏んではーー」

「判った、判りました！　踏んでみろっていいたいんでしょ」

「うむ、試しに踏んでみたまえ。僕は君の階段落ちが見たい」

ぜってー、踏まねー、カネ貰ったって、やんねー。心の中で流平は舌を出しながら、平然とワカメを跨《また》いで階段を下りていった。鵜飼は味のないスルメを嚙《か》んだような声で、

「君ね、最近、師匠の言葉に逆らうことが目立つけど、そんなことでは立派な探偵になれないよ」

「構いません。僕は長生きできればそれでいいんですから。さ、早くいきましょう」

夢のないことをいいながら流平は、ビーチパラソルの立つ波打ち際へ向かう。

パラソルの下には折りたたみ式のテーブルと椅子。そこに向かい合って座る老人と少年の姿があった。老人の傍《かたわ》らには一匹の柴犬が寝そべっている。老人は依頼人の小山田幸助氏に間違いなかった。小山田氏は六十五歳。地元でそこそこ名の知れた建設業を営む会社社長である。当然、お金持ちと見て間違いないのだが、いまは完全にプライベートな時間らしい。ポロシャツに短いズボンというラフなスタイルである。

一方、少年のほうは、おそらく小学校の高学年。小山田氏の孫のようだ。黄色いTシャ

ツにデニムのハーフパンツ、頭にベースボールキャップという、子供らしい装いだ。

小山田幸助氏は探偵たちの来訪を予想していなかった。二人の姿を見るなり、彼はギョッとした顔つき。折りたたみ椅子の上で背筋を伸ばし、二人の様子をしげしげと見詰める。

「ど、どうしたのかね、君たち⁉　急にこんなところにやってきて――」

「実は、急遽《きゆうきよ》お耳に入れておきたいことがありまして、こうして参りました。重大な御報告です。携帯で連絡をと思ったのですが、どうやら社長は携帯の電源をお切りになっている様子でしたので、直接うかがいました」

「そうか。それなら仕方がないな。わたしは釣りをする間は、誰にも邪魔されたくないので携帯は切ってあるんだ」

鵜飼は、「賢明なやり方です」と頷いてあたりを見回した。スタンドに立てかけられた四本の釣竿《つりざお》に彼の目が留まった。「お孫さんと一緒に早朝から釣りとは、楽しそうですね」

「ああ、楽しいとも。わたしの唯一の趣味だ。ただし、早朝からではないよ。実は昨夜からなんだ。そろそろ、引き上げようと思っていたところだった。――ところで重大な報告というのは、やはり例の件なんだろうね」

鵜飼は無表情なままで静かに頷いた。

「お休みのところを、恐縮ではありますが、少しお時間をいただけますか」

あくまでも低姿勢であるが、探偵の言葉には相手に選択の余地を与えない強引さがある。

「そうか、よく判らんが、とにかく話は聞こう」小山田氏は椅子から立ち上がると、向かいに座る少年の頭に手を置き、優しい笑顔を向けた。「健太《けんた》、じいちゃんはこの人たちと仕事の話があるんだ。悪いが、ベンと一緒に遊んでいてくれないか」

健太と呼ばれた少年は、「うん、判った」と素直に頷いて、目の前のスタンドに立てかけられた釣竿の中からいちばん短い竿を手にした。それが少年の愛用する竿なのだろう。短いといっても長さ四メートルほどの本格的な釣竿だ。

「じゃあ、あっちのほうにいって釣ってくる。――いこう、ベン、松方弘樹《まつかたひろき》に負けないぐらいの大物を釣って、じいちゃんをびっくりさせてやろうぜ!」

少年は釣竿と道具一式を抱えて一目散に砂浜を駆け出した。ベンと呼ばれた柴犬が尻尾を振って少年の後に続く。三百キロのマグロを狙うらしい。少年の後ろ姿が充分離れるのを待ってから、依頼人は探偵たちに向き直り、「まあ、座りたまえ」と椅子を勧めた。

さっきまで少年が座っていた椅子に当然のように鵜飼が座る。流平は探偵と依頼人の両方が見える位置に立った。

「さて、それではどんな話か聞こうじゃないか。わたしが君に依頼したのは、妻の浮気調査だったはずだが、その件でなにか進展があったのかね」

「ええ、確かに大きな進展がありました。奥様の浮気相手が判ったのです。我々の執念の張り込みによって」

「そうか。嬉しくはないが、それは結構なことだ。そのために君たちを雇ったのだからな。しかし休日の早朝六時に探偵がわざわざ押しかけてくる理由が、それかね。だったら通常の報告でいいような気がするが」

「ところがそこでアクシデントがありまして」鵜飼は依頼人の目を見据えて、重大な事実を口にした。「奥様の浮気相手は、何者かによって殺害されてしまったのです。それも走行中のトラックという、いわば走る密室の中で――」

2

それはいまを去ること、つい六時間ほど前。昨日から今日へと日付が変わろうとする真夜中の出来事である。

場所は、烏賊川市の西の岬に近年造成された洒落《しゃれ》たリゾート地帯。お金持ちの別荘や、若者向けのペンションなどが立ち並ぶ一帯には、いくつかの貸し別荘も存在する。金さえ払えば一泊二日から利用可能な貸し別荘は、若い家族や学生たちに大人気。もちろん人目を憚《はばか》る関係の男女にとっても理想的な環境である。ただし、探偵たちの見張りがなければの話だが――

鵜飼杜夫と戸村流平の二人は、コテージ風の貸し別荘を見張っていた。貸し別荘にはカトレア荘という名前がつけられている。二人は夕暮れ時にひとりの女の車を尾行して、このカトレア荘にたどり着いた。女の名前は小山田恭子《きょうこ》、三十九歳。建設会社社長、小山田幸助氏の若い妻である。夫には「同窓会に参加する」といって、彼女はここまでやってきた。もちろん貸し別荘が同窓会の会場でないことはいうまでもない。小山田恭子は男に会うために、ここまで車を飛ばしてきたのだ。

だが、小山田恭子がカトレア荘に入って以降、誰も建物に入った者はいない。ということは、彼女が建物に入るより先に、相手の男はもう到着していた可能性が高い。

「……ってことは、いまごろ二人でよろしくやっているってわけか……」

流平は明かりの灯った窓の向こうの光景に思いを馳《は》せつつ、自分の立場を呪った。

流平は隣の別荘の植え込みの陰に125ccのバイクを止めて、そこから双眼鏡片手にカトレア荘の裏口を見張っていた。不自然な姿勢と熱帯夜の空気、なによりも容赦なく襲い掛かってくるヤブ蚊のうっとうしさに閉口《へいこう》しながら、彼の孤独な戦いは続く。

一方、師匠である鵜飼はといえば、愛車ルノーを近くの駐車場に止めて、クーラーの利いた運転席でさっきまではナイター中継を、いまごろはアホなお笑い満載の深夜ラジオを聴きながらカトレア荘の正面玄関を見張っているはずだ。このように同じ探偵事務所にあっても師匠と弟子の間の労働環境には、微妙にして厳然たる格差が存在しているのである。

流平の携帯が振動をはじめたのは、そんなころだった。鵜飼からだ。すぐさま携帯を耳に当てると、流平は不機嫌な声で応じた。

「はい、戸村です。なんか用っすか、鵜飼さん。あれ、もしもーし、鵜飼さーん、どうしたんですかー」

『…………』携帯の向こうからは深夜ラジオのアホな笑いが聞こえてくるばかり。やがてくぐもった声で鵜飼がいきなり命じた。『――合言葉をいえ』

「は!?　合言葉――」

『そうだ。鵜飼探偵事務所の合言葉だ。早くいえ』

「なにいってるんですか、僕ですよ僕、戸村流平ですよ。声で判るでしょ。え、普段の声と違う!?　不機嫌そうな声!?　不機嫌でも僕は僕ですよ。だいたい、僕の携帯に掛けといて、なにいってんすか――ああ、はいはい、判った、判りました。いえばいいんでしょ、いえば――」

流平は渋々と頷く。ところで鵜飼探偵事務所の合言葉って、どういうのだっけ？　えーっと、そうそう確か、『黒猫・三毛猫・招き猫』とか、そんなやつだった。うん、間違いない。流平は小さく息を吸って、「いいですね、じゃあいきますよ。――黒猫・三毛猫！」

『よし、OKだ。それじゃあ、さっそく本題に入ろ――』

「こらあ――ッ！　本題の前に、合言葉いえよッ、こっちが『黒猫・三毛猫』っていったら、そっちが『招き猫』だろッ、あんたが答えなきゃ合言葉にならないんだってーのッ！」

『ははは、なにいってるんだい、流平君。僕だよ僕、鵜飼だよ。声で判るじゃないか』

「…………」なるほど、確かにこれは鵜飼だ。声で判るとかそういう話ではなくて、こんな他人の神経を逆なでするような電話を掛けてくる男は、彼しかいない。「判りました。もういいです。――で、どうかしたんですか、鵜飼さん。なにか動きでもありましたか」

『いや、こっちは相変わらず動きはない。そっちの動きはどうだ』

「べつに、なにもありませんね。相変わらず窓のカーテンは引かれたまんまです。本当に恭子夫人は男と会っているんでしょうかね。だんだん、不安になってきましたよ」

『うむ、間違いなく男と会っているはずだ。だが、相手の男がまだ確認できていない。ところで、不思議に思わないか、君。ここで張り込みを開始して約五時間。中にいる二人は、いっさい窓から顔を出さないだろ。密会中だから警戒するのは当然だが、少々念が入りすぎている。ひょっとすると、向こうは僕らの見張りにすでに気がついているのかもしれない。どうも、そんな雰囲気を感じるんだ』

「そうかもしれませんねえ。なにしろ、鵜飼さんのルノーは目立つから——あ！　ちょっと待ってください」流平は急に声を潜めて、目の前の光景に注意を集中させた。「車が一台こっちにきます。トラックです」

ゆっくりとこちらに近づいてきたそのトラックは、カトレア荘の裏口の手前で計ったように停車した。

「あ、止まりました。トラックとしては小さいタイプです。車体の色は白。荷台に幌《ほろ》は掛かっていません。あ、中から人が降りてきます。作業服姿が二人です。いま二人で裏口からカトレア荘に入っていきます。いったい、なにをするつもりでしょうね」

携帯の向こうの鵜飼が、多少なりと緊張感を帯びた声で答える。

『そのトラックは恭子夫人か、あるいは密会相手の男性が呼んだのだろう。男が顔を隠したまま首尾よく脱出するための助っ人だ。たぶんね』

「やっぱり向こうは僕らの見張りに気づいていたんですね。それで手を打ってきた」

『そういうことだ。おそらく浮気相手の男がなんらかの荷物に化けて出てくるんじゃないかな。写真週刊誌に追われる芸能人が、最後の手段としてよく使う手だよ。いいかい流平君、しばらくすると作業服姿の二人が、重そうな荷物を持って裏口から出てくるだろう。そして、その荷物をトラックの荷台に載せて走り出すはずだ。君はトラックの後をバイクで追ってくれ。荷物の行き先を見届けるんだ』

「了解ですけど、鵜飼さんはどうするんですか」

『僕はここに残る。トラックはダミーである可能性もあるからね。探偵の目をトラックに引き付けておいて、見張りがいなくなったところで、後から恭子夫人とその愛人が手を繋いで悠々と現れる——そんな作戦なのかもしれない。それに確率は低いけれど、恭子夫人のほうが荷物に化ける可能性もある。その場合は密会相手の男性のほうがカトレア荘に残ることになるから、やっぱりこっちの見張りは必要だ。だから、僕がここに残る。トラックは君に任せた』

「…………」

鵜飼の理屈は充分頷けるのだが、なぜだろうか、難しい仕事を一方的に押し付けられた気分。だが、流平としては釈然としない思いを抱きながらも頷くしかない。

「判りました。トラックを尾行します。でも、男が荷物に化けて出てくるなんて、そんな漫画みたいな手口、本気でやる奴なんていますかねー。ちょっと信じられないなー」

『ふふん、君は経験が浅いから、そんなふうに疑うのも無理はない。しかし切羽詰《せっぱつま》った人間というのはね、往々にして思いもよらないような突飛《とっぴ》な手段を選ぶものさ。まあ、見ていたまえ』

電話の向こうで自信ありげに鵜飼が笑う。すると流平の目の前で、裏口の扉が開き作業服の二人組が再び姿を現した。その瞬間、流平は鵜飼の慧眼《けいがん》に感服した。

「凄い……本気でやる奴がいましたよ……鵜飼さんのいうとおりでした……」

確かに二人組は馬鹿でかい荷物を両側から抱えていた。馬鹿でかい荷物——それは木製の細長い箱のようなものだった。お洒落な家具店で売られているような木製の箱形ベンチだ。細長い箱に、申し訳程度に低い背もたれが取り付けられていて、箱の上に大人二人が並んで腰掛けられる。と同時に、腰を下ろす部分が蓋のようになっており、それを開くと箱の中は空洞。そこは収納スペースとして利用できるのだが、小柄な大人が精一杯身体を縮めれば、なんとか身を潜めることも可能。確か、そのような構造だったはずだ。

流平は携帯を耳に押し当てながら、目の前の状況を説明した。

「作業服の二人は、箱形のベンチをトラックの荷台に載せようとしています。もの凄く重そうです。ええ、箱の中身は間違いなく人間ですね。ああ、いまやっと載りました。荷台には箱形ベンチがひとつだけ。他に荷物はありません。二人は車に乗り込みました——」

そういいながら、流平もまた慌ててフルフェイスのヘルメットを被り、自分のバイクに跨《また》った。

「トラックがスタートします。それじゃ、僕は後を追いますから、通話はこれで」

『うむ、なにかあったら連絡をくれたまえ』

なにもありませんように——そう呟きながら流平は携帯を切り、慎重にバイクをスタートさせた。

3

カトレア荘の裏口を出発したトラックは、別荘やペンションの立ち並ぶ区画を右へ左へと進路を変えて走り抜ける。流平はトラックの荷台に載せられた箱形ベンチに注意を払いながら後を追う。やがて建物らしい建物が見当たらなくなると、車は二車線の道路に出た。東の方角に向かう海沿いの県道。右手が海岸、左手が切り立った崖となっていて、脇道らしい脇道もない一本道。いわゆる白浜海岸道路だ。まっすぐいけば烏賊川市の市街地である。

時刻も時刻なので海岸道路に車の姿はほとんどない。信号も、たぶんほとんどないだろう。これなら相当強気にアクセルを踏み込んでもまず大丈夫だと思うのだが、トラックは法定速度を守りながら――というか法定速度すら下回るノロノロ運転で海岸道路を進んでいく。流平のバイクの速度計で計ったところでは、だいたい時速四十キロだ。追走するには、このぐらいの速度のほうが理想的ではあるが、それにしてもずいぶん遅い。うっかりすると、バイクで追い越してしまいそうになるほどだ。

「そうか、荷台に人が乗っているから、あまり飛ばせないってわけだ。これなら、楽勝楽勝――」

荷台後方の箱形ベンチは、小さな背もたれをこちら側に向けて、つまり進行方向を向いた形で置かれている。もともとがベンチだから、さながらトラックの荷台に急ごしらえの後部座席が出現したような恰好だ。もちろん、ベンチの上に座っている者はいない。だが、ベンチの中の空洞に人がひとり隠れているのだ。流平は確信を持って尾行を続けた。

県道は一本道だから、街中に入るまでは目の前のトラックを見失う心配はまずない。車間距離を広めにとったとしても大丈夫だろう。そう思って流平はバイクの速度を意識的に弛《ゆる》めた。トラックとの間には五十メートルほどの距離ができた。そのままの間隔を維持するように心がけながらトラックを追う。カーブを曲がったときなど、両者の距離が一時的に広がるときもあったが、それでも特に問題はない。いまのところは、想像していたよりも楽な尾行である。そのことがかえって流平を不安にさせた。

「待てよ……ひょっとして……」

流平はふと奇妙な想像を巡らせた。箱形ベンチの中にはたぶん人が入っている。誰かは知らないその人物が、ひょっとして走行中のトラックの荷台から、飛び降りたりする可能性はないだろうか。例えば、大きなカーブを曲がったときなど、一時的にトラックが流平の視界から消えることはある。ほんの数秒のことではあるが、その間、荷台への監視はゼロになる。箱の中でじっとしていた人間が、ここぞとばかりに箱から飛び出して、エイヤッと路上に捨て身のダイブを敢行するという可能性は――

「ま、あり得ねーな。時速四十キロじゃ……」

時速四十キロは車にとってはノロノロ運転でも、生身の人間にとっては相当速い。飛び降りたりすれば、良くて重傷、悪ければあの世行きだ。かえって大騒ぎになるから、浮気を隠したい当人にとっては逆効果だろう。箱の中の御仁だって、それが判らないほど馬鹿でもあるまい。

「てことは、要は車さえ見失わなければいいってことだ……」

流平はそう考えて、前方のトラックを追走することに集中した。

トラックは約七キロの海岸道路を十分ほどで走り抜けた。分速七百メートル。時速に直すと六十倍だから、七百掛ける六十はナナロク……ナナロク⁉　ええと、ロクシチ四十二だから、うん、時速四十二キロ。やはり大雑把に時速四十キロ程度と考えていいだろう。海岸道路を抜けたトラックは、烏賊川市の街中に入る。たちまち交通量が増えた。といっても深夜のことだから、追走が困難になるほどではない。ただし、街中では海岸道路のときのような広い車間距離をとるわけにはいかない。あまりゆっくり構えていると、いつどんな横道に逃げられるか判らないからだ。流平は、トラックとの間隔を詰めようとバイクの速度を上げていった。

ちょうどそのとき、前をいくトラックの遥か前方に信号機が見えた。街に入って最初の交差点だ。

信号は青。しかし流平が見ている前で、それはいきなり黄色に変わった。それを合図にするように、前をいくトラックが一気にスピードを上げた。流平はピンときた。赤信号や遮断機の下りた踏切を利用して尾行をまくのは、いわば逃亡者の常套手段。トラックはこのまま交差点を走り抜けて、こちらの追跡を振り切る考えなのだろう。ええい、そうはさせるか——流平はアクセルを全開にし、ついでに妄想も全開にした。

「逃がさんぞ、悪の秘密結社め！」

流平はショッカーを追う藤岡弘《ふじおかひろし》、になりきってバイクの上で極端な前傾姿勢をとった。昔の小学生が自転車でよく真似した乗り方である。風力抵抗を極限まで減らせるこの乗り方は、往々にして前方不注意に陥りやすく大きな事故の元なのだが、夢中で悪を追いかける改造人間戸村流平はそのような危険を顧《かえり》みない。彼は125ccのサイクロン号を全力で走らせ、逃げるトラックの背後に猛然と襲い掛かった。

だが、必死の逃亡を図るトラックは赤信号にもかかわらず、勢いよく交差点へと突っ込んでいく――と思いきや、停止線の手前でトラックは「キイッ」とブレーキ音を響かせながら急停車した。

「え？」流平の口から驚愕と絶望の叫び声。「嘘だあぁぁッ！」

次の瞬間、流平のバイクは急ブレーキの甲斐もなくトラックの最後尾に激突。彼の視界の中で天地がぐるりと一回転。大きく空中に投げ出された彼は、うつぶせの恰好で着地し、ヘルメットの頭を強打した。痛みと恐怖、興奮と緊張で、流平はしばらく身動きが取れない。

「…………」

とにかく自分が死んでいないことだけは、なんとか判る。だが、いったい自分がどこに着地したのか、それが判らない。土でもなく、アスファルトでもなく、この感触は鉄――鉄板でできた平たい空間。ということは、ひょっとしてトラックの荷台か。たぶん、そうだろう。バイクはトラックの最後尾に衝突した。宙を舞った自分は幸か不幸かトラックの荷台に着地した。あり得ることだ。しかし、尾行していた人間が相手の車の荷台に投げ出されるなんて、いかにも恰好悪い話だ。鵜飼が聞いたら探偵失格の烙印《らくいん》を押すだろう。

いまだ動けないままの流平の耳に、運転席のドアの開閉音が聞こえる。やがて彼の頭上から聞き覚えのない声が響いた。

「大変だ、母ちゃん、見ろよ、こいつ……死んでやがるぜ……」

「あれあれ、こりゃ目も当てられないねえ……死んじゃってるよ……」

会話の様子から察するところ二人は母親と息子。箱形ベンチを運んでいた作業服の二人組に違いない。その二人組はたったいま荷台を覗き込み、流平の《死体》を発見したところらしい。

おいおい、待ってくれよ、と流平は心の中で叫んだ。確かに、酷《ひど》い目にはあったけど、まだまだ全然死んじゃいないぜ。だいたい、脈も取らず呼吸も確かめず、それでなんで死んでるなんて決め付けるんだよ。勝手に殺してくれるなよ。

流平は抗議するように、ゆっくりと身体を起こす。顔を上げると目の前には、荷台の縁から覗き込む作業服の二人組がいた。もはや逃げも隠れもできない状況だ。流平はそう観念して、二人の目の前でフルフェイスのヘルメットを堂々と脱ぎ捨てた。「ふぅ～」と大きく息を吐く。

たちまち母親と息子の口から、怯《おび》えとも驚愕ともつかない言葉が飛び出した。

「こここ、こいつ、生きてるぜ、母ちゃん！」

若いほうの男は茶髪にピアスのチャラチャラした外見。流平の顔を震える指で差しながら、長芋のように細い顔を恐怖にゆがめている。

「ままま、まさかだろ、信じられないよ、そんな馬鹿な！」

母親のほうは茶髪というより金髪に近いパーマヘアーの女。息子が母ちゃんと呼んでいるから母親なのだと判るけれど、そうでなければ十歳年上の恋人だと勘違いしたかもしれない。首に巻かれたタオルで額の汗を拭《ぬぐ》いながら、流平の顔をマジマジと見詰めている。

「あんた、平気なのかい、本当に！」

「え——ええまあ、いちおうなんとか」

流平は首を傾《かし》げながら曖昧《あいまい》に答える。しかし、なんだか変だ。二人は流平がトラックにぶつけたことを咎《とが》めるのではなく、怪我をした流平を介抱するのでもなく、ただただ彼が生きているという事実に驚きを隠せないでいるらしい。どういうことなんだ？　わけが判らない流平に、茶髪でピアスの青年が震える声で尋ねた。

「お、おめえ、そんだけ血ぃ流して、なんで平気なんだよ……普通、死ぬぜ……」

「……血ぃ？」

そういえば、と思ってあらためて右手に視線をやる。掌が妙な液体で濡れている。交差点の街灯にかざして眺めてみる。掌は真っ赤に染まっていた。まるで血のような赤——というよりこれは、血そのものではないのか。

「——な！」流平は慌てて立ち上がり、荷台の状況を確認する。「こ、これは！」

荷台の上はまさに血の海だった。おびただしい量の赤い液体が、荷台の床面を浸している。流平もあまりの光景に動転してしまい、一瞬これは自分の流した血なのかと思う。だがもちろん、そんなはずはない。着地の仕方がよかったのか、流平の身体に怪我らしい怪我はどこにもないのだ。

「違う！　この血は、俺のじゃない！」

「おめえのじゃなかったら、この血は誰が流した血なんだよ？」

茶髪青年の問いに、流平はハッとなった。そういえば荷台の上には、もうひとりべつの人物がいるではないか。流平は荷台の後部に置かれた箱形ベンチに視線をやった。ベンチの底の部分が特に血だらけだ。流平はベンチに歩み寄り、初めてそれを間近に観察した。

ベンチの本体は縦横五十センチ、長さ一メートルほどの細長い箱。そこに三十センチほどの低い背もたれが付くことで、ベンチらしい外観になっている。腰を下ろす部分に手を掛けてみる。やはり扉のように開くようだ。

「この箱形ベンチの中身はなんですか。ひょっとして人間……」

茶髪青年と金髪母さんのトラッカー親子は気まずそうに呻《うめ》き声をあげ、それからいっせいに荷台に飛び乗ってきた。金髪の母親が流平を押しのけるようにして箱の蓋の部分を摑《つか》む。幅五十センチ長さ一メートル程度の蓋が片開きの扉のように開く。蓋は背もたれに寄り添うように、九十度ちょっとの角度まで開いた。目の前にぽっかり開いた空洞。

「うッ……」

その場にいた三人の口からいっせいに小さな呻き声があがった。

予想どおり、箱の中身は人間だった。黒い髪の毛と、横を向いた顔。背広を着た小柄な男性だ。箱形ベンチという狭苦しい空間の中に、精一杯身体を縮めて綺麗に納まっている。流平は念のために首筋で脈を見ようと思って手を伸ばしかけたが、すぐにそれを諦めた。男の首筋に切り裂かれたような傷があった。男は頸動脈を切られて死んでいた。流れ出したおびただしい血液が、箱の底から漏れ出してトラックの荷台を血の海に変えていたのだ。流平は箱の中の死体から顔を上げて、荷台の上で呆然とする親子二人を見やった。表情を強張《こわば》らせた二人の姿は、流平の目には心の底から衝撃を受けている様子に映る。これが演技ならば玄人ハダシだ。流平は目の前の二人にとりあえず尋ねた。

「この男、誰なんですか」

母親のほうが冷静な声で答えた。

「田島吾郎《たじまごろう》って男だよ。確か、弁護士の先生だって、そう恭子がいってたっけ……」

4

小山田幸助氏は意外な名前を耳にしたというように、溜め息交じりにそう呟いた。

「田島吾郎……そうかあの男か……」

女房の浮気相手の名前を聞かされた旦那の気分というものは、いったいどのようなものなのだろうか。流平にはいまいちピンとこないのだが、目の前の会社社長は少なくとも、激しく動揺するような態度は取らなかった。むしろ極力冷静に事実を受け入れようと努力する姿勢が見て取れる。彼は独り言を呟くような口ぶりで、妻の浮気相手について語った。

「田島吾郎というのは、昨年からうちの会社で顧問弁護士を務めるようになった男だ。若いが優秀な男で、わたしも信頼して雇ったのだが――。そういえば、彼をうちの会社の顧問弁護士にと最初に薦《すす》めたのは、妻だったかな。なるほど、それではその当時からすでに二人の間には関係が――いや、まあそれはどっちでもいいことだ。要するに、二人してわたしをコケにしておったというわけだ。ふむ、その点はよく判った」

小山田氏の言葉に若干の憎悪の色が滲《にじ》む。そして彼はささくれ立った気分を紛《まぎ》らわせるように潮の引いた海に視線を向けた。

波打ち際では、彼の孫が長い釣竿を振り回して、投げ釣りに挑んでいる。健太少年の背後で、柴犬のベンがなにかに驚いた様子でワンと吠えて小さくジャンプする。こちらでおこなわれている深刻な話とは対照的に、平和でのどかな休日のひとコマだ。少年の楽しげな振る舞いを眺めていると、ドロドロした浮気も、弁護士の不可解な死も、まったく別世界の出来事ではないかと思えてくる。だが、これはけっして夢でも空想でもない。流平自身がつい数時間前に自ら遭遇した現実なのだ。

小山田氏は再び鵜飼のほうに視線をやり、重たそうに口を開いた。

「いくつか尋ねたいことがある。まず、妻の行動だがね。愛人を箱形ベンチに詰めて運び出すというやり方は、どうも突飛過ぎて、わたしには理解できん。いったい、妻はなんだってそんな馬鹿な真似をしたのかな」

「もちろん、田島吾郎の姿を覆い隠し、こちらに浮気の証拠を摑ませないためですよ」

「だが、状況からいって箱形ベンチの中身が浮気相手であることは明らかだ。中身が見えようが見えまいが関係ない。箱形ベンチを運び出すという不自然な行動が、すなわち彼女の不貞を証明しているではないか。それだけでもう、わたしとしては離婚を決意するに充分なのだよ。浮気相手が誰であろうが、確実に離婚だ」

「お気持ちは判ります。しかし箱形ベンチの写真を撮ったところで、浮気の証拠にはなりません。浮気の証拠がなくて離婚するなら、それは双方話し合いの上での円満離婚ということになる。その場合、恭子夫人は妻としてそれ相応の財産分与を要求できるわけです。逆に浮気の証拠を摑まれた上での離婚なら、夫人はむしろ慰謝料を請求される立場となる。お判りでしょう？　恭子夫人にとって、浮気相手の写真を撮られるか否かは天と地ほどの開きがある。だから、恭子夫人は必死であのような手段に活路を見出したのです」

「なるほど。そこまで考えての行動というのなら、話は判る。となると判らないのは、その後の出来事だ。箱形ベンチの中にいた田島吾郎が、何者かに殺されたというのだね」

「ええ、そのとおりです。しかも、走行中のトラックの荷台の上で」

「そこが、奇妙だな。いったいどういうことなのかね。君の話を聞く限りでは、誰がどうやって田島を殺したのか、よく判らなかったが」

「ええ、もちろんそうでしょうとも」鵜飼は芝居がかった仕草で両手を広げた。「僕らだって、誰がどうやったのか、いまだ皆目見当もつかないのですから」

死体を発見した親子――茶髪青年と金髪母さん――は、その場ですぐには警察に通報しなかった。おそらく彼らは不倫発覚を阻止するために小山田恭子夫人に雇われた者たちだ。警察を呼べば、恭子夫人のおこないが白日の下に晒《さら》される。そうなると、いろいろ厄介なこともあるのだろうと、それぐらいの想像は流平にもついた。

「ここから少しいったところに、あたしたちの会社がある。とりあえず、そこに場所を移すよ」

母親のほうが有無をいわさぬ口調で流平にいう。「坊やも一緒にきな。聞きたいことがあるんだ」

「え、坊やって――いやいや、僕はここで降りま――わ！　なにやってんだ、てめえ！」

トラックの荷台から降りようとする流平の目の前で、茶髪青年は壊れたバイクを電信柱に立てかけて放置。そのまま自らも荷台に乗り込んだ。流平がひるんでいる隙に、トラックはドーピングした短距離走者のようにロケットスタート。流平は荷台に乗っかったまま、死体と一緒に運ばれていく。しかも、茶髪青年の監視付きだ。逃亡の恐れあり、と見なされているのだろう。ともかく流平は覚悟を決めた。もうしばらく、この事件に付き合うしかなさそうだ。

そうして、たどり着いたのは小さな門と小さな駐車スペースと小さな事務所を持つ、会社のような自宅のような場所。看板には『引越しの店・三ツ星《みつぼし》運送』とある。金髪母さんがいった、『あたしたちの会社』というのは、この運送会社のことらしい。

トラックは敷地の片隅に立つ水銀灯の真下に停車した。荷台の上が白い光に照らされる。金髪母さんが運転席から降りてきて、身軽な動きで再び荷台に上る。彼女は茶髪の息子を背後に従えるようにしながら、流平の正面に立った。

「さてと、ここなら誰にも邪魔されずに落ち着いて話ができる。まずは、坊やの名前から聞こうか。いや、人に名前を尋ねるときは、まずはこっちが名乗るべきだね」

それは助かる。いつまでも茶髪と金髪を代名詞のように使うのは無理があると思っていたところだ。

「あたしはこの会社の社長、星野康子《ほしのやすこ》。こっちは息子で従業員の星野敬太郎《けいたろう》、ま、社長とか従業員とかいっても、全員合わせて五人だけの零細運送業だけどね。で、坊やは？」

「坊やってのの、やめてもらえませんか。僕の名は戸村流平。職業は、その……フリーターっていうのかな……」

「あー、嘘は駄目だよ。あんた、探偵だろ。知ってるよ」金髪康子は本当になんでも知っているような視線で流平を見据えた。「ずっとつけていたね、あたしたちのトラックの後を。カトレア荘を出たところからずっと。恭子の浮気の証拠写真を狙っていたんだろ」

「さあ、どうだったでしょうか」流平は曖昧《あいまい》に答えた。この状況で探偵としての守秘義務を全《まっと》うすることに果たして意味があるのかどうか、正直よく判らない。「まあ、そちらは職業を明かしたんだから、こっちも探偵事務所の人間であることだけは教えておきます。それ以上のことはいえませんがね」

「いわなくたって、判るっての。依頼人は恭子の旦那だろ。隠すな隠すな。これは殺人事件なんだ。いまはまだ警察に通報していないけど、やがては警察沙汰になる。そうなれば恭子と田島の不倫も、恭子の旦那が探偵雇っていたことも、全部バレる。あんたひとりが隠し事したって意味ないのさ」

すべて見透かされている。星野康子はなかなか頭の切れる女性らしい。

「はあ、まあそうっすね。確かに、おっしゃるとおり」流平はバツの悪い思いで頭を掻き、彼女の言葉を全面的に肯定した。「ところで、警察呼ぶ気があるのなら、早いところ一一〇番したほうがいいんじゃありませんか」

「そうしたいのはヤマヤマなんだけど、どうもこの事件おかしいよ。話が変だ。状況をよく見極めてから通報したほうがいい。ヘタすると、こっちが警察に疑われて、痛くもない腹を探られるようなことになりかねないからね。なーに、通報が二、三十分遅れたからって、警察も文句いったりしないさ。——さて、そんなわけだから時間がない。正直に答えるんだよ」

康子は鋭く流平を睨《にら》みつけ、顎《あご》の先で血まみれの箱形ベンチを示した。

「あれは、あんたの仕業《しわざ》？　それとも、あれも誰かに依頼されたことかい？」

「…………」なるほど、彼女の立場からすると、そういう考え方になるのか。流平は恐怖におののくように激しく首を振った。「違いますよ。僕はあなたたちのトラックの後ろをバイクで追っかけていただけです。僕にできるわけがない。ずっとバイクに跨っていたんですからね。あなただってミラー越しに僕の姿を見ていたんじゃありませんか」

「確かに、見ていたよ。カトレア荘を出てすぐ、ミラー越しにあんたを確認した。海岸道路を走っている間、あんたのバイクはトラックのずいぶん後ろを走っていた。そして街に入って最初の交差点であの事故だ。そのとき田島はすでに死んでいたね」

「でしょう。ほら、どこに僕を疑う余地があるんですか」

「まあまあ、そう興奮するんじゃないよ。あたしはあんたを犯人に仕立てたいんじゃないんだ。確かにあんたは犯人じゃなさそうだ。それは判る。だから逆に教えてもらえるんじゃないかと期待しているのさ」

「教えるって、なにを？」

「田島吾郎を殺した犯人さ」当然だろ、というように康子は両手を広げた。「殺人現場はトラックの荷台の上だ。そのトラックの後をつけていたあんたは、いわば殺人現場をずっと見張っていたのと同じだろ。最高の目撃者じゃないか。カトレア荘からさっきの交差点までの間、誰か荷台に乗り込んできた人物がいれば、きっとそいつが犯人だ。そうだろ」

確かに康子のいうとおりだが、残念ながら流平は首を振るしかない。

「荷台に乗り込んだ人物なんて、僕は見ていませんよ。そういうあなたはどうなんですか。バックミラーで荷台の様子とか見ていなかったんですか」

「バックミラーは荷台の上を見るためのものじゃない。荷台の上はミラーの死角になっていて、案外よく見えないんだ。だから、あんたに聞いてるんじゃないか」

「そうですか。でも、誰かが荷台に近づくような場面なんて、全然なかったなあ」

するといままで黙っていた敬太郎がいきなり声を荒らげて凄んだ。

「ふざけんな。そんな馬鹿げた話、信じると思ってやがんのか。てめえ、誰かをかばってそんなこといってるんじゃねえのか。嘘つきやがると承知しねえぞ」

この息子、母親に比べるとだいぶ知性に欠けるタイプに見える。流平はムッとなって、やや喧嘩腰になった。

「それじゃあ聞きますがね、誰がどんな手段を使って時速四十キロで走行中のトラックの荷台に近づけるっていうんですか」

「そりゃあ、なんだ、やり方はいろいろあるじゃねえか」

「例えば？」

「た、例えば——歩道橋から飛び降りる、とか」

「走っているトラックの荷台に⁉　まさか。危険すぎるし、成功の確率は低い。だいいち、ここにくる途中、歩道橋なんてありましたっけ？」

康子が「ないない」と首を左右に振る。母親の反応を確認して、敬太郎はならばとばかりに新しいやり方を披露する。

「べつの車をトラックと同じスピードで走らせて、荷台に飛び乗るってのはどうだ」

「片側一車線しかない道路ですよ。車同士の併走なんて、できるわけがないでしょう。だいいち、そんなアクロバット走行をする車がいましたか。いたら、間違いなく僕の目にもあなたたちの目にも焼きついていたはずですよ」

「じゃあ、ええと……そうだ！　なにも走っている車に無理して乗り込む必要はねえ。犯人は、俺たちのトラックが信号待ちをしている間に、こっそり荷台に乗り込みやがったんだ。これだ。間違いねえ」

確かに、歩道橋やべつの車から飛び移るよりは、はるかに現実的な手段だ。しかし、それが真相でないことを流平は確信していた。

「信号待ちはありません。僕の記憶では、トラックはカトレア荘を出て海岸道路を走る間、一度も信号停止をしませんでした。信号で止まったのは、さっきの交差点が最初で最後。違いますか」

「え、えっと……ど、どうだったっけ……おい、母ちゃん？」

母親に助け船を求める敬太郎。すると康子はキッパリとした口調で断言した。

「彼のいうとおりだね。そもそも、海岸道路には信号なんてほとんどないし、あったとしても押しボタン式で、歩行者の少ない真夜中はまず間違いなく車道が青だ。だから、あたしたちのトラックは一度も信号に引っかからずに、さっきの交差点まできた。信号以外で止まったことは、なおさらなかったと断言できる」

「うう、くそッ——じゃあ、母ちゃんは誰が荷台の上にいる田島を殺《や》れたっていうんだよ」

「だから、それをいま考えているんだろ。現に、こうして男がひとり死んでるんだ。なにかやり方があるはずだよ」

康子は荷台の上を歩きながら神経質そうにこめかみのあたりを指先で叩く。敬太郎のほうは腕組みしながら黙り込んでいる。そんな二人の様子を眺めながら、今度は流平のほうから彼らに、質問を投げてみる。

「逆に聞きますけど、これはあなたたちの仕業ではないんですね？」

「当たり前だろ。あたしは、ずっと運転席にいてハンドルを握っていたし、息子はずっと助手席に座っていたんだから」

「でも、あなたたちは親子ですよね。かばいあっている可能性はある」

「なにがいいたいんだい？」

「例えば、助手席に座っていた息子さんが、ドアを開けて荷台に移動するというやり方は、どうでしょうか。そこで田島の喉を掻っ切り、再び助手席に戻るんですけど——」

「走っている車の上でかよ」敬太郎が呆れた声でいう。「おいおい、無茶いうんじゃねえ。そんなプロのスタントマンみたいな真似、できると思うか。俺はこう見えても、運動神経は鈍いんだぜ」

なにを自慢しているんだ、この男。だが、おそらく彼のいっていることは本当だ。あまり鍛えられているとは思えない痩《や》せた身体つきを見る限りでは、彼がスタント向きと思えない。そんな息子に、母親の康子が助け船。

「運動神経の問題よりもさ、さっきも話に出たとおり、目の前のトラックでそんな派手なことが起こっていれば、その光景があんたの目に焼きついたはずじゃないか。そうだろ？」

「そうですね。たぶん、そうだと思います」

厳密にいえば、流平とて一秒たりともトラックから目を離さずにいたわけではない。計器類に視線を落とす瞬間もあったし、対向車に気を取られる場面もあった。大きなカーブがあれば、その度に彼の視界からトラックの姿は一時的に消えていたのだ。とはいえ、それはほんの数秒間のこと。そのようなわずかな時間で、ひとりの人間が助手席と荷台との間を身軽にピョンピョンと移動できるとは、やはり考えられない。止まっている車ならともかく、トラックは時速四十キロ程度を維持しながら常に動いていたのだ。

「となると、ますます不思議ですね、この事件。走行中のトラックの荷台で人が殺された。被害者が飛び道具で撃たれて死んだというのなら、まだ考えようもあるでしょう。けれど、この被害者は首を切られている。つまり犯人は刃物を持って荷台の上に立ち、被害者の首を切り裂いたということです。だけど、トラックがカトレア荘を出て以降、誰ひとり荷台には近づいていない。犯行の機会は誰にもなかったということになります。それなのに箱の中で、いつの間にか田島吾郎は首を切られて死んでいた——」

流平はあらためて目の前に横たわる謎の不思議さに打たれた。

「完璧だ。どこにも隙がない。誰にも殺せるはずのない完全な不可能状況だ」

信じられない話だが事実だ。これを成し遂げた犯人は、時速四十キロで移動する空間を、人目につかずに自在に行き来できるとでもいうのだろうか。

6

時速四十キロの密室についての考察は見習い探偵、戸村流平の手に余る。そこで彼はべつの角度から、この事件を眺めてみた。犯人はなぜトラックの上で田島吾郎を殺したのか、という問題だ。

走行中のトラックの荷台というのは殺人劇の舞台としては魅力的ではある。不可能犯罪をテーマにした百枚程度の短編を書くように依頼されたミステリ作家ならば、喜んでそのような場所を舞台として選ぶことだろう。しかしながら、実際に犯罪をおこなう者にとって、そこは理想的な舞台とはいえないはずだ。危険だし、人目につく。風の抵抗や車の振動だって、犯人にしてみればやっかいなものだ。そのような空間をわざわざ犯行現場として選ぶ殺人犯が、現実に存在するものだろうか。どうもその点が引っ掛かる。

そのようなことを考えているうち、流平の脳裏に当然考慮されるべきひとつの可能性が浮かび上がった。「そうか、ということはつまり――」

「どうした。なにがいいたいんだい?」

怪訝《けげん》そうに眉を顰《ひそ》める康子に、流平はたったいま閃《ひらめ》いたばかりの推理を語った。

「ひょっとしてカトレア荘を出る時点で、すでに田島は殺されていたんじゃありませんか。つまり、最初から箱形ベンチの中には死体が入っていた。あなたたちは、それとは知らずに死体入りの箱を運ばされていたわけですよ。そうだ、これしかありません!」

不可能犯罪の解決としてはいわば裏道だが、犯罪者というものは往々にして裏道を選ぶものだ。この場合、犯罪者はもちろん小山田恭子夫人ということになる。べつにおかしくはない。愛情のもつれは悲劇の種となりやすい。恭子夫人が愛人である田島吾郎を殺害したのだ。流平は自分の唱えた推理に、ひとり悦にいったが、他の二人はガッカリしたように肩を落とした。

「なるほどね。あんたがその可能性を疑うのはよく判る。だけどそれは違うんだ。田島はあたしたちの目の前で、自分で箱に入ったんだ。最初から箱の中身が死体だったわけじゃないよ」

「う――」これも違うのか。自信があっただけに流平の落胆も大きかった。だが、簡単には諦めきれない。「信じられないなあ。そのときの様子を話してもらえませんか。カトレア荘の中でなにがおこなわれていたか、外で見張っていた僕には全然判らなかったから。そもそも、あなたたちと恭子夫人と被害者の田島吾郎という男、いったいどういう関係なんですか」

「あれ、見てて判らなかったのかい」至極簡単、というように康子は説明した。「要するにあたしが《運送屋》で恭子が《依頼主》。そんでもって田島が《荷物》っていう、そういう関係さ」

「はあ——もう少し、詳しくお願いできますか」

仕方がないね、といいながら康子はさらに説明を加えた。

「恭子はカトレア荘で密会中だった。密会の相手は田島吾郎だ。そして、それを写真に撮ろうと狙っている探偵がいる。これが、あんたたちだ。ここまでは、判るだろ」

もちろん、というように流平は黙って頷く。

「恭子は自分たちが見張られていることに気がついた。そこで、恭子はあたしに電話をよこした。『誰にも見られないように、恋人をここから逃がしてやって』という依頼だ」

「待ってください、三ツ星運送は電話一本でそういう依頼も引き受けるんですか」

「違うよ。あたしと恭子は幼馴染《おさななじみ》なのさ。彼女はあたしが運送屋やってることを知っていたから、頼めばうまい具合に運んでくれると思ったんだね。もちろん友達だからってタダじゃないよ。特別料金だ。あたしたちは電話で相談して計画を練った」

「それで、出来上がった計画が、田島を箱形ベンチに梱包して運び出すってこと？」

「そう。たまたまカトレア荘に人が入れるくらいの箱形ベンチがあったんで、それを利用したんだ。計画では箱に入った田島をこの三ツ星運送の敷地に運び込み、べつの車に乗せて裏門から逃がす予定だったんだ」

「なるほど。そのやり方だと、たぶん僕の尾行はこの場所で途切れていたはずですね」

「な、いい作戦だろ。あたしが考えたんだ」康子は得意げに胸を張った。「そんなわけで、あたしは息子と一緒にトラックでカトレア荘に向かった」

「カトレア荘では、生きている田島吾郎に会ったんですね」

「ああ、もちろんさ。田島はあたしたちの目の前で箱の中に入った。恭子もその様子を眺めていたよ。蓋を閉じて脱出準備完了。あたしと息子が両側から抱え持って、トラックの荷台に運び込んだ。その様子は、あんたも見ていたんだろ。箱の底が抜けるんじゃないかとヒヤヒヤしたけど、なんとか大丈夫だったよ」

「ええ、僕も確かにこの目で見ました。凄く重そうだったから、中身はすぐに人間だと判りました。そうすると、田島吾郎の生きている姿を見たのは、そのときが最後ってことですか」

「見たのはそうだけど、声だけなら荷台の上でも聞いたよ。積み込んだ直後に、箱形ベンチの中から『安全運転で頼む』って、そういう声が聞こえたんだ。だから、そこまでは間違いなく生きていたと保証できる」

「その直後にトラックは走り出し、僕がそれをバイクで追いかけた――」

こうして、議論は最初の段階に戻る。誰が走行中のトラックの荷台の上で田島吾郎を殺せたか。荷台に近づいた人間はひとりもいなかったというのに。駄目だ。やっぱり不可能状況に変化はない。

するとそのとき、いままで黙って話を聞いていた敬太郎がいきなり口を開いた。

「待てよ。よくよく考えれば、ひとりだけいるじゃねえか。トラックの荷台に上がった人間が」

「ええ⁉　そんな奴、ひとりもいないって、さっきそういう結論が出たんじゃ――あ！」

流平は思わず叫んだ。荷台の上にいた唯一の人物。それでいて、いままで盲点となって議論の俎上《そじょう》に載らなかった人物。その名前が稲妻のように彼の脳裏に閃いた。

「そうか、田島吾郎本人だ！　彼だけはずっと走行中のトラックの荷台にいた。ああ、なんでいままで気がつかなかったんだろう。本来なら真っ先に考えるべきことだったのに」

「なにをいってるんだい、あんた？」

キョトンとする康子に、流平は両手を振りながら訴えた。

「自殺ですよ、自殺！　普通、密室の中で死体が発見されれば、最初に考えるべきは自殺の可能性です。そして時速四十キロで走行するトラックの荷台も、いわば密室空間と呼んでいい。ならば、自殺の可能性は当然、考えられていいわけです」

「自殺だって⁉」康子は肩をすくめ、血まみれの箱を指差す。「あんた、あれが自殺に見えるのかい。あんな狭い箱の中にうずくまった恰好で、田島が自分で自分の喉を掻っ切ったと？」

「そうですよ。小さな刃物があれば可能です。その刃物は、喉を掻っ切った後に、田島が最後の力を振り絞って荷台の外に投げ捨てた。箱の蓋を中から持ち上げた状態で、放り捨てたんです。そして、力尽きた田島はうずくまるように崩れ落ちて、箱の中にきっちり納まって死んだ。箱の蓋は自然にまた閉まる。そして、僕らがそれを発見した、というわけです。——違いますか？」

流平は同意を求めるように敬太郎のほうを向く。しかし、敬太郎はゆっくりと首を振って「馬鹿馬鹿しい」と吐き出すようにいった。

「まだ不倫がバレたわけでもないのに、なんで他人の車の上で自殺なんかするんだよ」

「い、いや、それはそうですけど、人にはそれぞれ事情ってもんが……ていうか、そもそもこれ、あんたが言い出したことですよ。トラックの荷台に上がった人間がひとりだけいるって、あんたがいうから僕はてっきり田島のことをいっているのかと――」

「俺がいったのは田島の自殺とか、そういうことじゃねえ。荷台に上がった奴は、もうひとりいるんだよ」

「はあ……誰です？」

「おまえだよ、おまえ！」敬太郎は流平の鼻をズバリと指差した。「さっきの交差点での事故、あのときおまえは荷台の上に転がっていた。つまり、死んだ田島以外で走行中のトラックの荷台に上がった唯一の人間は、おまえなんだよ」

「…………」なんだ、そんなことか。

やれやれ、というように流平は首を振った。どうやら長すぎる議論のせいで、この男はいちばん最初の話を忘れてしまったらしい。

「だから、その件については、初っ端《しょぱな》に否定しましたよね。僕が事故ってトラックの荷台に放り出されたとき、すでに田島吾郎は死んでたんだって」

「いいや、その言い方は不正確だ。俺と母ちゃんが運転席を出て荷台に駆け寄ったとき、すでに田島は死んでいた、という言い方が正しい」

「ん⁉　それ、同じことなんじゃない？」

「いいや、違う。俺がいってるのは、おまえが荷台に放り出されたとき、まだ田島は箱の中で生きていたんじゃないか——ってことだ」

「…………」

「おまえはバイクでトラックに追突して、その勢いのまま荷台に飛び移る。驚いた田島は何事かと思って箱形ベンチから顔を覗かすだろう。その首筋をおまえは持っていた刃物で素早く切り裂く。そして、おまえは刃物を遠くに放り投げ、荷台の上に倒れて身動きできないふうを装った。その姿を俺と母ちゃんが後から発見したんだ。つまりこれは、おまえの早業《はやわざ》殺人なんじゃねえのかよ」

早業殺人⁉　なるほど、その手があったか。流平は敬太郎の意外に鋭い指摘に唸《うな》った。だが、感心している場合ではない。反論しないと殺人犯にされてしまう。

「冗談じゃない。それじゃあ、あの事故もわざとだっていうんですか。僕が早業殺人をおこなうために、わざとトラックに衝突したと？　身動きできなかったのも演技だと？　あり得ない。僕は本当に痛くて動けなかったんですよ」

「その割には、いまは結構元気だな。ピンピンしてるじゃねえか」

「アタタタッ……せ、背中が……膝が……」

「わざとらしい真似すんじゃねえ！」敬太郎は流平を一喝し、母親のほうに顔を向けた。「どうだ、母ちゃん、俺の推理。今度のは結構まともだろ？」

「ああ、いままでの中ではいちばん信憑性《しんぴょうせい》があるように聞こえるね。さすが、あたしが産んだだけのことはあるよ」

切れ者の康子まで、こんなことをいう。流平は慌てた。「ちょっとちょっと！　金髪母さん！」

「誰が金髪母さんだい！　気安く呼ばないでおくれ！」

「す、すいません、つい興奮しちゃって。だけど、あなたまで騙されないでくださいよ。早業殺人なんて、よくよく考えれば突っ込みどころ満載じゃないですか。いままでの推理がザルみたいなものだったから、穴の開いたバケツが立派に見えるだけです」

流平は不満を叫びながら、荷台の上の箱形ベンチに再び歩み寄った。

「見てください。この箱形ベンチの周辺に広がる血の海。事故の直後には、荷台はすでにこの状態でしたよね。もしこれが早業殺人なら、殺して数秒でこの状態になったということですか。あり得ませんよ。だいいち、いくら相手が箱から顔を出していたからって、一瞬で喉を掻っ切るなんて真似は――ん」

そのとき、ふいに流平の目が意外なものを捉えた。蓋の開いた箱の中に覗く田島吾郎の死体。その後頭部に一箇所、血がこびりついたような部分がある。首から流れた血液が付着したものかとも思ったが、位置的にみて違うようだ。いままで首筋の傷ばかりに目がいっていたから、気がつかなかったらしい。

「ちょ、ちょっと見てください、この死体。よく見ると後頭部にも小さな傷がありますよ」

なんだって、と怪訝な表情を浮かべながら、康子と敬太郎が顔を並べて箱の中を覗き込む。二人は揃って、意外そうな声をあげた。

「あら、本当だね。しかもこの傷、刃物で刺された傷じゃないみたいだよ」

「ああ、たぶん打撲傷だな。カナヅチかなにかで頭を殴られてできたような傷だぜ」

「でしょう！」流平は勝ち誇るように自分の発見を誇示した。「傷は二箇所、首筋と後頭部にある。ということは、おそらく被害者は後頭部をなにか固いもので殴られ、それから首筋を刃物で切り裂かれた、という順序でしょう。どうです。これで早業殺人の可能性は消えましたよね。一瞬のうちに二箇所を別々の凶器で攻撃するなんてことは、どんな早業を使ったって絶対無理なんですから」

こうして流平は自らに向けられた疑いを晴らした。と、同時に後頭部の傷の発見は、流平の唱える自殺説をも完璧に消し去った。後頭部を自分で殴った後に首を掻っ切るという自殺は考えられないからだ。

　こうして田島吾郎の死は、流平の仕業でもなく、康子と敬太郎の仕業でもなく、恭子夫人や他の誰かの仕業とも思えず、かといって田島の自殺とも考えられないということになって、事件は完全な袋小路に陥った。三人の議論は、不可解な状況になんらの解答も与えることなく、時間を浪費しただけだった。

「やれやれ、仕方がないね」もうこれで時間切れ、というように康子が溜め息をついた。「まあ、こんだけおかしな状況なら、警察だって首を捻《ひね》る。あたしたちが一方的に疑われる心配もないってわけだ。――それじゃ敬太郎、あんた一一〇番して警察を呼んどくれ。あたしは恭子に連絡して、こっちの事情を話すから」

　二人は揃って携帯を取り出して、それぞれに通話をはじめた。それを見て、ようやく流平はいままですっかり忘れていたあの男の存在を思い出した。そういえば彼はまだカトレア荘で恭子夫人のことを見張っているのだ。こっちで起こったことを、いちおう報告しておく必要がある。いや、ないか。いや、やっぱりあるだろ。うん、あるある。

　流平は携帯を取り出し、鵜飼の番号をプッシュした。

「あ、鵜飼さんですか。戸村です。ええっと、その……なにから話せばいいのかな……」

　迷う流平に対して、電話の向こうの鵜飼は迷いのないひと言。

『——まずは、合言葉をいえ』

7

こうして戸村流平は、星野康子、敬太郎の親子と一緒に警察の事情聴取を受けた。流平の行動は警察の疑惑を招くに充分なものだったが、その点では星野親子の証言が彼を助けた。星野親子のトラックは一度も止まることなく走り続けており、流平のバイクは常にトラックの後方を走っていた。この事実がある限り、いくら警察が疑《うたぐ》り深い体質だとしても、そしていくら流平が疑《うたが》われやすい体質だとしても、そうそう犯人扱いはできない。結局、流平は明け方近くになって解放され、すぐさま鵜飼と合流。それから二人は明け方の白浜海岸に小山田幸助氏を訪ねた、というわけである。

「——なるほど、話は判った。確かに重大な事件だ。よく報《しら》せてくれた」

鵜飼の話が一段落するのを待って、小山田氏は重々しく頷いた。「だが聞けば聞くほど信じがたい話だ。どう考えればいいのか判断しかねる。警察はなんといっているのかね？」

「警察はまだ捜査を開始したばかりです。星野親子や流平君から事情聴取をして、それからおそらくは恭子夫人からも話を聞いたはずです。まだ、小山田さんのところにはきていないようですね。しかしまあ、今日の午前中にでもやってくるでしょう。ひょっとして烏賊川署の砂川《すながわ》警部という中年刑事がくるようだったら、お気をつけください。砂川警部はなかなか食えない男ですから」

「刑事がわたしのところに⁉　なんの用でだ」

「そりゃあ決まっています。あなたのアリバイを聞きにくるのですよ。殺されたのはあなたの奥様の不倫相手。つまり、あなたには田島を殺す動機がある。だから、いちおうはあなたも容疑者に含まれるというわけです」

「馬鹿な。わたしが容疑者だなんて見当違いも甚《はなは》だしい。妻の浮気相手が田島だということは、たったいま君から知らされたばかりだ。そのわたしがどうして田島を殺せるんだ」

「まあ、お怒りはごもっともですがね。ちなみに、アリバイはお持ちですか。大事なのは今日の午前零時から一時あたりの時間帯ですが」

「その時間なら、わたしは孫と一緒にこの場所で釣りをしていた。これは前々から健太とわたしの間で約束してあったことだ。最近になって釣りをはじめた健太が、一度夜釣りをやってみたいというので連れてきたのだ。わたしと健太は真夜中からいまに至るまでずっとここに一緒にいる。間違いはない」

「なるほど。お孫さんとこの場所で釣りを――」

鵜飼はあたりに広がる白い砂浜と、目の前の海を見渡した。少し離れた場所では、少年がぎこちないアクションで釣竿を振るっている。鵜飼はその様子を眺めながら、ゆっくりと首を振った。

「残念ながら、お孫さんの証言ではアリバイとしてはあまり信憑性がありませんね。少なくとも、警察はそう判断するでしょう」

「では、なにかね。このわたしが走行中のトラックの荷台で田島の首を切り裂いたというのかね。どうすれば、そんな超能力者みたいな真似ができるというんだ。あり得ない話だよ」

「まあ、そうでしょうね。確かに、あなたには不可能だ。もちろんですとも。もっとも、そういった考え方でいくと、田島殺しの犯人はこの世にいなくなってしまうんですが」

流平は鵜飼の物言いの中に依頼人に対する疑惑の思いが混じっているのを感じた。小山田氏もそれを感じ取ったのだろう。彼は不愉快な視線を跳ね飛ばすように片手を振った。

「まあいい。ともかく君からの報告は確かに受けた。わざわざ済まなかったね。で、用件はそれだけかね」

だったらもうそろそろ帰りたまえ、といったニュアンスを感じさせる言い方。だが、探偵にとってはここからが重要なところ。鵜飼は覗き込むような視線で相手に食い下がる。

「もうひとつ重大な確認事項がございます。例の成功報酬の件なのですが、ご記憶ですか」

鵜飼の言う《成功報酬》とは、首尾よく恭子夫人の浮気の証明がなされた場合は、それ相応のボーナスをもらえるという、まあ、いってみればプロ野球選手のインセンティブ契約みたいなものである。その金額が、どれほどのものなのか流平は知らない。

「確かにそういう約束だったな。ではなにかね、君たち、今回の件が成功だとでも？」

小山田氏の睨むような視線を感じて、流平はドキリとした。いえいえ、成功だなんてとんでもない、明らかに惨めな失敗任務でした――と流平は申し訳なさそうに肩をすくめる。しかしその隣では、鵜飼が図々しさ全開で胸を張った。

「大成功ですとも。浮気相手は田島吾郎と判明し、いまや恭子夫人の不倫は完璧に証明されました。そうは思われませんか？」

「思わんね。恭子の不倫を暴いたのは君たちではない。それは田島が殺人の犠牲になったおかげであり、その功績はあえていうなら殺人犯のものだ。それとも、田島殺しは君たちの手によるものだとでも？　それなら話はべつだ。特別に金一封を進呈しようじゃないか」

小山田氏は意外にブラックな冗談をいう男だった。鵜飼はニコリともせずに首を振った。

「とんでもない。僕らは殺人とはいっさい無関係ですよ。しかし、結果的に僕らの執念の張り込みが、このような結果に繋がったことは否定できないのではないかと……」

牽強付会《けんきょうふかい》といえばそれまでだが、鵜飼の言葉にも一理はある。実際、鵜飼の張り込みがなければ、田島は箱形ベンチに入ることも、トラックの荷台に乗ることもなかっただろう。その場合、田島は死なずに済んだかもしれないし、恭子夫人の不倫が暴かれることもなかったかもしれない。善悪の判断はともかくとして、鵜飼の張り込みにも意味はあった。するとと鵜飼の粘り強いアピールに根負けしたように、小山田氏が右手を振った。

「判った判った。今回の一件は確かに特殊なケースかもしれん。報酬については多少考慮するとしよう。そのうち、こちらから連絡するよ」

「本当ですか！　信じていいんですね。きっとですよ、きっとですからね、必ずですよ、信じていますからね、絶対ですよ、絶対、信じていますから――」

ああ、この人は依頼人の言葉に全然信頼を寄せていないんだなー、と流平は思った。これではせっかく考慮するといっている依頼人も、その気を失うのではないかと、逆に心配になる。

「ああもう、うっとうしい男だな、君は！　用件が済んだら、さっさと帰りたまえ！　わたしはプライベートの時間を邪魔されるのが、なによりも不愉快なのだよ！」

「承知いたしました。それでは我々はこれで失礼を――」

鵜飼は短く別れの挨拶を述べて、依頼人のもとを辞去した。流平も一礼して、鵜飼の後に続く。朝日に照らされた砂浜を歩きながら、流平は声を潜めて鵜飼に尋ねた。

「鵜飼さんは小山田氏が田島殺しの犯人かもしれないと、そう考えているんですね。それで、小山田氏の様子を窺うためにここへやってきた。違いますか」

しかし鵜飼は前を向いたままで、ゆっくり首を振った。

「確かに小山田氏も容疑者のひとりだ。アリバイも確かとはいえない。だけど、やはり小山田氏が田島を殺せるはずがない。そもそも殺す動機だって、実はないんだ。だって彼は恭子夫人のことを愛していないんだから。彼はただ、恭子夫人の浮気の証拠を摑んで、自分に有利な離婚をしたがっていただけだ。浮気相手が誰だろうと、相手の男に本気で殺意を抱くとは思えない。恭子夫人に対する殺意なら、まあ多少はあったかもしれないがね」

「じゃあ、結局のところ、鵜飼さんはなにしにここへ？」

「決まってるだろ。僕はただ小山田氏が成功報酬を払ってくれるかどうか、それが心配で心配で仕方なかったんだよ。だからここまで足を運んだんだ！」

ああ、重要なのはやっぱりそっちですか。流平は一瞬で納得した。

「だが、君も見ただろ、小山田氏のあの様子を。どうも心配は現実のものとなりそうだ。まず間違いなく、あの人は成功報酬を払わない。なんやかやと理由を付けて逃げる考えだ

――ええいッ」

探偵は依頼人に対する不満をぶつけるように、目の前に延びるコンクリートの階段を靴の先で蹴っ飛ばした。ぼろぼろのコンクリートがわずかに欠ける。さらに、怒りの収まらない探偵は、今度は見えない犯人に八つ当たり。

「それにしても、どこのどいつか知らないが、犯人め、余計なことをしてくれた。田島吾郎が死んだおかげで、こっちの商売が中途半端になってしまったじゃないか。もう少し生かしておいてくれれば、任務達成は間近だったというのに……まったく、けしからん……」

鵜飼は街にのさばるチンピラがやるように、両手をポケットに突っ込み、肩をゆすりながら階段を上っていく。無造作な足取りでふらふらと歩く鵜飼に流平は思わず忠告した。

「あの、鵜飼さん、腹立てるより、前見て歩いたほうがいいですよ。ほら、そこ、ぬるぬるのワカメがありますよ。うっかり踏んで滑って転んで階段から落ちたりしないでくださいね。絶対ですよ、絶対踏んじゃいけませんからね、絶対に踏んじゃ――」

「うるさいな、君。それは踏めということかい。ふん、馬鹿な。そんな安っぽいバラエテ

ィ番組みたいな真似、名探偵のこの僕にできるわけが――ん!?」

突然、鵜飼が階段の途中で足を止めた。まるで金縛りにでもあったかのように微動だにしない。どうしたのだろうと、不審を抱く流平。すると鵜飼は一転して、「むむ――」と呻き声をあげながら落ち着かない様子。階段を数段駆け上がったかと思うと、再び駆け下り、それから腕組みした恰好で同じ段の上を右に左にウロウロ。そして鵜飼は、再び駆け上がろうとした階段の途中で、ぬるぬるのワカメを思いっきり靴の踵で踏んでしまい、滑って転んで階段を一気に下まで転がり落ちて、「わあああぁぁぁぁぁッッッ――」

「………？」いったい、なにがやりたいのだ、この人？

流平は唖然とする思いで、落下する師匠の姿を最後の瞬間まで見届けた。それから急に我に返り、階段を一段一段踏みしめながら彼のもとに歩み寄る。

「大丈夫ですか、鵜飼さん！」

もちろん、大丈夫なわけがない。良くて重傷、悪くて死亡。半身不随もありうるな、と悪い予感を巡らせる流平の目の前で、鵜飼はまるで地獄の底から生き返ったように、ゆらりと立ち上がった。一般に探偵という生き物は、なかなか死なないものだが、これには流平も呆れた。きっとこの人は、滝から落ちても死なない種類の探偵に違いない。

「ちょ、ちょっと、鵜飼さん、まだ、動かないほうが……」

しかし心配する流平をよそに、鵜飼は背中を向けたまま、独り言のように呟いた。

「……そうか……そういうことだったのか……やっと判ったぞ……」

8

鵜飼はふらふらとした足取りで、再び小山田幸助氏のもとへと引き返していった。流平もその背後に続く。先ほど別れの挨拶を述べたばかりの探偵が、五分もしないで再び舞い戻ってきたのを見て、小山田氏は不審そうな顔を浮かべた。

「おや、なにか忘れ物かね」

「お楽しみのところ、度々お邪魔して申し訳ありません」鵜飼はどこか楽しげな口調でそういうと、丁寧に一礼した。「忘れ物ではありません。実は、事件の謎が解けたのです。それをあなたにお伝えしようと思い、こうして引き返してまいりました」

「そうかね。それはわざわざありがとう。——といいたいところだが、正直なところわたしはその話にあまり興味がない。誰が田島を殺そうが、わたしにとってはどうでもいいことだ」

「まあ、そうおっしゃらずにお聞きいただけませんか。そして、もしわたしの言葉に間違いがあるならば、遠慮なく指摘していただきたいのです」

　鵜飼は勧められたわけでもないのに目の前の椅子に座り、一方的に話をはじめた。

「ところで、最初にお尋ねいたしますが、小山田さん、あなたは先ほど僕に嘘をつきましたね」

「嘘!?　いいや、嘘などついておらんよ。君は、なにをいっているのかね」

　小山田氏は、まったく心当たりがないという表情。しかし、鵜飼は構わず続ける。

「午前零時から一時までのアリバイをお尋ねしたときのことです。あなたは質問に答えて、こういいました。『その時間なら、わたしは孫と一緒にこの場所で釣りをしておった』

——そうですよね」

「それのどこが嘘なのかね。すべて真実だよ。わたしは孫と一緒に釣りをしていた。それを君が信じるか信じないかはべつの話だが、誓って嘘ではない」

「ええ、もちろん。あなたがお孫さんと釣りをしていたことは事実でしょう。だが、それはこの場所ではない」

　鵜飼は目の前に広がる砂浜を指で示しながら続けた。

「この場所で釣りは絶対無理だ。なぜなら午前零時から一時といえば、いまから六、七時間前のこと。いまがちょうど干潮だとすると、その時間はほぼ満潮。ならば、この場所は海の底だったはずです。海の底で釣り糸を垂れることはできないでしょう」

「は――」虚を衝《つ》かれたように小山田氏の口がポカンと開き、やがてその口からかすかな笑い声が漏れた。「ははは、そりゃそうだとも、君。そんなことは当たり前じゃないか。わたしが『この場所で』といったのは、『だいたいこのあたりの海岸で』というような意味のことをいったに過ぎない。満潮のときも干潮のときも同じ場所で、という意味ではないよ」

「もちろん、そうでしょうとも。ちなみにわたしはこの付近の地理に詳しいわけではありませんが、事件当時のおおまかな状況を推測することはできます。例えば、あのコンクリートの階段ですが、上のほうはしっかりしているけれど、真ん中から下にいくにしたがって海水の浸食を受けてボロボロになっている。おまけに、その階段の途中には海水に濡れた新鮮なワカメがへばりついている。わたしはそれを見た瞬間に閃いたのです！」

正確には、それを踏んで階段を転がり落ちた瞬間に閃いたのだ。べつに、どっちでもいいことなので、流平も黙って聞いておく。鵜飼はさらに推理を続けた。

「つまり、この付近の海岸は満潮になると、あの階段の中ほどまで海水がくるのですね。おそらく今日の午前零時ごろもそうだったはずです。満潮の時間、海水は岸壁まできており、このあたりの広々とした砂浜は全部海の底に沈んでいた。では、あなたはその時間帯にいったいどこで釣りを楽しんでいたのか。砂浜が駄目なら残るは岸壁です。岸壁――ということは、あなたは海岸道路の歩道から釣りをしていた、ということになる。違いますか」

「違わないね。確かに、わたしは真夜中に海岸道路の歩道から目の前の海に向かって釣り糸を垂れていた。なにか、問題があるのかね」

「いいえ。それ自体は特に問題ではありません。べつに禁止されているわけでもありませんしね。ところで、この付近は遠浅の海として知られている。ということは、ここでの釣りは主に投げ釣りですよね」

「そうだが――なあ君、いい加減にしたまえ、これはいったいなんの話なんだ。君は事件の話をするためにやってきたのではなかったのかね？」

「そのとおり。では事件の話をしましょう。まず下関《しものせき》で起こった事件の話を」

「なんで、下関なのかね！　そんな地方都市のことなんか、どーだっていいじゃないか！」

　ふざけるな、というように小山田氏が声を荒らげる。無理もないな、と傍《はた》で聞いている流平でさえそう思う。しかし鵜飼は慌てず騒がず、マイペースで話を続けた。

「まあまあ、そうおっしゃらないで。興味深い話なんですよ。下関の関門海峡沿いに国道二号線が通っています。ちょうどこの烏賊川市の白浜海岸道路と同じような、海沿いの道路です。特別な道路ではありません。普通の舗装された道路です。しかしその国道で、走行中の車のフロントガラスがいきなり粉々に砕けるという事件が続発したのです。なぜか判りますか？」

「なぜかって——さあね。誰かが悪戯《いたずら》で車に向かって石でも投げたんじゃないのかね」

「いいえ、石ではありません。悪戯とも違います。原因は釣りでした」

「釣り!?」

「海峡沿いの国道では、歩道から海に向かって釣りを楽しむ人たちがいます。そこは投げ釣りのポイントでした。投げ釣りの場合、なるべく遠くに仕掛けを投げようとして、釣り人は大きく釣竿を振る。そのとき、釣竿の先端は一瞬、車道に出てしまいます。釣り糸の先にある重りは、振り子のように振れてなおさら大きく車道にはみ出す。そこに運悪く車が突っ込む。すると鉛の重りとフロントガラスが衝突し、ガラスが砕け散る。そういう事故だったわけです。おかげで、下関では海岸沿いの道路での釣りは禁止になったみたいですがね」

「なんだ、そんな話か。その手の事故はべつに下関に限った話ではないよ。マナーの悪い釣り人というのは、どこにだっているからね」

「ほう、やはりいますか」

「そりゃあ、いるさ」

「では、もちろんこの烏賊川市にも――？」

小山田氏の顔を覗き込むように鵜飼がいう。すると、いままで平然と話を続けていた小山田氏の表情が、ふいに歪んだ。「――な、なにがいいたいのかね、君」

「おそらく、似たようなことがこの海岸道路でも起こったのですよ。いまから六、七時間前、満潮を迎えていたこの海岸で、釣り人は道路の歩道に立ち、海に向かって投げ釣りを楽しんでいた。そこに一台のトラックが通りかかったのです。荷台に大きな箱形ベンチを載せたトラックが――」

「…………」

「箱形ベンチの中身は人間でした。田島吾郎です。田島は浮気の証拠写真を撮られないために、箱形ベンチの中に身を隠していました。しかし、箱の中は狭い。小柄とはいえ成人男性の田島が長時間ジッとしていられる場所ではない。おそらく彼はトラックが海岸道路に出たあたりで我慢できなくなり、箱の蓋を開けて顔を出していたのではないでしょうか」

「そんなことをすれば、トラックの真後ろにいたこの青年の目に留まるはずではないかね」

「そうとは限りません。蓋の幅は約五十センチ、背もたれの高さは約三十センチ。ですから蓋を九十度全開にした場合、蓋の長さが背もたれの高さを超えてしまう。けれど、その差はたった二十センチです。箱と背もたれ合わせて、全体で八十センチの高さだったベンチが、一メートルになっただけです。どうです、小山田さんはこの迂闊《うかつ》な青年が、たったそれだけの差に気がつくと思われますか」

「誰が迂闊な青年ですか！」流平は鵜飼に対して断固抗議する。

「ふむ、なるほど。気づかなかった可能性が高いな」

「こらーッ、あんたも勝手に納得するな！」

思わず依頼人に暴言を吐く流平を、鵜飼が「まあまあ」と宥《なだ》めた。

「落ち着きたまえ、流平君。考えてもみろ。夜の暗闇の中、トラックの荷台は暗かったはずだ。そして君は相当な車間距離をとってトラックを追っていた。しかもカーブに差し掛かるたびに、トラックは君の視界からいったん消えた。そのような状況で、箱のシルエットが、いつの間にか二十センチ変化したというだけだ。君が気づかなかったのも、仕方がないことなのさ」

だったら、迂闊な青年とかいうな。憮然《ぶぜん》とする流平をよそに、鵜飼は話を続けた。

「蓋を開けてしまえば、田島が箱から顔を出していても流平君に見られる心配はない。開いた蓋が衝立《ついたて》になって、背後から尾行する流平君の視界を妨げるからです。状況を整理しましょう。海岸道路を走行中のトラックの荷台には箱形ベンチがあった。その箱の蓋は開いていた。田島はそこから顔を覗かせていた。そしてバイクで追走する流平君はそのことに気がつかなかった。ここまでは了解いただけますね」

「う、うむ。充分あり得ることだと思うが……」

「問題はこの後です。季節は夏で、しかも土曜日。夜釣りには絶好です。満潮を迎えた真夜中の海岸道路には、投げ釣りを楽しむ釣り人の姿があります。その人物は歩道に立ち、背後の様子を確認することなしに、長い竿を思いっきり振るったとします。竿の長さが四、五メートルもあれば、竿の先端は手前の車道に大きくはみ出します。そして釣り糸の先の重りは手前の車線を越えて、さらにその向こう側の車線にまで延びたことでしょう。その車線は、烏賊川市の市街地へと向かう車の車線。つまり問題のトラックが通っていた車線です。そこまで、釣り糸の先端は届いていた。そうなりますね？」

「あ、ああ、そうなるだろう」

「もしこのとき、糸の先についた鉛の重りがトラックのフロントガラスに衝突していれば、下関と同じ現象になります。しかし、重りはフロントガラスには衝突しなかった。それはトラックの荷台にある箱形ベンチ、そこから顔を覗かせている田島吾郎の後頭部に衝突したのです。彼の死体の後頭部に見られた打撲傷。カナヅチかなにかで殴られたような傷というのは、実は鉛の重りによってもたらされた傷だったわけです」

「ちょ、ちょっと待ちたまえ、君」小山田氏は慌てて鵜飼の説明を遮った。「田島は後頭部の打撲傷で死んだわけではない。彼は首を掻っ切られて死んでいたはずだ。凶器は刃物なんだよ。その傷はいつどうやってできたのかね」

「なに、簡単なことです。後頭部の傷と首の傷は、ほぼ同時にできたものですよ。鉛の重りが田島の後頭部に命中した次の瞬間には、鋭い《刃物》が彼の首を切り裂いたはずです。どのような《刃物》か、お判りでしょう？　重りのその先、釣り糸のいちばん先端にあるごくごく小さな《刃物》ですよ」

鵜飼の言葉に導かれるように、小山田氏はようやくその結論に達した。

「針か！　釣り針だな！　そうか、釣り針が彼の首を――」

「そうです。重りが田島の後頭部に当たったのと同時に、一瞬にして釣り糸と針は彼の首に巻きついたのでしょう。そして次の瞬間、なにも知らない釣り人は、構わず釣竿を海に向かって振りぬく。トラックも走行を続ける。彼の首筋に巻きついた糸と針は強く引っ張られ、その結果、彼の首筋に引っかかった釣り針が、鋭い刃物のように頸動脈を一瞬にして切り裂いたのです」

「なんと！」

「凶器となった重りと針は竿に引っ張られて、田島の身体から離れて釣り人のもとに返る。二箇所の傷を負った田島は箱の中にくずおれて、やがて出血多量で死んでしまった。ひょっとすると、歩道の釣り人は釣り針がなにかに引っかかったような感触を感じたかもしれません。しかし具体的になににどう引っかかったのかまでは気がつかない。一方のトラックも荷台での出来事など気づかないまま街まで走り続けた、というわけです」

「なるほど、そういうことだったのか」

「すべては一瞬の出来事です。それは流平君がトラックの荷台から少しだけ目を離した隙に起こったことかもしれないし、カーブでトラックの姿が彼の視界から消え去った瞬間に起こったことかもしれません。あるいはもし仮に、流平君がその場面をズバリ目撃したとしても、なにせ真夜中のこと。糸と針と重りはあまりに小さく、その動きはあまりにも速い。おそらく彼の目にはまったく見えなかったに違いありません」

「確かに、そうだ。では、開いていたはずの蓋が閉まっていたのは、どうしてかね」

「蓋は車の振動などで自然にバタンと倒れて閉じたのでしょう。ひょっとすると交差点での事故の際の衝撃で閉まったのかもしれません。その直後に星野親子と流平君が死体を発見した、というわけです」

「そうか。奇妙な話だが、君のいうとおりかもしれないな」小山田氏は呻くように首を縦に振った。「確かに起こって不思議のない事故だ――君、これは事故なんだろうね？」

「もちろんですとも。このような現象が、誰かの意思でおこなえるとは到底思えませんからね。死体発見時の状況が状況なので、一見、残忍な殺人事件――それも、とびっきりの不可能犯罪に見えただけの話。その実、不幸な偶然が重なった事故であることは間違いありません。とはいえ、この事故を引き起こした人物に過失致死の責任があることは、いうまでもないことです。なにせ、人がひとり死んでいるのですから」

「なるほど。そしてその責任を負うべき人物はこのわたしだと、そう君はいいたいわけだね」

小山田氏が自分の胸を叩く。鵜飼はとぼけるように首を振った。

「おや、わたしはそんなことはひと言もいっていませんが」

「話を聞いていれば判る。午前零時から一時までの間に海岸道路で投げ釣りをしていた人物といえば、わたしのことだ。わたしがなにも知らずに竿を振るった瞬間、糸の先にある重りと針が、トラックの上の田島の頭をぶん殴り、喉を掻っ切った。――面白い話じゃないか。まるで運命の神様が、妻を寝取られた哀れなわたしに同情して、さりげなく復讐を遂げさせてくれたかのようだ。まさに、運命の悪戯《いたずら》というやつだ」

「では、お認めになるのですか。ご自分の責任であると」

「まさか。君はそんな因縁話めいた出来事が現実にあると思うのかね。ふん、あり得んよ」

「『起こって不思議のない事故』――さっき、あなたはそうおっしゃいましたよ」

「確かにそうだ。しかし、このわたしに限って、万が一にもそんな事故は起こさん。わたしは投げ釣りの際に後方確認を怠《おこた》るようなマナーを知らない釣り人ではない。その点に関してはベテランとしての自負がある。それに、真夜中にこのあたりで釣りを楽しんだのは、わたしだけではないはずだ。中には、マナーを知らない若者や、注意力の衰えた年寄りもいただろう。あるいは釣りをまだよく知らない初心者も……初心者も……」

ふいに重大ななにかに思い至ったように、小山田氏の言葉が途切《とぎ》れた。代わって、鵜飼がその先を補足する。

「ええ、おっしゃるとおり、確かにいたでしょうね。投げ釣りの際に後方確認を怠るような釣りの初心者が、この付近に――例えば、あの少年のような」

鵜飼が遠くの砂浜を指で示す。一匹の柴犬を引きつれて投げ釣りに興じる少年の姿があった。たちまち、小山田氏が椅子を蹴飛ばすように立ち上がった。

「ば、馬鹿をいうな。なんの証拠があって、君はそのようなことを！」

「べつに証拠はありません。ただ、あくまでも事実に基づいた推測で、あの少年に多くの可能性があると判断するだけです。わたしの見るところ、あの少年は投げ釣りの際に、あまり後方に神経がいっていない。実際、あの少年が周囲をよく見ずに竿を振り回したせいで、彼の後方にいた愛犬がびっくりしてジャンプする場面がありましたよ。砂浜だから何事もないが、あれが海岸道路の歩道でおこなわれたのだとすると、かなり危険です。竿の長さはわたしの見るところ、たっぷり四メートルはある。糸の長さを含めれば、重りや釣り針は二車線の道路の端から端まで余裕で届くでしょう。トラックが車線のどこを通ろうが、充分事故は起こり得る」

「こ、こじつけだ。そ、そんなものが、なんの証拠になる。確かに、あの子はまだ釣りのマナーが身についていない。本当に初心者なんだ。だからといって、今度の事件をあの子が引き起こしたと、どうしていえる。マナーの悪い釣り人は、他にもいたかもしれないじゃないか。いや、ひょっとしたらベテランのわたしだって、うっかり後方確認を怠ることが絶対ないとはいえない。誰の釣り針が田島の首を掻っ切ったか、そんなことは君にだって判らないはずだ」

「ええ、おっしゃるとおり、わたしには判りません。一介の私立探偵に過ぎませんからね。

しかし、ひょっとすると警察なら判るのかもしれない。砂川警部はときどき冴えた推理力を発揮する人物です。わたしと同じように、彼も階段から落っこちるなどして真相にたどり着く可能性は充分ある。その場合、警察には科学捜査という切り札があります。例えば、凶器となった重りと釣り針を調べれば、そこに付着したごくごく微量の血液を発見できるでしょう。それが田島吾郎の血液と一致すれば、動かぬ証拠となる。——ちなみに聞きますが、いまあの少年が使っている釣竿の仕掛けは、昨夜のままなのですか？」

「そうだ。仕掛けは換えていない。針も重りも、昨夜のままだ。だが、警察があの子の釣り針と重りを調べたからといって、人間の血液が検出されるとは限らない。何も出てこない可能性だってある。いや、むしろ何も出ない可能性のほうが高いはずだ。その場合、あの子の潔白は、完璧に証明される。事故の原因は、他の誰かということになる」

「そうなれば、いうことはありません。でも——」鵜飼は相手の不安をあおるかのように、声を潜めた。「ひょっとして検出されてしまった場合はどうしますか？　もちろん、あの少年はまだ子供です。そうそう重い罪に問われることはないでしょうが……」

「じゃあ、君はどうすればいいというのかね。いや、それより、君はどうしたいのだ。君はこのことを警察にいうつもりなのか」

「まさか。警察にいうつもりなら、ここに戻ってきたりしません。わたしの依頼人はあなたです。わたしはあなたの利益だけを考えて行動する立場。いまの話を聞いて、あなたがどういう決断を下すのか、それはあなた次第です。警察にすべてを伝えて真実を確かめるか、それとも、いますぐあの少年の釣竿を取り上げて、糸の先についた重りと針とを引きちぎって海に投げ捨てるか――」

「そ、そんなことは、どうするか……考えるまでもない！」小山田氏はくるりと身体の向きを変えると、遠くの砂浜に佇《たたず》む少年に叫んだ。「おーい、健太、その釣竿をいますぐ――うわ！」

小山田氏が、信じられないものを見たように叫び声を上げる。なんだろうと思って、少年のほうを見やった流平もまた、驚いて目を見張った。少年の釣竿が、まるで巨大な「つ」の字を描くように大きくしなっている。興奮した少年の声が白い砂浜に響く。

「お、おじいちゃん、見て見て！　すんごい引いてるよ、この竿！　マグロだよ、マグロ！　きっとマグロが掛かったんだ！」

「お、おい、健太、そんなことより……」

「くをおおりゃあああぁぁ！」気合を入れながら竿を引く少年。だが、幸か不幸か少年の気合は空回り。「――あ！」

琴の弦を弾くような音が砂浜に響く。と同時に歯を食いしばって竿を引いていた少年が、勢い余って砂の上に尻餅をつく。柴犬がワンと鳴き、小山田氏がアッと叫ぶ。一瞬の静寂の後、少年は落胆の表情で砂の上に立ち上がった。

「くっそお、バラしちゃったあ」悔しそうに叫びながら、少年はリールを操作し釣り糸を巻き取っていく。やがて少年の口から素っ頓狂《すっとんきょう》な叫び声が響いた。「ああッ、糸が切れてる、いまの魚、仕掛けごと持っていきやがった、おじいちゃーん、針も重りも魚に取られちゃったよー、どうしよっかー」

無邪気な表情を見せる少年。小山田氏は少年の問いかけには答えずに、そのまま砂浜の上にへなへなとしゃがみこむ。そして彼は自分を納得させるように深く頷きながら、「よかった……これでいい……これでいい」と何度も呟いた。

そんな依頼人の背中を見詰めながら、鵜飼は肩をすくめて、「ちぇ、残念！」と小さく舌打ち。「どんな巨大マグロが揚がるかと、楽しみにしてたのに――なあ、流平君」

「残念がるポイント、そこですか？」

あなたの推理を証明する大事な証拠は、魚がくわえて持っていっちゃったんですよ。あと、判っていると思うけど、烏賊川の海で巨大マグロは釣れませんよ。流平は心の中でそう呟きながら、深い溜め息をついた。「なんだか、どっと疲れましたね、鵜飼さん」

真夜中から今朝にかけて、大いに頭を悩ませてくれた怪事件の最後の最後が、これか。

流平は自分が偶然の神に翻弄《ほんろう》されたような気分だった。そんな流平をよそに、鵜飼がのほほんとした声をあげる。

「まあ、仕方がないな。これで真相は永遠に海の底というわけだ。おい、流平君、これ以上お邪魔しても仕方がない。今度こそ、お暇《いとま》させていただくとしよう。では、小山田さん、我々はこれで失礼しますよ。あ、そうそう、小山田さん、最後にひとつだけ。――例の成功報酬の件、忘れないでくださいね。きっと連絡くださいね。待ってますよ、信じてますよ、必ずですからね、絶対に絶対に……」

繰り返し念を押す探偵に対して、砂浜にしゃがみこんだ依頼人は何度も何度も頷くのだった。

七つのビールケースの問題

1

　それは猛暑日と熱帯夜が交互に続く地獄のような八月の真っ只中のこと。烏賊川《いかがわ》市の中心街から車で十分ほどの場所にある住宅街、幸町《さいわい》。喘ぐようなエンジン音を奏でながら、坂道を駆け上る一台の青いルノーの姿があった。静かな車内に機械的な音声が響き渡る。

「ツギノ、コーサテンヲ、ミギニ。ツギノ、コーサテンヲ、ミギニ」

　運転席に座るのは地味な背広姿の男。計器類の横にある最新のカーナビゲーションシステムを一瞥《いちべつ》すると、「交差点を右か……」小さく呟いてハンドルを切る。車は幅五メートルほどの舗装された道に入った。道の右側には烏賊川の支流のひとつ幸川。左側は古びた住宅が立ち並んでいる。

　しばらく進むと目の前に忽然《こつぜん》と現れるのは『ようこそ、夢見台《ゆめみだい》へ』と書かれた大きな看板。来訪者に歓迎の意を伝えているらしいのだが、肝心の看板自体がボロボロに錆《さ》びついて傾《かし》いでいるので、いますぐ帰りたい気分にさせられる。

ここは幸町の顔とも呼ぶべき住宅地、夢見台の入口である。夢見台は、かつて新興住宅地として、その名のとおり烏賊川市民が夢に見た憧れの街。だが、造成から四十年が経過したいま、古びた街に往時の面影はない。輝きを失った夢見台に残されたものは、老朽化した建物と高齢化した住民、そして狭く危険な道路だけ。夢見台を夢見る者は、いまや烏賊川市でも少数派に違いない。

そんな夢見台に入った途端、再び機械的な声が次の進路を告げた。

「ツギノ、コーサテンヲ、ヒダリニ。ツギノ、コーサテンヲ、ヒダリ——ほら、そこ！」

突然、機械的な音声は人間くさい叫び声に変わった。「ほら、いまの自販機の角！　なにやってんですか、鵜飼《うかい》さん！　もう通り過ぎちゃいましたよ。バックバック！」

「ええ！　なんだって、流平《りゅうへい》君、いまの細い道？　ちぇ、あんなの交差点のうちに入らないだろ。ああいうのは普通、路地っていうもんだ」

鵜飼は急ブレーキで車を緊急停止させると、

「やれやれ、君はカーナビとしても出来が悪いな」

と助手席の青年、戸村《とむら》流平に非難の目を向ける。流平は鵜飼杜夫《もりお》探偵事務所におけるナンバーワンにしてオンリーワンの探偵助手。Tシャツにサバイバルジャケット、ジーンズにトレッキングシューズというアウトドアな装いは、背広姿の鵜飼と好対照を成している。

「悪かったですね、出来の悪いカーナビで。ていうか、僕はカーナビじゃないです」
人間だもの——と誰かの有名な言葉を口の中で呟きながら流平は、「ついでにいっとき
ますけど、それも普通カーナビとは呼びませんよ」と計器類の横を指差した。
そこにあるのはテープで貼られた一枚の紙切れ。昨夜、鵜飼の探偵事務所に届けられた
ファクス文書だった。描かれているのは夢見台の簡単な地図。カーナビを持たない貧乏探
偵にとって、この地図と流平の道案内だけが最新のカーナビゲーションシステムである。
このシステムの最大の利点は、初期投資も維持費もかからないということ。欠点は、ただ
一箇所の目的地にしかたどり着けないことである。
今回の目的地は、地図上に※印で印してある。そこには、ひとり暮らしの物好きな老人
が住んでいて、よりにもよって鵜飼に対して仕事の依頼をおこなおうと考えているらしい。
私立探偵が助手を伴って、平日の炎天下にいそいそと車で出掛けていく所以《ゆえん》である。
「不動産屋の角を曲がった、その先だな」
鵜飼は車を勢いよくバックさせて、通り過ぎた角まで戻る。『藤原《ふじわら》不動産』という看板
を横目で見ながらハンドルを切る。車一台やっと通れるぐらいの細い路地へ入っていくと、
二十メートルもいかないうちに路地は行き止まり。目の前には、厳しい雰囲気を漂わせた
和風の門が、通せんぼするように立ちふさがる。要するに、この路地は袋小路なのだ。

「ふむ、地図通りだ——やあ、古いけど立派な門構えだ。きっとお金持ちに違いないぞ」

門前で車を止めた鵜飼は、ファクスの地図を手にして車を降りる。こういうことができるのも、紙のカーナビならではの利点のひとつである。続いて助手席から降りた流平が、さっそく門の表札に視線を送る。

「『田所誠太郎《たどころせいたろう》』——この人がひとりで住んでいるんですね」

物好きな老人の名前を確認した流平は、今度は門柱に取り付けられたインターフォンに歩み寄った。通話ボタンに指を伸ばした流平は、「押しますか？」と鵜飼に聞きながら、すでに最初の一回を押していた。だが反応はない。続けて二回三回と押してみるが、やはり同じこと。インターフォン越しに声が返ってくることもなければ、門扉《もんぴ》が開いて誰かが顔を覗かせることもない。まったくの無反応に、流平はいまさらのように不信感を抱いた。

「本当に、この田所氏という老人から、鵜飼さんに仕事の話があったんですね。本当なんですね。鵜飼さんの願望とか、一方的な思い込みとか、空耳とかじゃないんですね」

「当たり前だろ。確かに仕事の話があったとも。『君に依頼したいことがあるから、明日の午後にでも家にきてくれないか』。そういう話だった。あれが空耳なら、自己最長記録だよ」

確かに、そんなに長々とした空耳はあり得ないはず。願望や思い込みとも違うようだ。

「じゃあ、なんで出てくれないんですか」

「さあね。約束を忘れたのかな。ちょっと待ってくれ、電話してみる」

鵜飼は携帯を取り出して、手元のファクスに書かれた電話番号に掛けてみた。だが、やはり誰も出なかったようだ。鵜飼は数回首を振って、黙って携帯を閉じた。

「やれやれ、せっかくここまできたのに、困ったな」

探偵たちはお預けを食らった犬のように、門前で途方に暮れる形となった。

「その田所氏という人、鵜飼さんになにを依頼するつもりだったんです？」

「ペット捜しだよ。いなくなった猫を捜して欲しい、そんな話だった。詳しい話は直接会ったときに、といっていたから、どういう猫かは聞かなかった。名前はクロといっていたから、黒い猫なんだろうけどね」

「ひょっとして、昨日はそういったけれど、今日になって捜していた猫がひょっこり現れたんじゃないですか。それで探偵に依頼する必要はなくなった。で、直接会うと気まずいから、田所氏は居留守を使っている、とか」

「なるほど。あながちあり得ない話でもない。だが居留守かどうか、僕らにそれを確かめる手段があるかな。例えば火を放つとか――」

「なるほどなるほど」門前に火を放てば、田所氏も居留守どころじゃなくなって慌てて飛び出してくるという寸法か。シャーロック・ホームズが悪党を追い出したのと、同じ手法だな——って、「んな馬鹿な真似、やれるわけないでしょーが！　もうちょっと現実的に考えてください！」

「うむ。確かに、このクソ暑いさなかに火を放つなんて、あまり現実的ではないな」

「涼しければあり得るって話でもありませんよ、判ってますか？」

「判っているさ。ならば、次善の策だ」鵜飼はすぐさま背広のポケットから万年筆と名刺入れを取り出した。一枚抜き出した名刺の裏にメッセージを走り書き。「えーと、そうだな、『名探偵、ただいま参上。またご連絡いたします』——こんなとこかな」

「………？」このメッセージを受け取った田所氏は、ただいま参上、とはいったい何時何分のことかと不審に思うに違いない。「いいんですか、そんなんで!?」

だが流平が疑問を挟む間もなく、鵜飼はメッセージ入りの名刺を郵便受けに投入。

「これでよし」と手を叩いた探偵は、アッサリと本日の業務終了を宣言した。「それじゃあ、ちょっと早いが、ビールでも飲むとするか」

「………」これには、さすがの流平も唖然とした。

ちょっと早い、どころではない。時計の針は、まだ午後二時を回ったばかりである。お天道様《てんとう》が燦々《さんさん》と降り注ぎ、真面目な労働者がこれからますます額に汗して働こうとする、このような昼の日中に自分たちだけビールで乾杯だなんて、そんな罰当たりな行為は――

「最高じゃないですか、鵜飼さん！　さっそくビールを捜しましょう！」

2

夢見台は住宅街なので周囲に居酒屋もバーもなかったが、昔ながらの酒屋ならあった。藤原不動産の角から五十メートルほどいったところにある、もうひとつの角にある店。駐車スペースに車を止めて、『丸吉《まるよし》酒店』と染められた暖簾《のれん》をくぐる。古びた棚に一升瓶が並ぶ古色蒼然とした店内。「いらっしゃいませぇ～」と鵜飼たちを迎えたのは、酒飲みオヤジのダミ声――ではなくて、軽やかに弾む若い女性の声。流平は思わず店内を見回した。店の奥に店番らしき少女の姿を発見。ピンクのTシャツにチェックのミニスカート。長い髪の毛を頭の後ろで束ねている。高校生ぐらいだろうか。一見場違いな存在に見えるが、よくよく見るとTシャツに染め抜かれているのは○に「吉」の字。身体を張って丸吉酒店の宣伝に努めるこの少女は、文字通りこの店の『看板娘』というやつに違いない。

鵜飼は冷蔵庫の棚から缶ビールを二本取り出すと、レジの前に千円札とともに並べた。

「レジ袋はいりませんよ」

「え、あ、はいぃ……」

少女は震えを帯びた声を発して、なぜか緊張の面持ち。つり銭を鵜飼に手渡す仕草も、どこかぎこちない。いったいなにに怯えているのかと、流平は不審に思いながら、鵜飼とともに店を出る。缶ビールを一本受け取りながら、店内の様子をちらりと横目で確認。少女はショーケースの暗がりに隠れて、じっとこちらを観察している気配である。

なんなんだ、あの娘？　そんなふうに気を取られていると、車の傍に着いたところで鵜飼がいきなりフライング気味に――「かんぱーい！」

勝手に音頭を取るや否や、早々に缶ビールを口許へ。美味そうにゴクゴクと喉を鳴らして、「ぷふぁ～～ッ！」と歓喜の吐息を漏らした鵜飼は、こんな場面でいちばんありがちな台詞《せりふ》を臆面《おくめん》もなく口にした。「この瞬間のために、働いてるようなもんだな！」

「それ、普段働いてる人間が口にする台詞ですよ」そんな皮肉を口にしながら、流平も至福のひと時を味わうべく、缶のプルトップに指を掛ける。と、その瞬間――

「いけませえぇぇ～～～ん！」必死の絶叫とともに急接近する影ひとつ。振り向くと、目の前に猛烈な速度で飛び込んでくる桃色の弾丸があった。「――ええい！」

流平は正体不明の弾丸の直撃を受けて、「ぐえ！」――踏まれたヒキガエルに似た呻き声。彼の手から離れた缶ビールが一瞬宙を舞う。瞬間、鵜飼の左手が伸びて地面に落ちる寸前の缶ビールをキャッチ！　一方、流平は弾丸を受け止めた勢いそのままに鵜飼のルノーの側面に激しく激突。したたか背中を打ち付けて、一瞬息が止まる。「ぐ——なんで、なんで!?」

ルノーの車体に背中を預けながら、訳も判らず地面に崩れ落ちる流平。その大きく見開かれた視線の先で、ひとりの少女がすっくと立ちあがる。チェックのミニスカート、○に「吉」の字、束ねた髪——桃色弾丸の正体はやはり丸吉酒店の看板娘だった。そして少女は、すうっと大きく息を吸うと両の拳を握り、目をつぶったままこう叫んだ。

「いけませぇん！　飲酒運転は重大な犯罪ですぅ！　絶対、駄目ぇぇ！」

なるほど、と流平は腹を押さえながら少し納得した。車で酒屋にやってきた二人組がビールを二本買って、店の前で飲みはじめた場合、じゃあ車の運転は誰がするのか、という疑問が湧くのは当然だ。飲酒を止めようとした彼女の判断は正しい。いきなりの体当たりは非常識だが、勇気ある行動と取れなくもない。鵜飼はそんな彼女に賞賛の声をあげた。

「やあ、これは勇敢なお嬢さんだ。確かに、我々が不注意だった。彼の背中の痛みとルノーの凹《へこ》んだ車体に免じて、どうかお許しを」

鵜飼は両手に缶ビールを握ったまま、少女の前に深々と頭をたれた。「彼のビールは責任を持って、後で僕が飲みます。すみませんが彼には冷たい麦茶でもいただけませんか」

あらためて鵜飼が小銭を差し出すと、少女の顔には喜びと安堵の色が広がった。

「判ってもらえたんですね。ありがとうございますぅ」少女ははにかむような笑みを浮かべて、深いお辞儀を繰り返す。「じゃあ、麦茶ですね」

そういって少女は再び店内へ。その背中を満足そうに眺める鵜飼。だが彼の左手に握られた缶のラベルに目を留めた流平は、あることに気がつき、たちまち不満を爆発させた。

「ちょっと、鵜飼さん！　あなたが奢《おご》ってくれたそれ、ビールはビールでもノンアルコールビールじゃないですか。運転しても大丈夫なやつでしょ！」

「おや、やっと気づいたかい。当然だ。僕がこの場面で君に本物のビールを奢るわけがない。すべてはあの女の子の勘違いさ。だがまあ、ここで彼女に恥をかかせてもしょうがないだろ。君が我慢して麦茶を飲めば、彼女の勇気も報われるというものだ」

鵜飼は自分のビールの缶を傾け、喉を鳴らしてから、「それともなにか、君はあの少女が自分の勘違いを指摘されて、『すみませぇ〜〜ん、ごめんなさぁ〜〜い』と、平謝りに謝る姿を見たいのかい。そんなのお互い、気まずいだろ」

「うーん……」確かにそれは気まずいような、でもちょっと見てみたいような……

そんなサディスティックな妄想を思い描く流平の耳に、そのとき突然、「ひえッ！」というような悲鳴にも似た少女の叫びが届く。思わず声のほうを見る。少女は右手に缶の麦茶、左手につり銭を持ちながら、驚きの表情を浮かべて店頭に立ちすくんでいた。彼女の視線は店舗の端、古い看板やダンボールなどが積んである雑然とした一角に注がれていた。そこには黄色い箱のようなものが、なぜかぽつんと一個置かれている。

「ええッ……嘘……なんでぇ……どーいうこと、これ……」

驚きの声は、たちまち疑問の呟きに変わっていく。そして再び店内にとってかえした少女は、彼女の父親だろうか、年配の人物を引っ張るようにして店の外に現れた。問題の黄色い箱を見下ろしながら、しばしの密談が交わされる。やがて、年配の男性は首を傾げながら店内に戻り、そして少女は麦茶を手にしたまま、駐車場のほうに歩いてきた。

「どうかしましたか、お嬢さん⁉」

「なにかあったの⁉」

二人の男に問い詰められた少女は、「いえいえ、そんなたいしたことでは」と激しく首を振る。束ねた黒髪が顔の周りで激しく左右に揺れた。「本当になんでもないんです。ただ、ちょっとおかしなことが……」

「ほう、おかしなことというと？　アルコール入りの麦茶でも発売されましたか？」

鵜飼が妙な方向に水を向けると、当然ながら少女は、「まさか」と即否定。そして少女は意を決したように、店舗の端を指で示した。「実は、あそこに置いてあったビールケース が無くなってるんです。昨日の夜までは八個積んであったはずなのに、それがいまは一個残ってるだけ。父とも話したんですけど、どうやら夜中のうちに誰かが盗んでいったみたいなんですぅ」

「ほう、ビールケースですか。とすると、中身は瓶ビール？」

「いいえ、ビールじゃありません」再び少女の髪が大きく揺れる。「ビールケースの中身は全部、空なんですぅ」


夢見台の酒類販売店にて盗難事件発生。ただし盗まれたのは酒やビールではなく、空っぽのビールケースばかり七個。いったい誰がなんのために──探偵たちはこの不可解極まりない現象を前にして、にわかに闘志を掻き立てられるはずもなく、ただただ「へえ」「ふーん」と薄い反応を示しただけだった。正直、大事件の匂いは全然しない。

一方、酒屋の看板娘にとっては、これは見過ごせない事件であるらしい。少女は流平に渡すはずの麦茶の缶を、両の掌で弄《もてあそ》びながら、

「これは事件ですぅ。空のビールケースを盗むなんて、どんな変態さんなんでしょう」

と犯人を変態と決め付ける。が、この世の中、変態じゃなくてもそれを盗む者は結構い

るのだ。彼女は経験が浅いから知らないのも無理はないが、流平には判る。おそらくは鵜飼もすでにピンときているに違いない。流平は悩む少女をよそに、鵜飼に耳打ち。

「鵜飼さん、この犯人の目的はアレですよね。僕にはソレしか思いつきません」

「うむ、流平君、実は僕もいまソレの可能性をアレしていたところだよ」

意味不明の密談を交わす二人。不審を感じた少女が、怪訝《けげん》な表情で話に割り込む。

「アレとかソレとか、いったいなんの話をなさっているんですかー」

「やあ、これは失礼」鵜飼は缶ビールをひと口飲んで喉を潤すと、「丸吉さんは高校生のようだから、ご存じないかもしれませんが、実は我々の間では空のビールケースの利用方法として、結構有名なものがあるのですよ」

「え、それはいったい――いえ、ちょっと待ってください、その前に」少女は自分の胸に右手を当てて、鵜飼の重大な誤りを訂正した。「わたしの名前は丸吉ではありません。丸吉は名字じゃなくて酒屋の屋号。名字は吉岡《よしおか》――吉岡沙耶香《さやか》ですぅ」

「なるほど、酒屋の沙耶香さんね」

鵜飼は頷き、遅ればせながら自分と助手の名を吉岡沙耶香に伝えた。

「では話を元に戻しましょう。空のビールケースの利用方法でしたね。それはズバリお金のない人が用いる簡易式の椅子やテーブルやベッドですよ。わたしには一瞬で判りました。

そうだろ、流平君」

「ええ、僕も同感です。七個という個数から考えるにベッドの確率が高いですね。ビールケースは大雑把にいって横が五十センチ、縦が四十センチ、高さが三十センチ。これを長方形に十個綺麗に並べると、いい感じのベッドが出来上がります」

「うむ。僕と君との間で、これほどの見解の一致は珍しいな」

二人が長年、貧乏暮らしに慣れ親しんできたという現実は、意外なところに現れる。

「ところで流平君、ビールケースについて、そこまで正確なデータを把握しているところをみると、君も案外、貧乏学生のころには実際にビールケースを十個並べて……」

「そんなわけないでしょ、そんなことしませんよ、するわけないじゃないですか、違いますよ、違いますって、違うっていったら違うんですってば、ああもう、しつこい！」

流平は全力で否定した。判らない人には判らないだろうが、要するにビールケースのベッドというのは、全力で否定しなければならないような恥ずかしいアイテムなのである。

「ふーん、ビールケースのベッドですかー。だけど七個だと数が足りませんねー」

なおも首を捻る沙耶香に、流平がすぐさま答える。

「なに、全部をひとつの店から調達する必要はないんだよ。ビールケースのベッドを作る場合は、あそこの酒屋に放置してあるやつを五個、こっちの酒屋から二個、向こうのゴミ置き場から三個――という具合に、いろんな場所から少しずつ掻き集めるんだ」

「えー、それは盗むということですかー」

「本来は貰ったり拾ったりするべきだろうけど、まあ、中には盗む人もいるだろうね。店先に放置されたビールケース七個、深夜に盗み出すのは簡単だろうから」

「なぜだろう、聞けば聞くほど体験者が語っているようにしか聞こえないぞ、流平君……」

鵜飼にいわれるまでもなく、自分でもそのような懸念を抱きはじめていたところだ。これ以上、この件について語っても墓穴を掘るだけ。そう思った流平は口を閉ざし、代わって沙耶香が違う見解を口にした。

「あのー、ひょっとして酔っ払いの仕業という可能性はないんでしょうか」

「ほう、酔っ払いがビールケースを盗んだと？　なぜ、そう思うのですか」

「実は、今朝お店にきた複数のお客さんから、気になる話を聞いたんです。話は二つあって、ひとつは今日の午前三時ごろ――つまり真夜中ですね――夢見台で酔っ払いが大騒ぎをやらかした話。木戸《きど》さんっていう、うちのお得意様の家が被害にあったそうです。もうひとつは、これもうちのお得意様なんですけど、藤原さんっていう方が、やっぱり同じ真夜中に家の近くで車に轢《ひ》かれそうになったっていう話。ひょっとして相手は酔っ払い運転だったんじゃないかって、そんなふうな噂でした」

「ふーん、片や酔っ払いの大騒ぎ、片や酔っ払い運転ね」流平は呟いて腕組みした。沙耶香の話は漠然とした噂話の域を出ない。仮に事実だとしても、騒ぎを起こす酔っ払いは珍しくない。「ビールケースの件とは関係ないでしょ、鵜飼さん？」

「いや、決め付けるのは早い。同じ夜に同じ夢見台で奇妙な出来事が三つ。案外繋がっているかもだ。少なくとも酔っ払いとビールケースは相性がいい。沙耶香さんは、いいところに目をつけたのかもしれない」

鵜飼の言葉を受けて、沙耶香は照れくさそうに黒髪を揺らす。

「いいところだなんて、そんな。わたしは、ただ話を聞いただけですから……」

そして沙耶香は照れ隠しのつもりだろうか、彼女にしてはやけに強い口調になって、

「と、とにかく、ビールケース泥棒なんて酒屋の娘として絶対許すわけにはいきません。夢見台の平穏を乱す不届き者、必ず見つけ出して懲《こ》らしめてやりますぅ」

と、ビールケース泥棒の撲滅を高らかに宣言。そして気合を入れるかのように手元にある缶を開け、腰に手を当てるポーズで麦茶をゴクリと飲んだ。

「はあ〜、冷たくて、おいしいですぅ〜」

興奮気味の吉岡沙耶香は、麦茶が誰のものであるかを、完全に失念しているようだった。

3

「すみませぇ～～～ん、ごめんなさぁ～～～い」と平謝りに謝る少女の姿。

流平が心の片隅で密かに見たいと願っていた光景は、結局現実のものとなった。泣きそうな顔で許しを請う沙耶香の姿は、ずっと眺めていたいほどの可憐さだったが、もちろんずっと眺めていたら、それは単なるドS野郎だ。流平は快く謝罪を受け入れ、麦茶は彼女にプレゼント。そして、ようやく話は元に戻る。

「わたし、木戸さんの家を見てきます。ビールケースの事件と関係あるかどうかは判りませんけどお得意さんですから様子を窺いに」

「そうですか」鵜飼は残ったビールを飲み干して、空き缶はくずかごに。「では、僕らもついていって構いませんか。なに、お話の邪魔はいたしませんから。ほら、流平君もきたまえ。いいじゃないか、どうせ僕らの仕事はすっぽかされたんだし――」

こうして鵜飼と流平、そして吉岡沙耶香の三人は徒歩で木戸氏の家を目指した。歩きながら鵜飼はポケットに仕舞ってあった一枚の紙を取り出し、真剣に眺める仕草。それを見詰めていた沙耶香は、貰った麦茶を飲みながら怪訝な顔つきで、「なにをご覧になっているんですかー」

「ん、これ⁉」鵜飼は手元のファクス用紙を沙耶香に示して、「カーナビですよ、カーナビ」と一般人には意味不明の回答。「ふむ、これによると僕らは夢見通りを東に向かって歩いているわけか」

「はあ……」沙耶香は質問したこと自体を後悔したかのように、急速に声を萎《しぼ》ませた。「そーですかー、カーナビですかー」

沙耶香を悩ませるカーナビによれば、夢見台は川沿いに延びる夢見通りに対して、いくつもの路地が直角に交わる形状。要は昔の新興住宅街にありがちな画一的な造成地だ。そう思ってあたりを見渡せば、そこに建っている家々もいずれも似たり寄ったりの建物ばかり。まるでサイコロを並べたかのごとき没個性的な風景が続いている。

と、そんな中、ただ一箇所だけ更地の一角が三人の目の前に現れた。丸吉酒店を出て二本目の路地。その入口に当たる角地だ。ずいぶん長い間、放置されているらしく、背の高い雑草がこれでもかというぐらい繁殖している。

沙耶香は更地になった角地を横目で見ながら、「ありませんねー」と呟く。生い茂る雑草に紛れて、ビールケースが転がっているのではないかと期待したらしい。

更地の角を左に曲がった三人は、狭い路地を奥へと進む。すると、路地を入って三軒目の家の前に、特徴のある車が停車中だった。

「ガラス屋だ」鵜飼は建物のほうに目をやる。「二階の窓が割れている――いや、割られているというべきかな」

二階の一角では作業着姿の男が窓ガラスの取り替えの最中だった。一方、庭先には作業の様子を苦々しい表情で見上げている、ひとりの中年男性の姿。膝丈のズボンにポロシャツ姿の彼こそは、この家の主人らしい。

「木戸慶介《けいすけ》さんです。高校で先生をなさっている方です」

沙耶香は小声で鵜飼に耳打ちしてから、あらためて垣根越しに声を掛けた。

「こんにちは、木戸さーん。二階の窓、どうなさったんですかー」

「ああ、沙耶香ちゃんか」木戸慶介は沙耶香の顔を認めると急に目尻を下げ、垣根の傍まで近寄ってきた。「どうしたもこうしたもないよ、ゆうべ酔っ払いにやられたのさ」

「わー、それは大変でしたねー、そのときの状況を詳しくお聞かせ願えませんかー」

「そういう、君は誰だ!?　このあたりでは見かけない顔だな」

沙耶香の口調で話に割り込んできた鵜飼に対して、木戸慶介の厳しい視線が向けられる。

「やあ、これは失敬。わたしは鵜飼という者です。怪しいものではありません。単なる丸吉酒店のお客のひとりですよ」

「本当か？　丸吉酒店の客のひとりが、なぜうちの話に首を突っ込もうとする。まさか、新聞記者や警察関係者じゃないだろうな？　もしそうなら、お引き取り願おう。わたしはこの事件を大袈裟にするつもりはない」

「心配には及びません。わたしもありふれた器物損壊事件などに興味はありませんから」

「な！」木戸慶介の表情がわずかに歪む。「じゃあ、君はなんの興味があって……」

「実は消えたビールケースを追跡中です。丸吉酒店のビールケースが盗まれましてね」

「ビールケースの盗難だと!?　むしろ、よっぽどありふれた事件のように聞こえるぞ」

「ありふれてはおりません。極めて珍しく興味深い事件です。ご協力くださいませんか」

こんなふうにいわれて、ハイ仰せのとおりに、と協力する人はいない。だが険悪な空気を察した沙耶香が、「お願いしますぅ、このとおりですぅ」と可愛らしく両手を合わせると、頑《かたく》なだった木戸慶介の態度もふにゃんと和《やわ》らいだ。中年高校教師の実に男らしい人柄が垣間《かいま》見える一瞬だった。

木戸慶介は沙耶香に対して、昨夜の出来事を話して聞かせた。

「あれは深夜の三時ごろのことだ。いきなり玄関をドンドンと叩く音がした。それから、なにかわめくような男の声も。二階で寝ていた僕と家族が全員目を覚ますほどの大声だ。声の雰囲気から、野郎の酔っ払いが騒いでいるんだということは、すぐに判った。きっと、自分の家と間違えているんだ。すぐに出ていって追い払おうか、それとも放っておけばそのうち向こうで勝手に間違いに気付くか、そんなことを布団の中で悩んでいると、いきなりガラスの割れる音がした。あの酔っ払い、窓に石を投げやがったんだ。割られたのは二階のトイレの小窓だったから、大きな被害にはならなかったが、あれが寝室の窓だったら僕や奥さんが大怪我しているところだ」

「それは大変でしたねー」と沙耶香は心から同情する表情。「で、その酔っ払いはどうなったんですかー」

「逃げたよ。僕が寝室の窓を開けて、『コラ、なにをする！』って外に向かって一喝したら、そいつもびっくりしたんだろうな、この路地を夢見通りのほうに逃げていった。もちろん僕も二階から駆け下りて追いかけた。だが僕が夢見通りに出たときには、もう酔っ払いの姿はどこにも見当たらなかった。結局、捕まえることはできなかったよ」

「警察は呼ばなかったんですかー」

「ああ、深夜にサイレン鳴らしながらパトカーが押しかけてきたら、御近所に迷惑がかかるだろ。それに、そもそも警察は苦手だ。小さなことで騒ぎにしたくない」

「同感です。僕も警察は苦手だ」鵜飼は握手の右手を差し出し、軽く無視された。「――ところで、いまのお話とビールケースの盗難事件と、どう繋がるのでしょうね」

「そんなの知るか！　君たちが勝手に繋がると思い込んでいるだけだろ」

木戸慶介はいったん声を荒らげてから、「いや、『君たち』というのは、沙耶香ちゃんを除いたその二人組という意味だよ、もちろん」とお気に入りの女子高生に妙な気遣い。

「とにかく、ビールケース盗難事件のことはなにも知らない。どこかの酔っ払いの悪戯じゃないのか」

「ええ、僕らもそう思ったからこそ、こちらに伺ったんですがねえ」

そういって、鵜飼はあらためて木戸慶介の二階建て住宅を見上げるのだった。


まあ立ち話もなんだ、中に入ってお茶でも飲んでいきなさい、もちろん沙耶香ちゃんだけ——と偏った優しさを見せる木戸慶介の誘いを沙耶香はキッパリ断って、三人は木戸邸を後にした。

鵜飼は再びカーナビという名の地図を取り出し、歩きながらペンで書き込みをはじめた。まず、夢見通りから櫛の歯のように延びる四本の路地に左から順番に番号を振る。

「丸吉酒店は②の路地の入口の角だ。木戸慶介氏の家は④の路地を入って右側の三軒目……で、藤原さんって人の家は？　①の路地の角……ああ、あの不動産屋ですか」

鵜飼は地図上にそれぞれの家をマークする。いずれもいままでに話題になったポイント

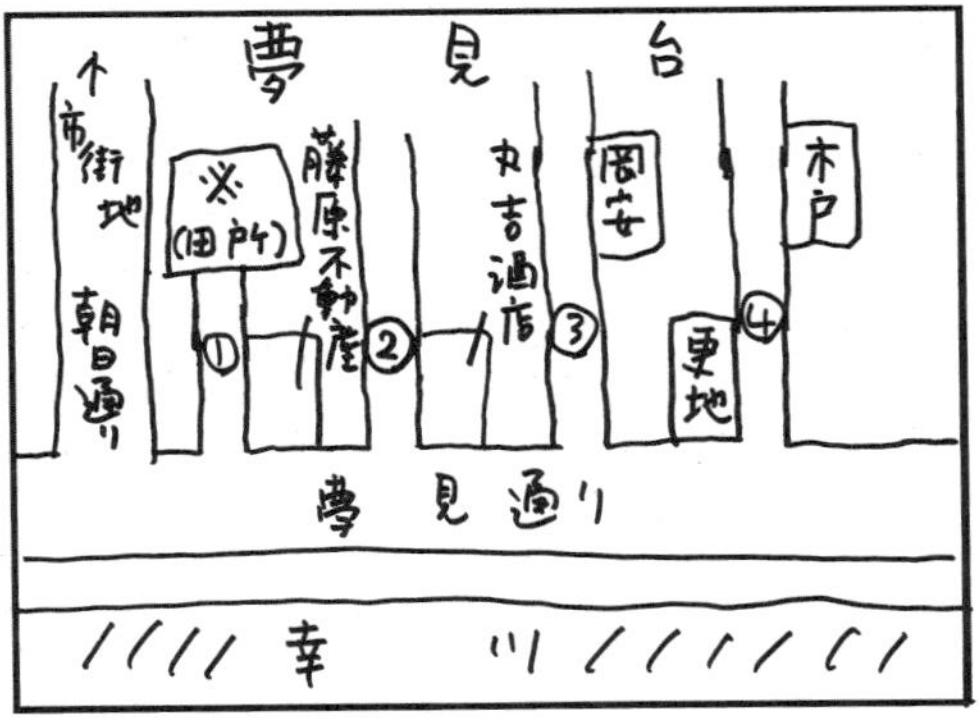

だ。そのとき流平の脳裏に、ふいにピンとくるものがあった。流平は唐突に鵜飼の手から地図を奪い取ると、地図上のある一点を指先で示しながら、沙耶香に尋ねた。

「ここにも家があるはずだよね？　住んでいるのはどういう人？」

流平が示したのは③の路地の三軒目あたり。いままでまったく話題に上がっていないポイントだ。沙耶香は質問の意図が判らない様子だったが、問いには即答した。

「そこは岡安《おかやす》さんの家ですね。恵理子《えりこ》さんっていうお母さんと、風菜《ふうな》ちゃんっていう小学五年生の娘さんの二人暮らしです」

「ん、女性だけの二人暮らし!?　おかしいな、そんなはずはないけど」流平は一瞬、アテが外れたかと肩を落としかけたが、すぐに気を取り直して、「とにかくいってみましょう」と他の二人を急《せ》かすように歩き出した。

三人は夢見通りから③の路地へ。左手の三軒目に位置する岡安邸、その没個性的な二階建て住宅を目の当たりにするなり、流平の頬は思わず弛《ゆる》んだ。

「へへ、やっぱり僕の思ったとおりですよ、鵜飼さん」

「へえ、そうかい。まあ、君の考えていることくらい、僕にもだいたい見当はつくがね」

鵜飼はつまらなそうに、岡安邸の玄関先から小さな庭先を覗き込む。そこには、いかつい顔のブルドッグが繋がれていて、その傍《かたわ》らにはランドセルが似合いそうな女の子の姿があった。沙耶香の話に出た小学生の風菜に違いない。風菜は黄色いTシャツにデニムのスカート。長い髪はいまどき珍しい綺麗な三つ編みになっている。

その光景を見るなり、鵜飼の口から珍しく「ひゅう」という歓喜の口笛が飛び出した。

「なんて可愛らしいんだ！　お嬢ちゃん、ちょっと触《さわ》らせてくれないかな！」

「………」

真夏の湿った空気が瞬時に凍りつく。鵜飼は自分に突き刺さる冷たい視線を感じてか、急に引き攣《つ》った笑顔で訴えた。「い、いや君たち、勘違いしないでくれたまえ。ちょっと触らせてって、犬のことだよ、女の子のことじゃなくて」

「え、ああ、犬……犬ね、なるほどそういう意味か……」流平は胸を撫で下ろし、

「よかったですぅ、一瞬ド変態の発言かと思いましたぁ」沙耶香は誤解を解いた。

いやしかし、まだ完全に鵜飼のロリコン疑惑が一掃されたわけではないぞ、と流平は警戒する。

そんな大人たちをよそに、小学生の風菜は鵜飼のもとに寄ってきて、「おじさんたち、誰!?」と、あどけない顔で質問。するとそこから、「おじさんたちじゃないよ、お兄さんたちだよ」「そうだよ、百歩譲ってこの人はおじさんだとしても、僕はお兄さんだよ」

──というような、こういう場面における定番のやり取りが数分続き、ようやく鵜飼は念願かなってブルドッグの頭を撫でることを許された。その傍らで、流平が質問する。

「実は、風菜ちゃんに聞きたいことがあるんだよ。いま、この家には風菜ちゃんのほかに誰がいるのかな。お母さん？　それだけかい」

「ううん、おじいちゃんもいるよ」

風菜の答えに、流平は勝利を確信するガッツポーズ。一方、驚いたのは沙耶香だった。

「えぇッ、風菜ちゃん、お母さんと二人暮らしだったんじゃないの？」

「ううん、今は三人だよ。沙耶香おねーちゃん、知らなかった？　今月からおじいちゃんも一緒に住むことになったの。でも理由はいろいろ複雑だから、いまは聞かないで……」

「う、うん、判った、聞かない！　聞かないから、風菜ちゃん、急に暗い顔しないで！」

一見、屈託のない小学生女子にも、その裏側には複雑な家庭の事情が影を落としているのかもしれない。が、それはともかく、いま岡安家には母と娘、それに祖父を含めた三人が暮らしていることは間違いないらしい。流平はさらなる確証を得るべく質問を続ける。

「おじいちゃんは昨日の夜、どこにいたのかな。ずっと家にいた？」

「ううん、おじいちゃん、昨日は駅前の繁華街に出掛けてた。帰ってきたのは、あたしが寝た後だったみたい」

「いま、おじいちゃんは、なにしてるのかな」

この問いに、風菜はすこぶる無邪気な声で答えた。

「朝からずっとお布団で寝てる。おじいちゃん、二日酔いで頭が割れるように痛いんだって！」

4

鵜飼たち三人は風菜とブルドッグに別れを告げて、岡安邸を離れた。夢見通りを丸吉酒店のほうに進みながら、沙耶香が流平に尋ねる。

「木戸さんの家のガラス窓を割った張本人は、風菜ちゃんのおじいちゃん——そういうことでしょうかー」

「うん、まず間違いないね。結局、木戸慶介氏が睨《にら》んだとおり窓を割った酔っ払いは家を間違えたんだよ。いや、正確には路地を一本間違えた、というべきかな」

流平は鵜飼から奪ったファックス用紙を片手に解説を続けた。

「見てのとおり、このあたりは夢見通りから細い路地が櫛の歯のように延びる住宅街だ。路地を一本間違えれば、目的の家にはたどり着けない。おまけに夢見台に建つ家は、いずれも似たり寄ったりの二階建てばかり。中には、まったく同じ外観の家さえ存在する」

「確かに、画一的な街ですよねー。それで？」

「問題の木戸邸は④の路地を入って右側の三軒目だ。じゃあ、この家を自分の家と勘違いしそうな人は誰か。真っ先に候補に挙がるのは、③の路地の同じく右側三軒目に暮らす人だろう。つまり岡安家の人だ。けれど、さっきの沙耶香さんの話では岡安家に男性はいならしい。それで、変だと思って確認したんだけど、やっぱり思ったとおりだった。岡安邸はまったく同じではないにせよ、木戸邸とよく似た外観の二階建て。しかも、最近になっておじいさんが一緒に暮らすようになった。おまけに、そのおじいさんは、今日は朝から二日酔いでダウンしている。これだけ事実が揃えば、まず間違いない」

「つまり――」と鵜飼が後を引き取る。「酔っ払って夢見台に戻ってきたおじいさんは岡安邸と間違えて、木戸邸の玄関を叩いたってことだな」

「そうです。しかし家の中から返事がない。おじいさんは二階の窓に小石でも投げて、反応を見ようと考えた。けれど、そこは酔っ払いのやること。石を強く投げすぎて、二階の窓を割ってしまった。おじいさんは木戸慶介氏に一喝されて、ようやく自分の間違いに気がつき、木戸邸から慌てて逃走し岡安邸に戻った。そして今日になっても、おじいさんは自分の失敗を家族に黙っている。一方、木戸慶介氏は岡安邸には女性しか住んでいないと思い込んでいるから、岡安家の人間を疑うという発想がない。そんなところですね」

流平が自分の推理を語り終えたころには、三人は②の路地の角、丸吉酒店の前に舞い戻っていた。だが、鵜飼は歩みを止めることなく、そのまま夢見通りを西に進む。流平と沙耶香はキョトンとして顔を見合わせた後、慌てて鵜飼の後を追った。

「ちょっとちょっと、鵜飼さん、どこいくんですか」

「どこって、もちろん藤原不動産だよ。深夜に、藤原さんって人が車に轢かれそうになったんだろ。現場を見てみようじゃないか」

「そんなの、木戸邸の事件と関係ないじゃないですか。ガラスを割ったのは、岡安さんちのおじいさんで間違いないんでしょ」

するとは鵜飼は哀れむような顔で、大袈裟に肩をすくめて見せた。

「おいおい、なにか勘違いしていないか、流平君。さっきもいったけど、僕はありふれた器物損壊事件なんかに興味はないよ。僕が捜しているのは七つのビールケースだけだ」

「え!?　ああ、そういえばそうでしたっけ」

本来、三人が追いかけているのは、消えたビールケースの謎だった。ガラス窓損壊という多少なりと犯罪らしい犯罪に目を奪われるあまり、もともとの謎を忘れていた。

「ですけど」と、沙耶香が弱々しく口を挟む。「消えたビールケースと深夜の交通事故、なにか関係があるんでしょうか」

「関係はあるかもしれませんし、ないかもしれません。ま、とにかくいってみましょう」

自信なさげな沙耶香を励ますように、鵜飼は軽い足取りで歩き出した。


沙耶香の話によれば、藤原不動産というのは藤原源治《げんじ》と英輔《えいすけ》、親子二人が経営する街の不動産屋である。父親の源治は不動産屋の事務所の二階にひとりで住み、息子の英輔は事務所の向かいに建つ一戸建てで妻子とともに暮らしているそうだ。

「実は、うちの商売敵なんですぅ」と沙耶香は不満げに口を尖らせる。「不動産屋なのに自販機を二台も持っているんです。事務所の前に一台と息子さんの自宅の前に一台。しかも、うちのより安いんですぅ」

「だったら、丸吉酒店の自販機も値下げすればいいんじゃないの？」流平がいうと、

「そう簡単にはいきません。うちの店頭においてある自販機は大手飲料メーカーとリース契約を結んだ、いわば借り物。藤原さんちの自販機は、藤原さんの個人所有ですから」

「へえ、そうなんだ」よく判らないけど、いろいろ事情があるらしい。

そんな会話を交わしながら三人は夢見通りから①の路地へと向かう。藤原不動産の角を曲がれば、そこが①の路地だ。だが、三人の先頭を切っていた鵜飼は、角を曲がろうとするところで突然足を止めた。鵜飼の背中に流平がぶつかり、流平の背中に沙耶香がぶつかる。車なら玉突き事故だ。

「……どーしたんですか、鵜飼さん、いきなり立ち止まって」

流平が抗議しながら前を見る。角を曲がってすぐのところに置かれた一台の自販機の前に、何者かの姿があった。自販機の飲料を補充する作業の最中らしい。自販機の前面を開いた状態で、中腰になって機械の中を覗き込んでいる。大人が両手を広げたほどもある大きな自販機の陰に隠れて、その姿はかがんだ尻の部分だけしか窺えない。

鵜飼の視線がその人物の尻に注がれているのか、それとも自販機の正面に書かれた『激安80円』の文字に注がれているのか、流平にはよく判らなかった。すると――

「駄目ですぅ～いけませぇ～ん」いきなり哀れを誘うような沙耶香の懇願の声。「ジュー

ス買うなら丸吉酒店でお願いしますぅ～特別にお安くしますからぁ～」

酒屋の娘は、鵜飼がこの激安自販機でジュースを買うのではないかと心配したらしい。だが、鵜飼の目的はジュースではなかったようだ。鵜飼は作業中の人物に声を掛けた。

「すみませんが、あなたはこの不動産屋の人ですか」

機械の向こうからキョトンとした顔を覗かせたのは、ワイシャツ姿の男性だった。年のころなら三十前後か。日焼けした精悍《せいかん》な顔つきに白い歯が光る、なかなかのイケメンだ。

「ええ、わたしは藤原不動産の者ですが」男は最初、怪訝な表情。だが次の瞬間、パッと表情を明るくして、「ああ！　ひょっとしてお住まいをお探しの方ですね！」

「お住まい!?　いいえ、わたしはビールケースをお捜しの者です」

人を食った発言に、藤原不動産の若い男、藤原英輔が眉を顰める。

「……ビールケース!?」

「ええ。丸吉酒店から七個盗まれましてね。沙耶香さんと一緒に、ほうぼう捜し回っているんですが、なかなか見つかりません。心当たりはありませんか。盗まれたのは、おそらく昨晩。たぶん深夜の可能性が高いと思われるんですが」

「いや、僕は知らないね」藤原英輔は考える素振りもなく即答したが、「ん、待てよ、深夜!?　深夜といえば、うちの親父が事故に遭ったっけ……でも、関係ないか」

勝手に決め付けて、藤原英輔は自販機を閉じた。すると沙耶香が心配そうに問いかける。

「お父様が車に撥《は》ねられたという話、噂で聞きました。大丈夫だったんですか、お怪我は？」

「なに、平気だよ、沙耶香ちゃん」

藤原英輔は白い歯を見せびらかすように微笑んで、「事故といってもそんな大袈裟なもんじゃなかったんだ。撥ねられたというより、軽く接触した程度でね。怪我らしい怪我もなかったし、まあ、よくある小さな事故だよ。いっそもう少し強めにぶつけてくれりゃ良かったのに。そうすりゃ保険金くらい貰えたかも――」

藤原英輔の冗談とも本気とも取れる軽薄な発言を、シャッターの開閉音が掻き消した。不動産事務所の隣に立つ、大型のガレージ。そのシャッターを薄く開いて、姿を現したのは、でっぷりと太った赤ら顔の中年男性だった。藤原英輔の父親、藤原源治だ。

「冗談じゃないわい。この馬鹿息子が。なにが保険金だ。それにあれは、よくある小さな事故なんかじゃない。あれは悪質な轢き逃げだ、轢き逃げ！」

丸い目玉と膨らんだ頬は、赤鬼を思わせる顔立ち。額に浮き出た血管が怒りの深さをよく示している。吐く息はわずかながら酒臭い。

そんな藤原源治は聞かれもしないうちから、昨夜の出来事について自ら勝手に喋りはじめた。誰かに話したくて仕方がない、そんな饒舌な話し振りだった。

「あれは深夜三時ごろのことだ。街の飲み屋で少々飲みすぎたわしは、ちょうどこの路地にたどり着いたところだった。そこの路地の真ん中に立ったまま、わしはポケットの中の鍵を捜しておった。すると、いきなり一台の車が、この路地に飛び込んできおった。わしはまさかこんな時間に、この行き止まりの路地に車がやってくるなんて、想像もしておらんかった。わしはその場で立ちすくんで、一歩も動けなかった。だが、幸いにもその車はわしを撥ね飛ばす寸前に急ブレーキを利かせて止まった。わしは足元に軽くバンパーをぶつけられて、よろけて倒れた。まあ、それだけならばいい。お互い不注意だった、というだけの話だ。しかし腹が立つのは、この後だ。車の運転手は、わしに接触したことが判ったはずだ。にもかかわらず、運転手はわしを助けに車から降りてくるどころか、そのまま車をバックさせたんだ。そして方向を変えると、そのまま夢見通りを猛スピードで走り去っていきおった。どうだ、これを轢き逃げといわずに、なんという！」

それは轢き逃げといわずに、当て逃げというのでは？　流平は素直にそう思ったが、怒りを露《あらわ》にする藤原源治の前では、正解を口にすることは憚《はばか》られた。

「逃げた車はタクシーだった」と藤原英輔が父親の話を引き取った。「僕はちょうどその時間、二階の寝室で眠れないままベッドの上で悶々としていた。そこに急ブレーキと親父の声が聞こえたんで、慌てて窓から外の様子を見たんだ。逃げていった車も、この目でバッチリ見た。屋根に行灯がついていたから、タクシーに間違いない。たぶん小さな接触事故でも、タクシー運転手にとっては死活問題なんだろう。だから逃げたんだな。タクシーはこの先の角を曲がって、朝日通りに消えていったようだった」

「なるほど、そういうことでしたか」

鵜飼は淡々と頷くと、「ところでそのタクシーですが、酔っ払い運転だったのでは、という噂があるようです。実際のところ、どうなんですか」

「さあ、どうだったかな」

藤原英輔が答える。「運転手が酔っていたかどうかなんて僕には判らない。逃げていく車を見た限りでは、運転手は普通に運転しているようだったがね」

「そうですか。ところで御主人は、この件を警察に通報しなかったのですか」

この質問に対する藤原源治の答えは、木戸慶介のものとほぼ同様だった。警察は嫌いだ。深夜にパトカーなど困る。わずかな被害だから大袈裟にしたくない——。夢見台に暮らす人々は、建物や街並みと同様に思考回路まで似通っているようだ。

深夜の交通事故に関しての話が一段落したところで、今度は藤原英輔が沙耶香に尋ねた。

「ところで、さっきの話だけど、その犯人はなんだってビールケースなんか盗んでいったんだい？　何か目的があって盗んだはずだろ」

「ええ、それが判らないから謎なんです。なにか思い当たる節でもありませんか」

「ビールケースだと!?」藤原源治はいきなり登場した奇妙な単語に、驚きの表情。「ビールケースが、どうしたというんだ？　なに、酒屋から盗まれた？　君たち、それを捜してるのか……ふむ、ビールケースとは変わったものを盗む奴がいるんだな。いや、しかしまあ、思い当たる節なら、なくもないか……」

「え、本当ですか！」嬉しそうに沙耶香が声を弾ませると、

「ああ、もちろんだとも」藤原源治は自信満々に頷き、得意げに指を一本立てた。「お嬢ちゃんは若いから知らないだろうけど、空のビールケースには結構有名な利用方法があってね、あれを十個並べると――」

「あ、ベッドですよね。知ってますぅ」と沙耶香は屈託のない笑顔で相手の答えを先取りして、「他にありませんか？」

「え、いや、他には、知らないな……は、はは」アテが外れた顔つきで、苦笑いを浮かべる藤原源治。息子の英輔は、もうこれで話は終わり、というように目の前の自販機に鍵を掛けた。そして彼は路地を挟んで真向かいに位置する、もう一台の自販機の補充作業に取り掛かった。

結局、ビールケースの行方は判らないまま、三人は丸吉酒店への道を引き返した。

歩きながら流平は一連の流れを振り返る。木戸邸では木戸慶介から窓ガラス損壊事件の話を聞き、岡安邸では風菜ちゃんからおじいちゃんの話を聞き、藤原不動産では藤原親子からタクシーの当て逃げ事件の話を聞いた。いずれも、深夜に夢見台で起こった出来事だ。だがそれらは、ビールケース盗難事件に直接繋がる情報ではなかったようだ。

様々な話を聞いて回る中で、結果的に流平たちは地図に記された①から④までのすべての路地を訪れた。だが、見える範囲にビールケースの影も形も見当たらなかった。どうやら手掛かりはゼロだ。消えたビールケースの謎が解かれる可能性もゼロに近い。吉岡沙耶香もおそらく同じ思いを抱いたのだろう。彼女は丸吉酒店に戻るや否や、くるりと身体を反転させ、鵜飼と流平に向き直ると深々とお辞儀をした。

「申し訳ありませんでした、変な事件にお二人を巻き込んでしまって。もう充分です。消えたビールケースはきっと誰かのベッドになって、二度目の人生を送っているに違いありません。つまらない探し物を手伝っていただいて、本当にありがとうございました」

沙耶香が頭を下げるたび束ねた黒髪が大きく揺れ、見ているこっちが申し訳ない気分になる。

「いや、べつにいいんだよ、僕らは野次馬根性で勝手についていっただけで……ねえ、鵜飼さん……あれ、鵜飼さん、どうしたんです？」

見ると、鵜飼は丸吉酒店の店先をじっと見詰めたまま石のように微動だにしない。頭を下げる沙耶香のことなど、まるで眼中にないかのようだ。すると鵜飼は一転して腕組みをした恰好で酒屋の店頭をぐるぐるぐるぐる歩きはじめた。鵜飼の様子があまりに奇妙なので沙耶香も迷惑に――いや心配に思ったのだろう。怯えた視線を鵜飼のほうに向けながら、

「あの、どうなさいました？　うちの酒屋になにか――あ、危ない！」

その瞬間、鵜飼は酒屋の店頭に設置された自販機に額から激突。ようやく足を止めた鵜飼は、「やあ、すみませんね、ちょっと考え事をしていたもので」と自販機に対して謝罪の言葉。そのまま彼は自販機の脇にぶら下がる防犯用の太いチェーンをじっと見詰め続けた。

おいおい、本当に大丈夫なのか、この人!?　流平はいまさらのように心配になる。

だが、ようやく振り向いた鵜飼は、意外にもスッキリとした表情。そして不安げに見詰める沙耶香に対して、彼はいきなり謎めいた予言の言葉を口にした。

「沙耶香さん、どうやら今夜あたり、消えたビールケースが現れそうですよ」

5

こうして、ビールケース盗難事件の舞台は一足飛びに夜へと移る。

日付が変わった真夜中の午前二時。鵜飼と流平の二人は、相も変わらず夢見通りの付近にいた。だが、その姿に気がつくものは誰もいなかっただろう。彼らは幸川の土手にしゃがみこみながら、ガードレール越しに夢見通りの方向をジッと見詰めていた。変質者の覗き行為ではない。れっきとした探偵の張り込みだ。やっていることは同じであるが、根底にある目的意識が多少はマシなのである。

道路脇に生い茂る背の高い夏草が彼らにとって恰好の目隠しだった。だが、熱帯夜の気温と湿度、夏草特有のむっとする匂い、容赦なく襲い掛かってくるヤブ蚊。真夏の夜の張り込みは困難を極めた。しかも時刻が時刻なので、夢見通りに歩行者の姿はまったくない。ただ時折、思い出したように自動車やバイクが通り過ぎていくばかりである。あまりの退屈と暑さのせいで、流平はついに音《ね》を上げた。

「喉が渇きました。ビールが飲みたい」

「…………」

「喉が渇きましたぁ〜、ビールが飲みたいですぅ〜」

「沙耶香さんの口調を真似しても駄目」鵜飼は前を向いたままキッパリ断言。「張り込み中にビールで乾杯する探偵がどこにいる。それにビールなら昼間に飲ませてやっただろ」

「なにいってんですか。僕は結局、ビールも麦茶も飲ませてもらえなかったんですよ」

「ん、そういえばそうだったか」鵜飼は思い出したように背広のポケットを手で探る。取り出したのは一本の缶ビール――正確には缶入りのノンアルコールビール飲料だった。卵を温める鶏のごとく、彼は昼間からずっとこれを背広のポケットの中で温めていたのだ。

「飲みたいならあげるよ。もともと君のものだ」

「こんな人肌に温まったビールなんて、飲めますかっての」

嫌なら返したまえ！　いや、貰っておきます！　という面倒くさいやり取りの挙句、問題の缶ビールは流平のサバイバルジャケットのポケットに収まった。

「――にしても、こんな真夜中に誰が何をやらかすっていうんです？　鵜飼さんには見当がついているんでしょう？　だったら、教えてくれたっていいじゃありませんか」

「いや、いまはまだ駄目だ」

「なぜです。ははん、さては名探偵たちがよく口にするアレですね。絶対間違いないとの確証を得るまでは、自分の推理を無闇に語らない――名探偵特有の倫理観ってやつ」

「君がそう思いたいのなら、それでいい。実際には、この張り込みが空振りに終わったときに赤っ恥を掻きたくないから、いまはまだ何もいいたくないだけだよ」

「ふーん、えらく弱気ですね」流平は夏草の陰にしゃがみながら、急に不安を覚えた。

ひょっとして、鵜飼は本当にまだ何も摑んでいないのではないか。深夜の張り込みは、ヤブ蚊に刺されるだけで、結局は徒労に終わるのではないか。そもそも、この張り込みは変だ。目的はなんだ？　ビールケース盗難事件の犯人を捕まえるため？　だが、それを捕まえてどうなる？　吉岡沙耶香は喜ぶかもしれないが、探偵としては一円にもならないぞ。

「鵜飼さん、そもそもなぜ……」

と、流平が疑問を口にしかけたとき、唐突に鵜飼が緊張した声を発した。

「やや！　ついに動きはじめたぞ！」

流平は口を結んで、雑草の隙間から真っ直ぐ前を向く。いままで暗かった路地が白色の明かりに照らされていた。明かりに続いて特徴的なフォルムの物体が、路地にその姿を現しはじめた。明かりの正体は自動車のヘッドライト。現れたのは軽のワゴン車、あるいは軽トラックのように見えた。その瞬間、いままで慎重だったはずの鵜飼が突然、言葉を覚えたばかりのお喋りな九官鳥のようにべらべらと喋り出した。

「よし流平君、いまこそ君の疑問に答えよう！　もちろん僕にはこの事件がすべて完璧にお見通しだったとも！　いままで沈黙していたのは、いわゆる名探偵特有の倫理観というやつで――」

「なに急に勝ち誇ってんですか！　自信なかったくせして！」流平は鵜飼の無駄話を遮断するように叫んだ。「んなことより、あの車をどうするんですか！」

「路地から出すな。身体を張ってでも止めるんだ。いくぞ！」

いうが早いか、鵜飼は草むらを飛び出した。ガードレールを跳び越え、夢見通りを横切り、そのまま路地の中に飛び込んでいく。目の前には、もうすでに車の明かりが迫っている。鵜飼は速度を上げようとする車の前に勇猛果敢に立ちはだかり、「その車、止まりなさい！」と、大きく両手を広げて制止の意思表示をしたのだが――ドン！　彼の鋼鉄の意志と生身の肉体は、鋼鉄の自動車の前にあえなく弾き返された。「――ぶふぉぉ！」

跳ね飛ばされた鵜飼の身体は、いったん空中に浮き上がり後方に二回転半して、路地の真ん中に落ちた。車は後輪を軋《きし》ませながら緊急停止。確かに鵜飼は、彼自身の言葉どおりに身体を張って車を止めることに成功した。いや、成功と呼べるかどうかは疑問だが、いちおう車は止めて見せた。

流平は見てはいけない瞬間を見たような気がして、思わず震えた。

「だだだ大丈夫ですか、ううう鵜飼さん、ししし死死死……」

「死んじゃいない……」鵜飼の声が力なく響く。「流平君、後のことは任せた……」

「え、任せるっていわれても」この場面、なにをどうすればいいのだ？

流平は路地に倒れた鵜飼と、目の前の車を交互に見やった。車は白の軽トラック。後部の荷台に深緑色の幌が掛けられている。運転席の窓は全開だ。中を覗き込む。ハンドルを握ったままガタガタと震えているのは、太った赤ら顔のおじさん。藤原不動産の親父、藤原源治に間違いなかった。

もちろん、流平たちは最初から①の路地を中心に見張っていたのだし、実際①の路地に車は現れたのだから、藤原不動産の人間が運転しているぐらいのことは見当がついていた。ひょっとして例のイケメン息子のほうが運転しているのかと思ったのだが、親父さんのほうだったか。

いずれにしても、鵜飼を撥ねて怪我を負わせた以上、その責任は取ってもらわなくてはならない。鵜飼も後は任せるといっていることだし、ここはひとつ、やるべきことをやるのみだ。流平は覚悟を決めると、腹筋に力を込めてドスの利いた声で叫んだ。

「おうおうどうしてくれんだ俺のアニキをボロボロにしやがって上等だぜコノ野郎タダで済むと思ってんじゃねえだろうな慰謝料払え治療費よこせ警察呼ぶぞコノ野郎！」

靴の踵《かかと》でタイヤをボコボコ蹴っ飛ばす流平に、死にかけの鵜飼が嘆きの声をあげる。

「……馬鹿か流平君……それじゃ当たり屋の兄弟だ……あくどい詐欺師の手口だぞ……」

「あれ、違いました⁉　じゃあ、どうしろっていうんですか」

流平は鵜飼に意見を求める。一方、軽トラの運転席では藤原源治が、なおいっそう身体を震わせながら、「警察を……警察を呼ぶ、だと……」呪文のように呟いている。やがて、彼の中で何かが突然壊れたらしい。藤原源治は突如として「うをおぉ！」と奇声を発したかと思うと、「警察なんぞ、呼ばれてたまるかあああぁぁぁ――――ッ！」

叫ぶや否や猛然とアクセルを踏み込み、闇雲に軽トラを急発進させた。思わぬ展開に、路地の真ん中で死にかけていたはずの鵜飼は、「うひょう！」と案外元気に叫ぶと、普段よりも機敏な動きで道路脇に避難。「逃がすな、流平君！　今度は君が身体を張る番だ！」

「はい！」と、流平はその場の勢いで答える。とはいえ、走り出した軽トラックに追いつくはずもない。追いかけるのは恰好だけ――と高をくくっていたところ、軽トラックは路地の角を九十度右折するために、ガクンと急減速。うっかり余裕で軽トラに追いついてしまった流平は、なりゆきで仕方なく軽トラの右側面に飛びつく。すると幸か不幸か荷台の幌の屋根に左手が掛かる。流平は、さながら緊急出動の消防士が消防車の右側面にぶら下がるような体勢で――もっと判りやすくいうなら、ヤッターマン1号のポジションで――軽トラの側面にしがみついた。と次の瞬間、カーブを曲がり終えた軽トラはダッシュを利かせて夢見通りを猛然と走り出す。もはや降りるに降りられない状況に陥った流平は、顔からスーッと血の気が引くのを感じた。

「ばかバカ馬鹿莫迦！　とまれトマレ止まれ停まれ留まれ泊まれ！」

流平はすぐ目の前に開いている運転席の窓に向かって、思いつく限りの「バカ」と「トマレ」を連発。だが運転席の藤原源治は無言のままキュキュキュキュッと手動で窓を閉めた。窓を閉めた！　窓を閉めやがった！

「ふざけんな、こらあ！」

怒りのあまり流平は、右手の拳で運転席の窓を叩く。だが拳は硬いガラスに跳ね返されただけだった。駄目だ。もはや運転手には指一本触れることはできない。

でも大丈夫だ。他の街ならいざ知らず、この烏賊川市の道路にはいたるところに『信号機』と呼ばれる最新の交通制御システムが備わっている。軽トラの暴走が延々と続けられる環境ではないのだ。ほら見ろ、そういっている間にも目の前の交差点の信号機が赤だ。さあ止まれ、さあ止まれ、さあさあさあ！　流平は期待を込めて、その瞬間を待ちわびたのだが――

「…………」軽トラはそのままの速度で交差点に飛び込んでいく。「し、信号無視かよ！」

たちまち交差点は大混乱。信号無視の軽トラに驚き、数台の車がいっせいに急ブレーキを響かせる。転倒するバイク。鳴り響くクラクション。一台のワゴン車が流平のわずか数センチ先を掠《かす》めて通る。流平は生きた心地もせずに、必死で目をつぶって、災難をやり過ごすしかない。やがて束の間の喧騒《けんそう》が過ぎ去り、怯えながら目を開ける。軽トラは何事もなかったかのように暗い一本道を軽快に疾走していた。

「ホッ、助かった……にしても、あのおっさん、無茶しやがる」

どうやら、自棄《やけ》になったおっさんの暴走トラックは赤信号ぐらいでは止まりそうもない。長期戦を覚悟した流平は、とりあえずいまの不安定なポジションからの脱却を試みる。両手を荷台の屋根の縁に掛けて、腕の力で身体を持ち上げる。悪戦苦闘の末、流平は屋根の上へと移動した。テント地でできた丈夫な幌の上に大の字に横たわって身体を安定させる。

「よし、これなら落下の心配はない……」

と安心したのも束の間、軽トラはいきなり左右に大きく蛇行をはじめた。明らかに意図的なジグザグ運転だ。屋根の上の邪魔者を振り落とそうという魂胆か。

「くそ、落ちてたまるか！」

流平は屋根の前方の端を両手で握り締める。車はさらに激しく左右に蛇行する。流平の身体も左右に揺れる。流平は荷台の屋根の上でクネクネクネクネと全身を揺らし続けて、いわゆる金魚運動。たるんだお腹には効果的なエクササイズだったかもしれないが、その効果を実感する間もなく、「うわあ！」

軽トラはいきなり九十度の角度でコーナーを右折。予測できない動きに、流平はたまらず屋根の上から転がり落ちる。だが、これが野性の本能というものか。落下する瞬間、彼の右手はギリギリのところで屋根の左端を摑んでいた。流平は軽トラの左の側面にぶら下がる恰好で踏みとどまった。今度はヤッターマン2号のポジションである。

「むッ！」そのとき流平は前方にかすかな光明を見出した。「助手席の窓は全開だ……」

あの窓から運転席の藤原源治に一発お見舞いしてやれば、車を止められるのではないか。いや、無理だ。腕をいっぱいに伸ばしたところで運転席には届きそうもない。モタモタしていたら、あの窓も運転席側と同様に閉められてしまうだろう。そうなったら、本当にアウトだ。やるからには一撃でケリを付けなくては。でも、どうやって？

流平は咄嗟《とっさ》に右手でサバイバルジャケットのポケットを探った。生温かい金属の感触が指に触れる。流平は軽トラの側面にしがみついたまま、開いた助手席の窓から顔を覗かせた。風圧に負けない大きな声で運転席に向かって呼びかける。「やいこら、おっさん！」

運転席の赤ら顔の男が、ギョッとしたような顔を助手席側に向ける。その顔を目掛けて、流平はさらに叫んだ。「おっさん、ビール、好きか！」

「なに⁉」キョトンとしたような間の抜けた表情が男の顔に浮かぶ。

「ビールは好きかって聞いてんだ！」

「ビ、ビールが、なんだ！」藤原源治は引き攣った表情を、わずかながら助手席の窓に近づける。好機到来。流平は左手に持った缶ビール——正確には缶入りノンアルコールビール——を相手の顔の前にずいと突き出した。親父の顔が一瞬ポカンとなる。「——？？？」

「飲ませてやるぜ！」

流平は陽気な掛け声とともに、指一本でプルトップを引いた。「かんぱぁ——い！」瞬間、人肌に温まったノンアルコールビールが缶の口から猛烈な勢いで噴出。琥珀《こはく》の液体は細《こま》やかでクリーミィな極上の泡となって、男の赤ら顔を一瞬にして白く覆い尽くした。日本シリーズで優勝でもしない限り、まず味わうことのない強烈な目潰し攻撃。さすがの暴走親父も、これを受けてはひとたまりもなかった。

「わ、あわ、あわ、あわわわわぁぁ……」

視界を失った藤原源治は滅茶苦茶にハンドルを切り、前後の見境もなく急ブレーキを踏む。軽トラは右に左に大きく蛇行した後、後輪を滑らせながら——ドスン！　道路脇の電信柱に激突。車は急停止し、流平は勢いよく空中に放り出され、そして地面に叩きつけられて死んだ。

——と思ったら、意外と死んでいない。「あれ、嘘⁉　俺、生きてる⁉」

流平は自分でも信じられない気持ちで、身体を起こした。そこに広がっていたのは、ふかふかの緑のクッション。幸川の土手に広がる夏草の茂みだった。軽トラックは夢見台とその周辺の道路を滅茶苦茶に走り回り、結局また川沿いの道、夢見通りに戻っていたのだ。それが証拠に、衝突からほとんど間をおかずに、一台の車が彼の目の前にゆっくり安全運転で到着した。見慣れた青いルノーである。

「やあ、流平君、無事だったのか」駆けつけた鵜飼は、缶珈琲《コーヒー》片手に車を降りて、「あの後、君がどうなったのか心配で心配で気が気じゃなかったんだよ。無事でなによりだ」

「缶珈琲片手にいう台詞ですか！　いつ買ったんですか！　いま買ったんですね！　僕が生きるか死ぬかの瀬戸際でもがいているときに、あなたは呑気に缶珈琲を！」

「まあまあ、そう怒るなよ。君の分も買ってあるからさ」

「え、ホントに⁉　ありがとうございます——って、喜ぶとでも思ってんですか、あんた！」

じゃあいいよ、君の分は僕が飲むから！　いいえ、貰っておきます！　面倒くさいやり取りが繰り返されて、結局、缶珈琲は流平の手に。そして鵜飼は話を現実に引き戻す。

「ところで藤原源治は、どうなった？　死んじゃったのかい？」

鵜飼は軽トラの運転席を覗き込む。そこには藤原不動産の主人が力尽きたようにぐった

りとなったまま座っている。鵜飼は相手の首筋に手を当てながら、

「大丈夫、死んではいない。気を失っているだけだ。けど、変だな。この人が泡まみれなのは、いったいなぜなんだ？　運転席で優勝のビールかけでもやったのかい？」

「あたらずとも遠からずですが――」流平は曖昧に答えながら頭を掻く。「そんなことより、このおっさん、なんであんな滅茶苦茶な逃げ方をしたんですか。鵜飼さんを撥ねたかしら？　でも、それだけじゃないですよね」

「もちろんだとも。もっとやましい秘密があればこその逃走劇に違いない」そういって鵜飼は運転席を離れて、軽トラの後部へと歩を進めた。「流平君、荷台を調べるんだ」

命令されるまでもなく流平はひとり荷台に上がる。そこにあるのは、いっぱいに広げられた青いビニールシート。シートの下には、なにやら角ばった物体がゴロゴロ転がっているのが判る。荷崩れした引越し荷物のようにも見えるが、そうではあるまい。

「これって、ひょっとして」流平はシートの端を持って、それを半分ほど剝がした。思ったとおりだった。転がっていたのは、流平たちが昼間から捜し求めていた例の物体だ。

「ビールケースが五、六――七つ！　やましい秘密って、これのこと？」

丸吉酒店からビールケースを盗んだのは藤原源治、その人だった。これは確かにやましい秘密には違いない。だが生死を懸けて守り抜くほどの秘密だろうか。

腑に落ちない思いの流平に、鵜飼が路上からさらなる注意を促す。

「シートの下にあるのは、ビールケースだけかい？　まだ、なにかありそうだよ」

いわれてみれば確かに。シートの下には微妙な膨らみが見える。こちらは角ばったものではなく、なだらかな曲線を描く細長い物体だ。流平はごくりと唾を飲み込んで、シートの残りをすべて取り払った。

「……うッ」目の前に現れた意外な光景に、流平は一瞬息を呑んだ。

転がっていたのは、寝間着姿の痩せた老人だった。尖った顎と尖った鼻、頬骨の浮き出た骸骨じみた顔。非常に特徴のある顔だったが、そこに表情はなかった。露《あらわ》になった後頭部に出血の痕跡が見えるが、いまはもう血は流れていない。とっくに息絶えているのだ。藤原源治は軽トラの荷台に、こんなものを乗せていたのか。どうりで慌てて逃げ出すわけだ。

流平は横目で死体を眺めながら、震える声で聞いた。

「い、いったい誰ですか、この老人？　知らない人ですけど」

「うん、僕も会ったことのない人だ。――だけど、名前なら判る」

え!?　と驚く流平。そして鵜飼は缶珈琲をひと口飲んで、静かな声で告げた。

「たぶん、その老人の名は『田所誠太郎』っていうんだと思う」

6

電信柱に激突した軽トラ。その衝突音は、真夜中の夢見台の人々を夢見の淵から叩き起こしてしまったらしい。事故現場周辺には、住人たちが恐る恐るといった感じで姿を見せはじめた。警察に通報した者もいたのだろう。遠くからパトカーのサイレンの音も聞こえてくる。やがて、このあたりは警察官と野次馬が溢れて、派手な賑わいを見せるはずだ。

騒ぎに巻き込まれたくない探偵たちは、そうなる前にルノーに乗り込み、何食わぬ顔で現場を立ち去った。事故現場に向かって流れる人々の群れに、逆らうように車を徐行させる。

すると、前方にピンクのTシャツ姿の黒髪の女子を発見。携帯を耳に当てながら、小走りに事故現場に向かっている。気付いた鵜飼は急遽、車を止めた。流平が助手席の窓を開けて名前を呼ぶ。

「――沙耶香さん！」

「あ、昼間のお二人さん。まだ、こんなところにいらっしゃったんですか」

沙耶香は携帯での通話を終えて、助手席の窓に駆け寄った。流平はとぼけたふりで聞く。

「沙耶香さんこそ、こんな真夜中に慌ててどうしたの？　なにかあった？」

「それがそのぉ、わたしも詳しくは知らないんですけど、いま電話で聞いた話では――」

と慎重に前置きして、沙耶香は声を潜めた。「なんでも、最新の兵器を積んだ大型トラックが、サバイバルジャケットを着たテロリストに襲撃されて、それがこの先で青い外車と衝突して大惨事になったんだとか。どうやら死人もひとり出ているようですよ」

「ああ、そういう話なんだ……」小学生の伝言ゲームでも、もう少しマシな真実が伝わると思うが。「どうします、鵜飼さん？　彼女、激しく誤解してるようですけど」

「うむ、彼女には真実を知る権利があるしな」鵜飼はそう呟いて、沙耶香に向かって声をかけた。「じゃあ、とりあえず乗ってください、お嬢さん」

「え、でもぉ……」戸惑いを見せる沙耶香に対して、

「いいから、早く！」鵜飼はこれ以上ない真剣な声で叫んだ。「この先は大気中に飛散した細菌兵器の被害を防ぐため、警察と自衛隊と地球防衛軍がレベルDの緊急避難措置を取っています。ここにいたら危険です。さあ、一刻も早く乗ってください！」

「は、はいッ！」と沙耶香は引き攣った声とともにルノーの後部座席に飛び込み、それから少し遅れてカクンと小首を傾げた。「ん⁉　地球防衛軍って――なに？」

それから間もなくのこと。場所は夢見台の外れ。象の滑り台とパンダのオブジェがある寂しい公園の片隅。流平と沙耶香は小さなベンチに並んで座り、鵜飼は腕組みをしながらパンダの背中に跨《また》がっていた。流平は今夜自分が体験した、死と背中合わせの大冒険の一部始終を二人に話して聞かせたところである。

鵜飼は「なるほど」と頷いた。「それで藤原源治は泡まみれだったわけだ」

沙耶香も「なるほど」と頷いた。「最新兵器がビールケースで、テロリストが流平さんだったのですねー」

「…………」彼女、まだ充分に把握できていないように見えるが、面倒くさいので流平は鵜飼との間で会話を進める。「しかし判りません。どうも不思議です」

「不思議がることはない。パンダの背中が意外と座り心地がいいから座っているだけだ」

「いや、そうじゃなくて、不思議なのは今回の事件ですよ」いや、パンダの背中に跨る名探偵も確かに不思議ではあるが、それはこの際どうでもよろしい。「なぜ軽トラの荷台に老人の死体があったのか。なぜ鵜飼さんには、それが田所誠太郎氏だと確信できるのか。なぜ鵜飼さんは藤原源治が今夜それを運び出すと予想できたのか。それと——そもそもビールケースはなぜ盗まれなくてはならなかったのか」

「そう、それこそが、この事件の本質に関わる問題だ」

そういって鵜飼はようやく説明を開始した。

「今回の事件の全貌を理解するためには、昨日の深夜、夢見台で起こったいくつかの奇妙な現象について考える必要がある。奇妙な現象は三つあった。丸吉酒店からビールケースが七個盗まれたこと。木戸邸のガラス窓が割られたこと。最後のひとつは、不動産屋の藤原源治が車に轢かれそうになったこと。ただし、この三つの現象の中で、木戸邸の出来事だけは、酔っ払った岡安さんちのおじいさんが、自分の家と木戸さんの家とを間違えた挙句のことだと、だいたい見当がついている。問題は、この岡安おじいさんだ。この人はなぜ自分の家と木戸さんの家を間違えたのか」

「ん⁉ その問題はもう解決済みのはずですよ。おじいさんは酔っ払っていたせいで路地を一本間違えた。例の地図でいうなら、③の路地に入るはずが、行き過ぎて④の路地に入ってしまった。その結果、おじいさんは木戸邸を岡安邸だと思い込んだ。二つの家はよく似ていたから、気がつかなかったんですね」

「そう、確かに家はよく似ていた。間違えるのも無理はない。だが路地はどうだろう？」

「路地、ですか」

「そうだ。③の路地と④の路地とは、そんなに似ていたかな？ いやいや、僕が見た印象では、二つの路地はその入口の部分においては、明確な違いがあったはずだ。そう、④の路地の入口は片側にしか家が建っていない。左手の区画が一軒分更地になっているんだ。一方、③の路地は左右に家が建っている。これほど明確な違いがありながら、二つの路地を間違えるなんてことが、果たしてあり得るものだろうか」

「あり得るものだろうかって、そりゃあ、あり得るんでしょう。現に岡安おじいさんは二つの家を間違えたんだから。違いますか」

「いや、違わない。確かにあり得る間違いだ。では、どんな場合にそれほどの間違いが起こり得るのか。ひとつは、おじいさんがとことん酔っていて、二つの路地の歴然とした違いにさえ気がつかなかったという場合。もうひとつは、酔って帰宅中のおじいさんがタクシーを利用していた、という場合だ」

意外な指摘に流平は虚を衝かれた。「タクシーですか!?」

「そうだ。おじいさんは駅前の繁華街で飲んで午前様になって帰宅するんだ。タクシーを利用するのは普通のことだと思わないか。そしてタクシーを利用した場合、乗客は運転手に向かってよくこんなふうに道案内するだろ。『そこの角を曲がって二つ目の路地を右に』とか『三つ目の角を左に』とか。流平君の人間カーナビも、だいたいそんなふうだったし、沙耶香さんが僕らを道案内するときも、そんな感じだった」

鵜飼の言葉に沙耶香も頷く。「夢見台みたいに路地が整然と並ぶ住宅街は、そういう説明になりがちですよね」

「じゃあ、こういうことですか。昨夜、岡安おじいさんはタクシーに乗って夢見台に戻った。おじいさんは朝日通りから夢見通りに入ってすぐに『この先、三つ目の角を左に』というような道案内をした。しかし、運転手は角をひとつ通り過ぎて四つ目の角を曲がった。そして④の路地に入り、おじいさんを降ろした。おじいさんは目の前にある、木戸邸を自分の家と間違えた」

「そうだ。酔っ払ったおじいさんが繁華街からの長い道のりをはるばる徒歩で帰宅し、歴然と違う路地を間違えるよりは、ずっと確率の高い話だと思わないか」

「確かに。ということは、岡安おじいさんが家を間違えたのは、実質タクシー運転手の責任というわけですか。なるほど、そうかもしれませんね。ところでタクシーといえば、同じ夜に①の路地でタクシーが小さな事故を起こしていますけれど、まさか……」

「うん、そのまさかだよ。二つの事件に関わったタクシーは同じものだと思う。午前三時という時間帯が同じだし、なによりも路地を間違えたという点が共通しているだろ」

「じゃあ、そのタクシーは客を乗せた状態で路地を一本間違えて、客を降ろした直後にまた路地を間違えたってことですか。いやいや、それはないでしょう。どんなにぼんやりした運転手だって、同じ夜にそんなに連続して道を間違えることはありませんよ」

「そうでもないさ。ひとつのミスが二つ目のミスを誘発する、そんなケースはあり得ることだ。具体的には、こんなふうだ。まず岡安おじいさんは『三つ目の角を左に』と指示を出す。運転手は了解する。だが暗い夜道で運転手はミスをした。角をひとつ見過ごしてしまい、④の路地に入ってしまったんだ。運転手はミスに気付かないまま客を降ろして、元きた道を戻る。今度は逆に『三つ目の角を右に』だ。④の路地を出て三つ目の角を曲がれば、どの路地にたどり着くかな？」

「それは——あ、①の路地ですね。そうか、それでタクシーはあの行き止まりの路地に間違って入っていって、事故を起こした。なるほど筋は通ってますね。とすると確かに、岡安おじいさんを運んだタクシーと、不動産屋を撥ねたタクシーは同じものかも」

「だろ。僕はそんなふうに考えて、この事故への興味を失った。要するに運転手のミスで説明がつく事故だからね。僕らの追いかけている事件とは関係がない、そう思ったわけだ。——丸吉酒店に戻るまではね」

鵜飼の意味深な発言に、流平はすぐさま質問の矢を放った。

「丸吉酒店に戻って、なにがどう変わったんですか。そういえば、あのとき鵜飼さんは急になにか重大なことに気づいたようでしたね。丸吉酒店の店先になにか珍しいものでも見つけたんですか」

「いや、珍しいものではないよ。ごくごくありふれたものだ。街中で嫌というほど見かける無粋で四角い鉄の箱――缶ジュースの自動販売機だ。丸吉酒店にもあっただろ」

「鵜飼さんが額をぶつけた例の自販機ですね。あれがどうかしたんですか」

「箱の片側に太いチェーンが付いていただろ。不逞《ふてい》の輩が自販機の鍵を壊して中の売上金を盗んでいかないようにするためのチェーンロック。最近よく見かけるやつだ。ところで、沙耶香さんに質問したいんですがね」

「はあ、なんでしょうか」

「丸吉酒店の自販機のチェーンは向かって右側に付いていますか。それとも左側ですか」

沙耶香は慎重に考えてから、自信を持った声で答えた。

「チェーンは右側です。べつに丸吉酒店の自販機に限った話じゃなくて、自販機のチェーンロックはみんな右側についているはずですよ」

「そうですね。自販機というものは、もともと右利きの人が利用しやすいようにできている。だからコインの投入口は向かって右側にある。そして自販機の鍵穴もコインの投入口の近くにあるのが普通だから、やはり右側。当然チェーンロックも右側です。鍵穴やチェーンロックが右側ということは、この自販機は左側に開くということですね」

はい、と頷く沙耶香の横で、流平は思わず首を捻った。

「左側に、開く!?　どういうことです？」

「自販機というものは、ロックを解除すれば、箱の前の部分が扉のようにパカッと開くようにできているじゃないか。それが左側に開くんだよ。正確には左手前に開く、というべきかな。ほとんどの自販機がそういうふうにできているんだよ」

「はあ、そうですか」流平は戸惑いを隠せず目をぱちくりとする。「――それで？」

「やれやれ、まだ判らないのかい」駄目だね、というように鵜飼はパンダの背中で大袈裟に首を振った。「僕らはつい数時間前に世にも珍しい自販機を目の前で見たじゃないか！」

世にも珍しい自販機？　そんなものを見た記憶はない。唯一あるとすれば、あれのことだろうか。

「――ひょっとして、藤原不動産の前にあったあの激安自販機のこと!?」

「そうだ。あの場面を思い出してくれ。僕らが丸吉酒店から夢見通りを進んで①の路地に曲がろうとしたとき、誰かが自販機の中身の補充をおこなっていただろ。でも、誰がどんな恰好でそれをおこなっているのか、最初は判らなかった。作業をしている人の姿が、開いた自販機の陰になって見えなかったからだ」

「確かに、そうでしたね」沙耶香が当時の記憶を辿るように頷く。「わたしたちには自販機の前面に書かれた『激安80円』の文字が見えていました」

「そのとおり。でも、よくよく考えてみると、そんなことって普通はないんだよ。普通の自販機は左側に開く。夢見通りから①の路地に向かって右に曲がる僕らの前で、自販機が左に開いていたなら、自販機の内部は僕らから丸見えじゃないか。補充作業をしている人の姿もバッチリ見えるはずだ。逆に『激安80円』の文字は見えるはずがない。しかし、あの場面では確かに僕らの目からは、イケメン息子の姿が見えずに、『激安80円』の文字が見えていた。あのときは全然なんとも思わなかったが、いまとなっては貴重な経験だよ。あの瞬間、僕らは右手前側に開く超レアな自販機と遭遇していたわけだ！」

「…………」流平は一拍置いて頷いた。「なるほど、いわれてみれば確かに」

「そういえば、変わった自販機だったかもしれませんねー」

そうだろ、凄いだろ、と世紀の大発見をしたかのように鵜飼は誇らしげな表情を浮かべる。だが、いまだ腑に落ちない思いを抱える流平は、ここで鵜飼に重大な質問を投げた。

「自販機が右側に開くってことは、鍵穴は左側にあるってことですよね。でもコインの投入口は右にあるんでしょ。なのに鍵穴だけわざわざ左にあるんですか？　そして右に開く？　そんな自販機、本当にあるんですか？」

「あるんですか、って現にあったじゃないか。藤原不動産の前に。君も見ただろ」

「いや、それはそうですけど、そうじゃなくて、この世の中に本当にあるのか、つまり、この現実の日本社会に実在するのか、ということを聞いてるわけで……」

「妙なことをいうね、君。烏賊川市は現実の日本社会の一部じゃないのかい？」

「いやまあ、それは確かにそうなんですが、なんていうのか、もうちょっと一般的な都市にあれば、話のリアリティが増すのではないかと……」

しかし、流平がその言葉を口にした瞬間、鵜飼の表情が一変した。

「リアリティ!?　リアリティだって！　君いまリアリティっていった？」

鵜飼は軽蔑するような冷たい目を流平に向けると、突然パンダの背中から飛び下りた。そして今度は象の滑り台に一目散に駆け寄ると、尻尾の階段から瞬く間に象の背中に駆け上がり、滑り台のいちばん高いところから烏賊川市の夜の闇に向かって、こう叫んだ。

「リアリティなんぞクソ食らえってんだあぁぁぁ――ッ！」

狼の遠吠えにも似た鵜飼の絶叫に、夢見台の飼い犬たちもざわめく。沙耶香は哀れむような視線を滑り台に向けながら、

「あの方、呑気そうに見えて、結構いろいろ溜まっていらっしゃったんですねー」

「うーん、本来は『クソ食らえ』とかいうキャラじゃないんだけどなあ」

ともかく、これ以上放っておいたら近所迷惑だ。流平はベンチから立ち上がり、両手をメガホンにして叫んだ。「さっさと下りてきてください。謎解きの途中ですよ！」

やあ、そういえばそうだったね――といいながら、鵜飼は象の鼻を滑って地上に舞い戻り、憑き物が落ちたような晴れやかな表情で再びパンダの背中に跨った。

「よし判った。君がそんなにいうのなら烏賊川市以外の、もっとリアリティのある具体例を挙げてやろうじゃないか。悪の都、東京なら文句はあるまい」

「華の都ですよ。悪の都かもしれませんが、一般的には華の都、東京です。だけど東京にそんな自販機が本当にあるんですか。鍵穴が左にあって、右に開く自販機」

「ある！　僕はこの目で見た。水道橋駅から歩いて五分。誰もが知っているあの有名な場所に、確かにそれはあった」

「えッ、東京ドームですか！」

「いや、ウインズ後楽園だ！」

「…………」流平はちょっと呆れた。「なにしにいったんですか、そんなとこ」

「なにしに？　おいおい、待ってくれよ。ウインズは基本、一種類の商品しか扱っていないはずだよ」

「ですよね。聞いた僕が馬鹿でした」

ウインズ後楽園は旧「後楽園ゆうえんち」の隣にある「オトナのゆうえんち」、いや動物園と呼ぶべきか。要するに、日本最大の場外馬券売り場である。鵜飼はそこで奇跡の自販機を目撃したという。

「六階だ。ウインズ後楽園の六階にある缶ジュースの自販機が、まさしくそうだった。一見なんの変哲もない普通の自販機なんだがね、確かに鍵穴が左にあって、右に開く自販機だったよ」

「え、本当ですか。じゃあ、いまでもウインズ後楽園の六階にいけば、実物が見られるんですね」

「いや、残念ながらその自販機はいつの間にか撤去されて、今は普通の自販機が置いてあるだけだ。どうやらウインズの職員には、あの自販機の希少価値が理解できていなかったらしい」

「理解しろというほうが無理ってもんですね」

「まあね。結局、僕もそれ以来、右開きの自販機を目にすることは、昨日まで一度もなかったというわけだ」

それが、昨日突然鵜飼の目の前に現れた。鵜飼自身も最初は気付かなかったが、丸吉酒店にある普通タイプの自販機を目にした瞬間、彼はようやくその自販機の特殊さに気がついたらしい。

でも、待てよ。藤原不動産の自販機が特殊なものだとしても、それがどうだというのだ。

そもそも、自分たちは何の話をしてたんだっけ……

わけが判らなくなった流平を置いてけぼりにしたまま、鵜飼は説明を続けた。

「話を元に戻そう。昨夜タクシー運転手が二回続けて路地を間違えたことを、僕は運転手の単純なミスだと考えた。すでに説明したとおり、確かにその可能性はある。だが、ひょっとすると、もうひとつべつの可能性もあるのかもしれない。僕はそう思いはじめた」

「べつの可能性というと？」

「運転手は何もミスをしていない、という可能性だ。運転手は乗客の指示どおりに走った。『三つ目の角を左へ』といわれ、まさしく三つ目の角を左に曲がった。にもかかわらずそこは④の路地だった――そういう可能性だ」

「意味が判りませんね。三つ目の角を曲がれば、そこは③の路地でしょう。それがなんで、④の路地になっちゃうんです？　③の路地はどこにいっちゃったんです？　昨晩の夢見台では路地が一本まるまる消えてなくなっていたとでも？」

あり得ない、とばかりに言い放つ流平だったが、意外にも鵜飼は真っ直ぐに頷いた。

「そう、まさしく君のいうとおりだ。昨晩の夢見台では路地が一本消えていたんだよ。ただし、それは③の路地ではない。消えていたのは①の路地だ」

「んな、馬鹿な！」流平の声が思わず裏返る。「路地ですよ、路地。路地って道路のことですよ。手品師がタバコを一本消すみたいに、誰かが道路を一本まるごと消したっていうんですか。そんなの不可能ですよ」

「もちろん不可能だとも。でも手品師がタバコを消すのだって、本当に消しているわけじゃないだろ。上手に隠して見えなくしているだけの話だ。道路だって同じことさ。隠して見えなくするんだ。それに利用するうってつけの装置が①の路地にはあるじゃないか」

「うってつけの装置……あ！」いわれて流平はようやくピンときた。「それが、自販機？」

「そう。路地の入口に置かれた二台の自販機だ。君も見ただろ。あの二台は自販機としては、いちばん大きいぐらいのサイズだ。大人が両手を大きく広げたぐらいの幅がある。それが狭い路地の入口に、二台向き合う恰好で置かれているわけだ。しかも、二台のうちの片方は世にも珍しい右開きの自販機だ。この右開きの自販機が、路地の入口の右側に置かれ、一方、その真向かいの位置には普通の左開きの自販機が置かれている。この二台の自販機のロックを解除して、パカッと九十度の角度で同時に開く。するとどうだ。狭い路地のほとんどが自販機の前面で隠れてしまうじゃないか。①の路地におけるこのような特殊な状況と、昨夜のタクシー運転手の迷走とは関係がある。そう思わないか？」

「ちょ、ちょっと待ってください、鵜飼さん。二台の自販機を使って路地をまるまる隠すですって。そんなこと無理でしょう。路地の幅は正確に測ったわけじゃないけれど、三メートル以上、おそらく三メートル半程度はあるでしょう。一方、自販機はいくらいちばん大きいサイズといっても、幅は一メートル半ぐらい。それが二つ並んだとして、せいぜい三メートル。確かに、路地のほとんどの部分は隠れるとしても、全部隠せるわけじゃない。開かれた二台の自販機の間には、五十センチほどの妙な隙間ができてしまいます。これじゃあ、手品としても不完全じゃありませんか」

「なるほど、確かに隙間ができるね。ならば、その隙間はなにか適当なもので穴埋めする必要があるだろう。では、なにが適当か。幅五十センチ程度の物体。なるべく簡単に動かせるもの。そしてなによりも、それは自販機の横に置いても不自然じゃないものでなければならない。どうだい。例えばビールケースなんて結構おあつらえ向きだと思わないか」

7

「ああ、やっと登場しましたねー、ビールケース！」沙耶香は捜し求めていた友人に巡り合ったような、喜びの声をあげた。「このままずっと出てこないのかと思いましたー」

そうだった。忘れてはいけない。今回の事件の発端はビールケースの盗難事件だった。

「そういえば、僕らはずっとビールケースを捜していたんだっけ」

誰がなんの目的で、そんなつまらないものを盗み出したのか。それこそが謎の核心だった。そして鵜飼はその奇妙な謎に相応しい、とびきり奇妙な答えを導き出したのだ。

「自販機の高さは一般的な成人男性の背の高さよりも、さらに高い。だいたい二メートル弱ってところだろう。一方、盗まれたビールケースは七個。ビールケースの高さは一個が三十センチ程度だったね。これを縦に七個積むと、二メートル強の高さになる。結果、①の路地の入口には縦二メートル横三メートル半の巨大な壁が現れる。狭い路地を隠すには充分なサイズだろ。犯人はこの壁を出現させるために丸吉酒店の店頭に放置してあったビールケース七個を盗み出したわけだ。もちろん、犯人というのは藤原源治だがね」

「確かに、自販機二台とビールケース七個を利用すれば、①の路地を完全に隠すことができる。それはいいとしましょう。でも、いったいなぜ？　藤原源治は、なぜそんなことまでして①の路地を隠したんです？　昨晩、あの路地でなにがおこなわれていたんですか？」

「さあ、問題はそこだ。実をいえば、僕も正確なところは判らない。でも、まさか自販機とビールケースで路地を封鎖した犯人が、その向こう側で密かに裸踊りに興じていたわけでもあるまい。路地を勝手に封鎖することもビールケースを盗むこともいずれも立派な犯罪だ。ならば、封鎖された路地の向こう側では、それ相応の犯罪がおこなわれていた、そう見るべきだと思う。ところでその一方、僕らは路地の突き当たりに住む田所誠太郎氏が、僕らとの約束をすっぽかしたまま連絡が取れなくなっていることを知っている。もし昨晩①の路地である種の犯罪がおこなわれたとした場合、田所氏がその犯罪に巻き込まれたのではないか、という想像は当然浮かんでくるだろ」

「なるほど。実際に田所氏は死体となって発見されました。いったい田所氏はどんな犯罪に巻き込まれたんですか」

「正確には判らない。警察が死体を丹念に調べれば、きっと判るんだろうが、僕らはただ想像するだけだ」

そう前置きして、鵜飼は自らの想像を膨らませていった。

「舞台は深夜の路上。犯人は不動産屋の主人。被害者は同じ路地に住む老人で後頭部に致命傷を負っている。かといって、まさか二人が真夜中に路上で殴り合いの喧嘩をやらかしたわけでもあるまい。深夜の道路上で起こりがちな事件といえば、真っ先に思い浮かぶのはなんだろう。ナイフや拳銃を使った事件じゃないはずだよ」

「道路で起こりがちといえば交通事故？　ひょっとして轢き逃げとか？」

「うむ、轢き逃げと呼べるかどうか微妙だけれど、それに近い線だと思う。おそらく田所氏は藤原源治の運転する車に撥ねられたんだろう。撥ねられたといっても、軽くぶつかった程度だ。大きな音はしなかったから、近所の人は誰も気がつかなかった。だが真後ろに倒れた田所氏は、後頭部をアスファルトに強打して死んでしまった。驚いた藤原源治は、この事故を隠蔽《いんぺい》しようと考えた。おそらく彼は相当に酒を飲んでいたんだと思う。昨日、彼と話をしたとき、彼の息は若干酒臭かったからね。飲酒運転での事故は、場合によっては殺人と同様に罪が重くなる。だから彼は必死で対応策を考えた。普通の轢き逃げ事件ならば、犯人は死体などほったらかして事故現場から逃走するだけだ。でも今回の事故は藤原不動産の目の前で起こっている。路上に転がった死体。アスファルトに流れ出た血液。これをそのままにしていたら、夜明けとともに大騒ぎになって、藤原不動産の人々も事故と無関係ではいられなくなる。それは絶対に避けなくてはならない。そこで彼は路上に残る事故の痕跡をすべて綺麗に洗い流そうと考える。向かいに住む息子夫婦にも報せずに、自分ひとりの手でやるんだ。当然、時間のかかる作業になる。だが幸いにして真夜中だ。行き止まりの路地に誰かがやってくる心配はほとんどない。彼は、なんとかなりそうな気がしただろう。ただし、気になるのは夢見通りだ。真夜中だから歩いている人は皆無だとしても、車やバイクはときどき通る。事故の後始末をする自分の姿を誰かに見られたら……。犯人としては当然、そんな不安を覚えたはずだ。そこで彼はあることを思いつく。そういえば、うちの所有している自販機は、片方が特殊な構造をしていたようだ。あれを使えば、この路地をまるごと目隠し状態にできるじゃないか……。彼はその素晴らしい思い付きをさっそく実行に移した。だが、実際やってみると二台の自販機の間には若干の隙間ができてしまって、もうひとつ具合が良くない。そこでまた彼は思いつく。そういえば丸吉酒店の店先にビールケースがいくつか放置してあったな……。とまあ、そんなふうに犯人は咄嗟の機転を利かせたんだな。こうして、藤原源治は深夜の夢見台から一本の路地をまるごと隠すことに成功した。そして彼は、自販機とビールケースの壁に守られながら、密かに事故の後始末を終えてしまった――というわけさ」

鵜飼の推理は珍しく筋が通っているように思われた。なによりも、いままで見当さえ付かなかったビールケース泥棒の目的が、ちゃんと説明できている。彼の今回の推理は信憑性が高いように思える。だが疑問なところもなくはない。流平はその点を問いただした。

「でも、待ってくださいよ。もし鵜飼さんの推理が正しいとすると、妙なことになりませんか。藤原源治が田所誠太郎氏を車で撥ねて死なせてしまった。それはいいでしょう。しかし、それからしばらくして、今度はその藤原源治自身がタクシーに軽くぶつけられるという事故に遭っています。あの行き止まりの路地で、同じ夜に立て続けに二回交通事故が起こったってことですか。しかも、最初の事故で加害者だった人物が、二度目の事故では被害者になっている。こんな偶然って、ありますか」

「いい質問だ。確かに、出来すぎた偶然に見えるね。でも、それは理由のある偶然なんだよ。いや、偶然ではなくて、むしろ因果というべきかな」

「どういうことです、因果って？」

「なぜタクシー運転手は路地を一本間違えたのか。すでに説明したとおり、それは昨晩、①の路地が自販機とビールケースで隠されていたからだ。朝日通りから夢見通りに入ったタクシー運転手は『三つ目の角を左』に曲がって、④の路地に入ってしまった。問題はこのタクシーの帰りだ。このとき、①の路地ではちょうど藤原源治が事故の後始末を終えたところだったんだな。彼は二台の自販機を元どおりにした。ビールケースも建物の脇に片付けた。①の路地はいつもどおりの形で再び夢見台に現れていたわけだ。まさにそのタイミングで帰りのタクシーがやってきた。今度は『三つ目の角を右』だ。そう思って、運転手が三つ目の角を曲がろうとハンドルを切る。するとそこは目指していた朝日通りではなくて、なぜか①の路地だ。しかもその路上には中年男性の姿があった」

「隠蔽工作を終えたばかりの藤原源治ですね」

「そうだ。彼は路地の真ん中で最終チェックでもおこなっていたんだろう。そこにタクシーが突っ込んできた。運転手は慌ててブレーキを踏んだが、止まりきれなかった。犯人とタクシーは軽くぶつかった。これが二度目の事故の真相だよ。つまり、犯人が①の路地をいったん隠して、また元どおりにした。それによって犯人は結果的にタクシーを①の路地に呼び込んでしまい、自ら二つ目の事故の被害者になってしまったわけだ。どうだい、まさに因果応報じゃないか。悪いことはできないものだ」

鵜飼の説明を聞きながら、流平は昼間の場面を思い出す。藤原源治は彼らの前で、自分がタクシーに当て逃げされたことを、やや大袈裟な口調で語った。いまにして思えば、あれは自分が被害者であることをアピールすることで、加害者としての側面を覆い隠そうという、彼なりの計算だったのだろう。おそらくは逆効果にしかならなかっただろうが、犯人としては必死の演技だったわけだ。

「さてと、これであらかた説明は済んだかな。要するに、以上のようなことを僕は推理したわけだ。だが、この推理はかなりあやふやだ。タクシーが路地を間違えたのは単に運転手の不注意、そういう考えだって充分成り立つんだからね。では、どうするか。やはり死体を発見するのがいちばんだろう。もちろん、田所氏が死んでいればの話だが」

「それで今夜の張り込みですね」

「そうだ。昨晩の犯人は路上から事故の痕跡を消し去るだけで、おそらくは精一杯。死体を始末する余裕はなかったはずだ。それにビールケースが七個もある。犯人は盗んだビールケースを丸吉酒店に戻していない。まだ建物のどこかに隠し持っているということだ。

死体と一緒に処分するつもりだとすれば、普通の車じゃ運べない。軽トラックぐらいは必要になるだろう。シャッターの閉まったガレージの中に、果たして死体運搬用の軽トラックが隠されているのか否か。それが判るまでは、さすがの僕も不安で仕方がなかったよ」

そういえば、ガレージの中から軽トラが現れた瞬間の、鵜飼の喜びようは際立っていた。彼はあの瞬間勝利を確信し、直後にその軽トラに撥ねられた。軽トラの運転席にいた犯人にしてみれば、あってはならない事故だ。警察沙汰になれば、荷台に乗せた死体がばれてしまう。身の破滅だ。恐怖に駆られた藤原源治は、その瞬間、自暴自棄とも思える逃走劇へと闇雲にハンドルを切った、というわけだ。

「危うく僕は、自棄になった犯人の巻き添えを食うところでしたよ」流平は、ぶり返してきた恐怖に肩を震わせた。「ところで、最後にもうひとつだけ教えてください。田所誠太郎氏は、なぜ深夜に寝間着姿で路上をうろついていたんですかね。家でおとなしく寝ていれば、車に撥ねられることもなかったのに」

「ああ、そのことか。それについての答えは、田所氏自身が僕への電話で語っている。そもそも彼は鵜飼探偵事務所になにを依頼するつもりだったのか」

「ええっと、確か、行方不明になった猫を捜して欲しいって――ああ、そうか！」

「うむ、まず間違いない。田所氏はあの日の深夜に猫の鳴き声を聞いたんだよ。猫好きの老人は、いてもたってもいられなくなり、寝間着姿のまま猫を捜しに路上に出た。そして思わぬ悲劇に見舞われた、というわけだ」

なるほど、確かに悲劇である。だが不幸中の幸いというべきは、死の前日に田所氏が探偵事務所に依頼の電話を入れていたことだ。結局、鵜飼は猫を捜すことはなかったものの、その代わりにビールケースを捜し求め、結果的には田所氏の死体発見へと繋がったわけだ。

こうして、ビールケースを巡るすべての謎は解かれた。鵜飼の推理が事実か否か、それはこれからはじまるであろう警察の捜査によって徐々に明らかになるはずだ。とりあえず深夜の謎解きは、これにて終了。そう思って隣に座る沙耶香に目をやると、彼女はなぜか口をポカンと半開きにした間抜け顔。鵜飼と流平の様子を交互に見返している。

「どうしたの？」と流平が聞くと、沙耶香はいまさらのように驚きの声をあげた。

「鵜飼探偵事務所⁉　鵜飼探偵って、え、嘘！　あの方、探偵さん……」

指を差された探偵は、おや？　というような表情になって、自分の胸に手を当てた。

「そういえば、いってませんでしたっけ。ええ、そうです、わたしこそは街でいちばんの探偵、鵜飼探偵事務所所長、鵜飼杜夫です。驚かれましたか。いやしかし、ご心配には及びませんよ、お嬢さん。今回の事件はあくまでもわたしが純粋に探偵としての好奇心から関わった事件。報酬その他はいっさいいただきませんから――」

ビールケースの謎を見事解き明かし、それでいてあくまで謙虚かつ紳士的に振る舞う鵜飼の姿は、吉岡沙耶香の目にどのように映っていただろうか。

とりあえず流平の目には、ただパンダの背中で男が恰好つけてるだけにしか見えないのだが……

8

翌日の新聞には夢見台での事件の詳細が大きく報じられていた。藤原源治は逮捕され、取調べを受けているらしい。飲酒運転の件など徐々に自白もはじめているようだ。事件の全貌が解明されるのは時間の問題だ。だが、そんなことより流平にとっては、同じ新聞の片隅に載った小さな囲み記事のほうが気になった。それによると、『夢見台の事件の直後、テロリストが細菌兵器を使用して自衛隊が出動したなどの、根拠のないデマが飛び交い、現場周辺は一時騒然となった』のだそうだ。

流平がその記事を鵜飼に読んで聞かせると、彼はいたって真面目な顔で、「まったく、面白半分に根も葉もない噂をばら撒く連中には困ったものだね」と、まるで他人事のようなコメント。まったく、根も葉もない噂を無意識にばら撒く私立探偵には困ったものである。

そんなこんなで事件からしばらく日にちがたった、ある夏の日。例の酒屋の少女、吉岡沙耶香から暑気払いの品とともに、一通の手紙が探偵事務所に届けられた。手紙は丁重なお礼の言葉からはじまって、結構長めに綴られていた。それによれば、例のビールケース七個は警察の手を経て、近々丸吉酒店へと返却されるらしい。ただし、『戻ってきても、どうせ元の場所に積まれるだけなんですけどねー』と女子高生らしいクールな見解も添えてある。ところで目を引いたのは追伸だ。そこには弾むような文字で、こう綴られていた。

追伸　あの事件の後、うちの店に一匹の黒猫が住み着くようになりました。これ、探偵さんたちが捜すはずだった猫ちゃんじゃありませんか。いまはうちの店で招き猫として活躍しています。今度、会いにきてあげてくださいね。

どうでもいい話のように思えるが、これは鵜飼にとっては嬉しいニュースだったようだ。「僕らは結局、猫捜しを依頼されなかったし、田所氏は死んでしまった。じゃあ、迷い猫はどこでなにをしているんだろう、って意外と気になっていたんだよ」

「そうですか。僕は沙耶香さんからの贈り物のほうが、断然気になりますがね」

こうして鵜飼と流平の注意は、あらためて暑気払いとして届けられた品物のほうへと向かった。

それは熨斗《のし》の張られた四角い箱。一目瞭然、ビールケースだった。もちろん中身は空ではない。瓶ビールが二十本。これこそは今回の事件で探偵が得た唯一の報酬である。

そしてその日の夜、鵜飼探偵事務所にはちょっと奇妙で陽気な歓声が響き渡った――

「ビールケースに！」

「かんぱぁ――い！」

雀の森の異常な夜

1

西園寺《さいおんじ》家といえば、烏賊川《いかがわ》市で三代続く老舗《しにせ》の和菓子店『雀屋《すずめや》』の創業家である。烏賊川市において、西園寺の名を知らない者はいても『雀屋』の名を知らない者はいないだろう。よしんば、『雀屋』なんて知らないし聞いたこともない、と断言する世間知らずがいたとしても、『すずめ饅頭』と聞けば、「ああ、あの烏賊川土産のアレね」と手を叩くに違いない。『すずめ饅頭』は茶色い皮で餡《あん》を包んだ饅頭で、その名のとおり雀の形を模しており、顔の部分には愛らしい二つの目が黒い点で描かれていて——早い話が銘菓『ひよこ饅頭』とよく似た商品である。なので、東京では売っていないし、売ってはならない。

そんな西園寺家の屋敷があるのは烏賊川市の西の外れ、太平洋の荒波が打ち寄せる海岸沿いの崖の傍。和洋折衷の二階建て住宅がデンと、その威容を誇っている。暮らしているのは、『雀屋』の前社長にして現在の名誉会長、西園寺庄三《しょうぞう》と、その一族である。通称、西園寺御殿と呼ばれるこの豪邸は、一般市民の間では『雀のお宿』とも揶揄《やゆ》される有名スポットだ。広大な敷地の周囲はこんもりとした森に包まれていて、実際、あたり一帯は雀やカラスの楽園のようになっている。

「――通称、『雀の森』とも呼ばれているらしいですね」

月明かりに照らされた森の中の遊歩道。擦り切れたようなジーンズに薄手のスタジアムジャンパーを着込んだ戸村流平《とむらりゅうへい》は、ひとりの女性と肩を並べて歩いていた。白いブラウスに紺のカーディガン、チェックのスカート。学生っぽさの残る、おとなしめの装いをした十九歳の女の子だ。流平と並んで歩く姿は、騙されて森に連れてこられた純朴なお嬢さん以外のなにものでもない。

そんな、控えめな雰囲気の彼女は、流平の問いに対して、

「ええ、はい、雀たちがたくさんいますから……」

と囁くような返事。そのか細い声は森の中に溢れる虫の声にたちまち掻き消されそうだ。もっとも、掻き消されたところで、特に問題のないような中身のない返事である。隣の彼女――西園寺絵理《えり》と流平の会話は、先ほどからいっこうに弾まない。流平は、低反発クッションに向かって全力でボールを投げつけているような虚しさを感じはじめていた。

十月半ばの、午前零時半。曜日は土曜日から日曜日へと変わったばかりである。見上げれば木々の隙間を通して、頭上の満月を拝むことができる絶好のシチュエーショ

ン。そんな中、流平は西園寺家の令嬢と一緒に雀の森で深夜の散歩と洒落込《しゃれこ》む幸運に浴している。それも、彼女のほうから誘ってきたのだ。健康な男子の常識的な思考回路からすれば、「やれるかも！」。そんな場面である。いや、現実はいざしらず、流平の健康すぎる思考によれば、「なにもないなんてあり得ない！」。単純にそう思える状況である。

にもかかわらず二人の距離はいっこうに縮まる気配もないままに、無為に時間ばかりが過ぎていく。ノーアウト満塁と思われた絶好機は、いまや得点のないままツーアウト満塁だ。痺《しび》れを切らした流平は、逆転のタイムリーヒットを狙って、率直な質問を投げる。

「あのー、絵理さん、僕になにか話があって誘ったのでは？」

「え⁉」絵理は虚を衝《つ》かれたように、ドギマギとした態度で応じた。「ええ、はい、そうです。いえ、話があるというか、その、お話しできたらなあ、と思って。戸村さんは私立探偵なんですよね。凄く珍しい職業だから、いろいろお話が聞きたいと思ったんです」

「ああ、そういうことですか。しかし、探偵と呼べるかどうか……」

確かに戸村流平は大学を訳あって中退した後、私立探偵事務所で日銭を稼ぎながら、日々の暮らしをしのぎつつ、明日の名探偵を夢見る勤労青年。いわば、探偵の弟子である。いまのところ、頭脳労働に従事することはあまりなく、身体を張る場面で活躍することが多い。過去には死体を発見したこともあるし、容疑者として警察に追われたこともある。

先日などは、暴走する軽トラックの屋根にしがみついて殉職寸前の目にあった。だが、お金持ちのお嬢様に話して、盛り上がる話題かどうかはよく判らない。

「私立探偵っていっても見習いですよ。それに探偵事務所なんて小説みたいに恰好いい職場じゃありません。いわば『4K』ですからね」

「4K——というと!?」

「『きつい』『汚い』『危険』——それから『給料が少ない』。完全に4Kですよ。あ、それとあと『勤務時間が不規則』ってのもあるな。あ、それから『希望が持てない』とかね」

頼む、笑ってくれ！　祈りを込めて反応を待つ流平に対して、絵理は静かに答えた。

「そうですか。大変なお仕事なんですね」

流平の期待は裏切られ、やはり会話はそこで途切れた。心の中で、流平は頭を抱える。いったい、どうすればいいのだ？　彼女の心を開かせる鍵は、どこに？

と、その瞬間、待ちわびた僥倖《ぎょうこう》が流平の前に出現した。遊歩道の脇に立つお地蔵様の背中付近から突然、羽音を響かせて舞い上がる黒い影。カラスだった。

「きゃ！」と小さく悲鳴をあげた絵理は、ごく自然な振る舞いで隣の流平にしがみつく。気がつくと、絵理の華奢《きゃしゃ》な身体は流平の腕の中。たちまちドクンと跳ね上がった心臓の鼓動が彼女に伝わるのではないかと心配しつつ、流平は想定外の出来事に「へへへ」と頰を弛《ゆる》ませる。まさしく理想的展開！　これだ、こういうアクシデントが欲しかったのだ！　流平は腕の中に彼女の感触を味わう一方、樹上で「カァー」と鳴くカラスに向かって、密かに親指を立てた。ナイス、カラス！　今夜のＭＶＰは君だ！

「………………」だが、待てよ。この先どうする、戸村流平。「やば……考えてなかった……」

絵理にしがみつかれたままの状態で数秒間、流平は善後策を検討する。しかし、流平が明確な答えを導き出せないうちに、意外にも彼女のほうが先に動いた。絵理は流平の両肩を両手でぐっと摑むと、「こっちへ」と小さく叫んで、そのまま勢いよく彼の身体をお地蔵様の脇、腰の高さほどの灌木《かんぼく》の生い茂る一帯へと誘った。予想外の彼女の行動に、流平の興奮はピークに達した。

おお、なんと大胆な！　深夜の森の中、西園寺家の箱入り娘は日ごろの慎ましくおしとやかな仔猫の仮面を破り捨て、ついに本性むき出しのメス猫となって、街に暮らすノラ猫、戸村流平にむしゃぶりつくのだ！　これはまさしく想像の斜め上をいく、意外な展開だ！

だが、不埒《ふらち》な妄想に震える流平の頭に、なぜか突然、絵理の掌が載せられた。

「――？」キョトンとする流平。

すると次の瞬間、絵理の掌が流平の頭を「ぐいいいッ」と下方向に押さえつけた。頭が胴体にメリ込むのではないかと思うほどの強い力。流平は「んぐぐうッ」と無様な呻き声を発しながら腰をかがめるしかない。「な、なにするんですか！」

灌木《かんぼく》の陰にしゃがみこんだ流平に対して、絵理は鋭くいった。

「静かに！　誰かきます！」

え、嘘⁉　こんな深夜に、こんな森の中に誰が、なんのために？

自分たちのことを棚に上げて、流平は本気で訝《いぶか》しむ。だが、絵理の言葉は確かに事実だった。灌木の上から半分だけ顔を覗かせて、こっそり遊歩道を覗き見れば、流平たちがいましがた歩いてきた方角に、懐中電灯らしき明かりが見える。しかもそれは揺れ動きながら、確実にこちらへと接近してくる。

だが待てよ。なぜ身を隠す必要がある。散歩しているだけなのに――

いや、もちろん理由は判る。絵理にしてみれば、深夜に若い男と一緒にいるところを誰かに見られたくないのだろう。良家のお嬢様ならば、当然のことだ。しかし、だからといっていきなり他人の頭を「ぐいいいッ」は酷いではないか。見習い探偵の頭は、いわば商売道具。出っ張った杭ではないのだ。

素朴な不満を抱く流平だったが、しかし考えてみると絵理と寄り添うような体勢で、木の陰に身を潜めて息を殺すという、いまの状況は、なかなかにスリリングで興奮させられる場面ではある。流平は、とりあえず与えられた状況を楽しむことにした。

明かりは、流平たちの隠れた灌木の茂みに向かって、徐々に近づいてくる。前方を照らす明かりが、かえって邪魔になるために、流平の目からは明かりの持ち主は判別できない。そのまま木の陰で身を硬くする流平と絵理。やがて二人の目の前を右から左に明かりが通り過ぎていく。灌木の上に顔を半分だけ覗かせた流平は、目の前の光景から、ようやくある程度の状況を把握した。

目の前を横切っていったのは、一台の車椅子だった。ひとりの人物がやや前かがみの体勢で座っている。その左手に握られているのは一本の懐中電灯だ。その明かりはしっかりと前を照らし出していた。右手は車椅子の肘掛の上で軽く浮かせたような感じに見える。

誰だろう、というふうには流平は考えなかった。車椅子といえば、西園寺家でそれを普段利用している人物は、ただひとりしかいないのだ。

「おじいちゃん！」絵理の口から小さな驚きの声が漏れる。

絵理の祖父、西園寺庄三は確か齢《よわい》七十を少し超えたぐらい。長年患《わずら》ってきた糖尿病のせいで、近年は車椅子の生活を余儀なくされている。そのことは流平もよく知っていた。だが、庄三がこんな深夜に雀の森を訪れる理由があるだろうか。流平は首を捻《ひね》る。

一方、車椅子の背後には影のように寄り添う、もうひとりの人物の姿があった。車椅子を押してあげているらしいその人物について、流平は見当がつかない。暗がりのせいで、顔を確認することはできなかった。ただ、その人物が遠ざかっていく際、月明かりの加減によって垣間《かいま》見えた背中や広い肩幅、あるいは短く刈り込んだ頭髪の様子などは、間違いなく男性のものだった。西園寺家で男性といえば、数名の顔が思い浮かぶが、やはり誰なのかを特定するには至らない。

そんな流平をよそに、庄三ともうひとりの謎の人物は無言のまま去っていった。

懐中電灯の明かりが見えなくなると同時に、流平はホッと溜め息。かがめていた上半身を伸ばして、灌木の陰から遊歩道へと舞い戻った。

「どうやら、気付かれずに済みましたね」

流平は車椅子の去った方角を見やりながら、「ところで絵理さん、いまの誰だか判りましたか。庄三さんの車椅子を押していた、もうひとりの男——あれは誰でした？」

「いいえ、わたしにも判りませんでした。木の陰から覗いただけですし、暗かったから」

「そうですか。絵理さんもですか。うーん、誰だったんだろ。こんな時間になにを……」

「気にすることはないと思います。わたしたちと同じ、深夜の散歩でしょう」

「ああ、そういえば、僕らも散歩の途中でしたっけ」当初の目的をようやく思い出した流平は、あたりをキョロキョロと見回して、「やあ、あそこにベンチがありますよ。少し休んでいきませんか」

流平の指差す先に見えるのは、赤い鳥居が目印のお稲荷様。木製のベンチがその鳥居の傍らにあった。絵理は流平に誘われるまま、おとなしくベンチに座る。流平は彼女から微妙に離れた位置に腰を落ち着け、もう一度カラスが飛び立つのを待った。

「…………………」

だが、奇跡は二度起こらない。カラスはおろか雀が鳴くことさえなく、大半は沈黙のまま五分程度の時間が過ぎた。これ以上お互いの沈黙が続けば、どちらかが酸欠で倒れるのではないか。流平は本気で心配して、結局、自分から先にベンチを立った。

「ちょっと、寒くなってきましたね。絵理さん、そろそろ家に戻りません――うぐッ！」

立ち上がった流平の口許を、いきなり絵理の掌がふさいだ。呻き声をあげる流平の身体を、今度の絵理はベンチの背後に引きずりこんだ。そして流平の頭に掌を載せて、「ぐいいいッ」。流平は「んぐぅッ」と、しゃがみこむ。まるで先ほどのリプレイだ。

ということは――

状況を察した流平はベンチの陰に隠れながら遊歩道に視線を送る。やはりというべきか、その先には懐中電灯の明かりが小さく見えた。先ほどの二人が、引き返してきたに違いない。コソコソ隠れるような真似は癪《しゃく》に障るが、やはりここはやり過ごすのが賢明だろう。

そう思った流平は、絵理の隣でおとなしく息を殺す。

懐中電灯の明かりは見る見るうちに、こちらへ向かって接近してくる。流平はそのスピードに違和感を抱いた。速すぎるのだ。先ほどは、もっとゆっくりだったはずだ。あんなにスピードを出しては、車椅子に乗った庄三が恐怖を覚えるのではないか。そのあたり、車椅子を押す人物は気を遣いそうなものだが——

しかし懐中電灯の明かりが目前に迫った瞬間、流平はその不自然な速度の意味を知った。

「え⁉」意外な光景に、流平は思わず小さな叫び声をあげた。

車椅子は空だった。庄三は乗っていない。空っぽになって軽くなった車椅子を、後ろの誰かが全力で押して走らせているのだ。これなら誰に気を遣うこともない。車椅子が異常な速度で接近してきた理由は、これだったのだ。

誰も乗せていない車椅子は、一陣の風のように遊歩道を走り去っていく。

ベンチの陰で身を硬くして、それをやり過ごした流平は、一瞬遅れて、車椅子の通り過ぎていった方角へと視線を向ける。だが、車椅子を押す謎の人物の背中は、すでに随分と遠くにあり、よくよく観察する間もなく闇の中へと紛れて消えた。

流平は弾かれたように立ち上がると、遊歩道に飛び出した。

「いまの見ましたか、絵理さん？　見ましたよね？　いまのは、いったいなにが……？」

「ええ、確かに変ですね。先ほどは二人だったはず。それがいまはひとりだけ。車椅子は空っぽでした。ということは、おじいさんの姿はどこに……？」

流平はハッとなって、遊歩道の先を指差した。空っぽの車椅子がやってきた方角だ。

「教えてください、絵理さん。この道をまっすぐいくと、どこにたどり着くんです？」

「え、この道の先は……」だが、絵理は不吉な予感を覚えたのか、即答を避けた。「と、とにかく、いってみましょう！　いけば判ります！」

いうが早いか、絵理は暗い遊歩道を駆け出した。流平も後に続く。月明かりが木漏れ日のようにあたりを照らす、森の中の一本道。だが、二人が駆け出して一分もしないうちに、その遊歩道はいきなり途切れた。雀の森もそこでお仕舞いだ。

森を抜けた先にあったのは、切り立った崖だった。

見晴台のような設備があるわけではない。雑草が生い茂り石ころが転がる十畳ほどの空間には、ただ一本の立て札があるばかり。昼間なら眺めもよく気持ちのいい場所なのかもしれないが、深夜に訪れたくなる場所ではない。

流平はその広くはない空間を素早く見渡した。人の姿はない。隠れる場所もない。

崖の向こうは、海だ。覗き込む勇気はないが、たぶん海があるはずだ。

「ま、まさか……おじいさんは……」絵理が声を震わせる。

「い、いや、まだそうと決まったわけでは」慰めの言葉を口にした直後、流平の口からいまさらのように悔根《かいこん》の言葉がほとばしった。「しまったあ！　さっきのあの男！　あいつを逃すんじゃなかった！　きっと、あいつが庄三さんを海に……」

断崖の下で岩肌を打つ波の音と、吹きすさぶ風の音が、流平の言葉を掻き消していった。

2

「大変なことが起こりました。事情は後で説明しますから、とにかく大至急きてください。あ、できればなるべく目立たないような感じでお願いしますね。それじゃ」

戸村流平は携帯で彼の師匠に緊急連絡した。師匠というのは、もちろん探偵事務所のただひとりの所長、鵜飼杜夫《うかいもりお》のことである。けっして頼りになる存在とはいえないが、『トラブル大歓迎』を看板に掲げる彼のことだ。きっと、愛車の青いルノーを馬車馬のように走らせて、西園寺邸の門前に急ブレーキで乗り付けるはずだ。そう考えた流平は、さっそく西園寺邸の門前に待機して、彼の到着をいまや遅しと待ち受けた。

すると結構時間が経った三十分後。リズミカルな排気音を響かせながら流平の前に止まったのは、なぜか青いスーパーカブ。荷台には、『来来軒《らいらいけん》』と書かれた岡持。サドルから意味もなく派手なアクションで降り立ったのは白い調理服姿の男だ。「――まいど！」

「…………」流平は無言のまま、いったん視線を逸らした。

どうしよう。どう見てもラーメン屋――の恰好をした私立探偵にしか見えないけど。

流平がリアクションの選択に迷っていると、男は自ら声を潜めて、「ラーメン屋ではないよ、流平君。僕だ、僕。鵜飼だ。驚いたかい？」と、無邪気に勝利者の笑みを浮かべる。

「いえ、驚きはしません」

いちいち、驚いていたら探偵の弟子は務まらない。「ていうか、百メートル手前あたりから『あ、鵜飼さんがラーメン屋の恰好でやってきた』って、そう思いました。すみませんね、まさか今夜バイトが入っているなんて知らなかったから……」

「馬鹿いうなよ、君！」と探偵はマジで声を荒らげる。「違うよ、バイト先から駆けつけたんじゃない。君が『目立たない感じで』っていうから、念入りに変装してきたんだろ」

「余計目立ちますって！」流平は鵜飼に腕時計を示して叫ぶ。「だいたい、いま何時だと思ってんです。午前三時に出前するラーメン屋なんて不自然すぎるでしょ！」

「なるほど。僕は選択を誤ったようだ」鵜飼はシマッタというように指を弾く。「しかし、そういう君こそ非常識だな。午前三時に出張する私立探偵なんて不自然すぎるだろ」

「まあ、その点は謝ります」流平は頭を掻きながら、周囲をキョロキョロと見回す。「とりあえず、立ち話もなんだから中へ入ってもらえますか」

流平は鵜飼を西園寺邸の敷地内に導いた。そのまま本館の中に入り、流平に与えられた六畳の和室へと招き入れる。西園寺邸の客間である。流平は師匠に座布団を勧めながら、

「まあ、座ってください。いや、その前に着替えてもらわないと、その恰好じゃ……」

「大丈夫だ」いうが早いか鵜飼はラーメン屋の衣装を一瞬の早業で破り捨てる。代わって現れたのは普段見慣れた背広姿の私立探偵、鵜飼の姿。「ふッ、どうだ」

「…………」どうだ、といわれても、その地味な変身になんの意味があるのか、こっちが聞きたいぐらいだ。「ま、座って。いま、お茶淹《い》れますから……」

流平は急須でお茶を淹れ、二人はテーブルを挟んで向かい合う。だが、なにから話せばいいものやら。迷っていると、座布団の上で胡坐《あぐら》を掻いた鵜飼のほうが、先に聞いてきた。

「さてと、まずは詳しい事情を聞かせてくれ。いったい、どういうことなんだ、これは」

「ええ、そのことなんですが、どうも殺人事件らしいんです。まあ、聞いてください」

テーブル越しに身を乗り出す流平を、鵜飼は両手で制して首を振った。

「待て待て。モノには順序だ。殺人事件？　誰がそんな話を聞きたいなんていった？」

「は!?」なにいってんだ、この人!?

「『は!?』じゃないよ。まずは、君が西園寺邸にごく普通に存在して、あたかも大切な客人のごとくに、こうして部屋まで与えられているという、そのあたりの詳しい事情を聞か

せたまえ。僕はそういう細かいことがいちばん気になるタチなんだから」

「えー、そこですかぁ。まあ、確かに説明の必要はあるでしょうけど……」

仕方がないので、流平は事情を説明した。べつに難しい話ではない。要するに、西園寺庄三の末っ子、西園寺圭介《けいすけ》という男が流平の大学時代に所属した映画サークルの仲間なのだ。流平が大学を中退したいまでも、二人の付き合いは続いている。昨日は、圭介が製作監督脚本主演を務める自主製作映画の撮影の日で、流平も雑用およびエキストラとして朝からそれに付き合った。撮影は烏賊川の河川敷で夕方まで続き、撮影終了後は街中のカラオケボックスで飲み会。それから、流平は圭介に誘われるまま西園寺家にお邪魔して、よそでは滅多に口にできない高級ウイスキーで飲み会の続きを――「って、聞いてんですか、鵜飼さん！」

流平が叫ぶと、いつの間にやら寝転がった恰好の鵜飼が、大きな欠伸《あくび》で答える。

「ふわぁ――いや、正直なところ、君の話があんまり退屈なんで、心から退屈していたところだよ。君の退屈な日常はもう充分判ったから、そろそろ退屈じゃない殺人事件の話をしてくれないか」

「退屈退屈って何べんもいわないでくださいい！　自分で聞きたいっていったくせに。それと鵜飼さん、他人の家でリラックスしすぎですよ。ほら、座布団を枕にしない！」

流平は鵜飼の頭の下から枕代わりの座布団を引き抜き、その座布団の上に鵜飼をきちんと座らせた。これでようやく話をする体勢が整った。鵜飼がいると、何をするにも時間が掛かる。

「じゃあ、お望みどおり事件について話しますよ。つい数時間前に雀の森で起こった、奇妙な出来事です。よく聞いてくださいね――」

流平は雀の森で自分が目撃したことの一部始終を話して聞かせた。最初、興味なさげに聞いていた鵜飼も、話が核心に迫るにつれ、探偵としての職業意識を刺激されたらしい。徐々に顔つきにも真剣さが満ち、ついには身を乗り出すような姿勢に変わってきた。

やがて流平の話が一段落すると、鵜飼はそのあまりに悲惨な結末に愕然としたかのように、「なんてことだ」と呻きながら両手で顔を覆った。

「信じられん、なにもナシかよ！　深夜に可愛い子ちゃんと暗い森の中で二人っきりだってのに、そのザマか！　恰好つけてないでガーッといきたまえ、ガーッと！」

「そこに興味を持たなくていいんですよ！」まあ、そこに興味を持つのが鵜飼だが。「それより事件ですよ事件。いまの話、凶悪事件の匂いがするでしょ」

あらためて流平が聞くと、鵜飼もようやく探偵の顔になって真面目に答えた。

「なるほど。確かになかなか面白い話ではあるね。で、君と絵理さんは、その後どうしたんだい？　逃げた謎の人物を走って追いかけたとか？」

「まさか。もちろん僕らは走ってこの屋敷に戻りました。そして、たったいま見たばかりの出来事を、屋敷の他の人たちに伝えたんです。最初、西園寺家の人たちは半信半疑のようでしたね。しかし、離れにある庄三さんの寝室を確認したとき、みんなの顔色が変わりました。寝室はもぬけの殻で、ベッドも冷たいままでした。決定的だったのは、裏門の傍《そば》に庄三さんの車椅子が転がっていたことです。ええ、文字どおり、転がって横倒しの状態だったんです。まるで誰かが車椅子を乱暴に裏門から敷地の中に放り込んだかのように」

「ふむ。そこでようやく、西園寺家の人々も異変を察した、というわけだ。車椅子を残して、庄三氏の姿だけが見えなくなるというのは、普通考えられないことだからね」

「そうなんです。それからしばらくは、みんなで手分けして、屋敷の中と外を捜してみました。だけど、やはり庄三さんの姿はどこにも見当たりませんでした」

「となると、いよいよ君と絵理さんが目撃した光景が、重要な意味を持つわけだ。君の話を聞く限りでは、謎の人物が脚の不自由な庄三氏を崖に連れ出し、海に放り込んで一目散に立ち去った――そういった事件に思える。もしそうだとするなら、君と絵理さんは雀の森で恐るべき殺人鬼とニアミスしたというわけだ」

鵜飼にそういわれて、流平はあらためて身震いした。「や、やっぱり、殺人ですか」

「うむ。脚の不自由な庄三氏が崖から海に落とされた場合、助かる確率は限りなくゼロに近い。君の話が事実なら、庄三氏はすでに亡くなっている可能性が高い」

そして鵜飼はいまさらのように素朴な疑問を口にした。

「だとすると、急いで呼ぶべきは私立探偵ではなくて警察ということにならないか？　でも、それにしちゃ一一〇番通報はまだみたいだ。これはいったい、誰の指図なのかな？」

「あ、それはですね――と事情を説明しようとする流平。だが、その言葉を遮るように、ふすま一枚隔てた隣の部屋から、張りのある女性の声が響いた。

「それは、わたくしの指図ですわ」

瞬間、ふすまがスッと横に動く。現れたのはビア樽を思わせる立派過ぎる体格を誇る婦人だった。喪服にも似た黒い服を着ている。腹部をぐるりと一周するベルトが、はちきれそうだ。年のころ四十歳前後と思われる彼女は、畳の上に窮屈そうに正座すると、鵜飼に対しておごそかに頭を下げた。

「初めまして、西園寺花代《はなよ》と申します」

流平が小声で補足説明する。「西園寺庄三さんの長女で、絵理さんのお母さんです」

「はあ、なるほど。それはどうも……」鵜飼は当惑気味に花代を見詰め、続けて彼女が潜んでいた奥の間を見やった。「つかぬことを伺いますが、奥様、ずっとそのふすまの向こうで、僕らの話を聞いていたんですか。いったい、いつごろから？」

「申し訳ございません。戸村さんの退屈な日常の話あたりから、ずっと」

なんで、この人にまで退屈っていわれなくてはならないのだ。それとあと、いくらなんでも盗み聞きの時間が長すぎるだろ。どうせ出てくるなら、もっと早く出てこいや！

憮然とする流平をよそに、花代は何事もないかのように話を先に進める。

「わたくしが警察を呼ばないことを決めました。もちろん、家族一同も同意の上です。その一方で、戸村さんに頼んで、あなたを呼んでいただいたのです。鵜飼さんは街でいちばんの名探偵だと伺ったものですから」

「ええ、街でいちばん、は否定しません」と探偵は図々しくも花代の発言に全面的に乗っかり、しかし――と続けた。「しかし、なぜ警察を呼ばないのです？　彼らもなかなか優秀ですよ。それに基本タダだし」

だが、鵜飼の言葉を聞いた花代は、残念そうに首を左右に振った。

「戸村さんや絵理の話が事実ならば、父の車椅子を押していた謎の男というのは、やはり西園寺家の男の中の誰か、という可能性が高い。そうではありませんか？」

「まあ、外部犯の可能性もゼロではありませんが」と鵜飼はいちおう慎重な姿勢を見せてから、「ま、状況からいって奥様のおっしゃるとおり、犯人は西園寺家の男性と考えるべきでしょうね。この屋敷の周りに家らしい家はない。それになにより、深夜に車椅子の庄三氏を屋敷の外に連れ出せる人物というのは、やはり庄三氏の身近な人物でしょうしね」

「わたくしも同じ意見です」花代夫人は辛そうに頷くと、決然とした顔を上げた。「だとすれば、やはり軽々しく警察を呼ぶような真似はできません。お判りいただけますね」

「もみ消すつもりですか。それは無理ですよ。僕もそういった話には乗れませんしね」

「もみ消すだなんて、とんでもない。むしろ逆ですわ。ぜひ真相を明らかにしていただきたいのです。どうか父を殺した真犯人を突き止めてくださいませ」

探偵に対する西園寺花代からの正式な依頼の言葉だった。しかし鵜飼は当惑顔だ。

「まだ、庄三氏が殺されたと決まったわけでは……それに犯人を突き止めて、どうなさるおつもりですか」

「自首させますわ」花代は静かだが力強い口調で断言した。「事件の影響を最小限にとどめ、西園寺家の体面をなんとか取り繕うには、それしか方法がございません」

「なるほど。それは賢明なやり方かもしれませんね。しかし今日は日曜日だからいいとして、月曜日になれば、名誉会長の不在は『雀屋』の内外で問題になるのでは？　仮に一日二日は誤魔化せるとしても、長くは無理だ。結局、いつか騒ぎになりますよ」

「ですから、それまでに解決を」有無をいわせぬ口調の花代は、次の瞬間、大きな身体を器用に折り曲げて、畳に頭をこすり付けるようなお辞儀をしながら、「どうか、お願いいたします。あなただけが頼りなのです」と、いかにも探偵が喜びそうな殺し文句。

それを聞いた鵜飼は、まんざらでもない表情を浮かべながら「やれやれ、仕方ありませんね」と肩をすくめた。「では、なるべく奥様の御期待に添えるようにしましょう。奥様はゼロのいっぱい並んだ小切手を用意しておいてください。それから――」

鵜飼はひと呼吸置いて、花代にもうひとつ重大な注文をつけた。

「西園寺家の人々を全員、広間に集めてもらえますか」

3

鵜飼の指示によって、西園寺家に暮らす全員が一階の広間に集められた。その数、六名。内訳は男性三名、女性三名だ。

女性のひとりは庄三の長女である花代。もうひとりは絵理。最後のひとりは高田朝子《たかだあさこ》という五十歳くらいの女性である。枯れ枝のように痩せた身体にエプロンを纏《まと》った彼女は、西園寺家に長年仕える住み込みの家政婦だという。

「問題は男性陣だな」広間の中を覗き込みながら、鵜飼が流平に尋ねる。「あの、夜の銀座で遊び慣れた風の中年紳士は誰だい？」

「夜の銀座⁉　ああ、あれは西園寺輝夫《てるお》。『雀屋』の現在の社長であり、花代さんの夫です。庄三さんから見れば娘婿ですね。十五年ぐらい前に当時まだ小さかった絵理さんを連れて、花代さんと再婚したと聞いています」

「おや、それじゃあ、絵理さんは花代夫人の実子ではないのか」

「ええ。でもいまでは実子も同然の円満な親子関係に見えますよ。輝夫もいまは庄三さんから社長の座を引き継いで順風満帆。もっとも、『雀屋』の経営にもっとも影響力を発揮しているのは社長の輝夫ではなくて、それを操る花代さんだということは衆目の一致するところですがね」

「確かに、花代夫人はあの見てくれのいい紳士よりも、遥かに貫禄があるな。彼女が社長でもよかったんじゃないのか」

鵜飼は皮肉っぽくいうと、続けてもうひとりの男に矛先を向けた。

「それじゃあ、あの六本木のスポーツクラブで爽快な汗を流した後、日焼けサロンに通っているっぽい、あの三十代男性は誰だい？」

「六本木のスポーツクラブ⁉　ああ、あれは西園寺和彦《かずひこ》。庄三さんの長男で、花代さんの弟ですね。本来ならば西園寺家の跡取り息子として『雀屋』の看板を引き継いでもいい立場ですが、見てのとおり和菓子屋の社長ってタイプじゃない。いちおう重役として経営陣に名前を連ねてはいるようですが、本音はもうしばらく遊びたいんでしょう。日焼けサロンに通っているかどうかは、知りませんがね」

「ふむ。動機は遊ぶ金欲しさか」

鵜飼は先入観に支配された目で和彦を睨み付け、それから三人目の男性に視線を移す。

「では、あの彼は？　渋谷の映画館で小難しい映画を判ったような顔をしながら見ている感じの、あの男――いや、判るよ。彼が君の友達の西園寺圭介君だね。大学で映画サークルに所属する人間は、たいていああいう顔をしている」

「どういう顔だっていいたいんですか！　具体的にいってみてくださいよ！」

なぜか、流平は自分のことをいわれたような気がして一瞬気色《けしき》ばんだが、すぐにそれどころではないと思い直した。

「ま、圭介については特に補足する点はありませんね。圭介は庄三さんの次男で、花代さんの下の弟です。まさか、圭介のことも疑っているんですか。彼は父親を海に放り投げるような男ではありませんよ」

「そういう映画を撮りたかったのかもよ」鵜飼はブラックな冗談を口にして、それから真面目な口調で続けた。「いずれにしても私情は禁物だよ、君。庄三氏を海に投げ込んだ犯人が近くに存在することは、間違いないのだからね。ところで、流平君、君は深夜に車椅子を押している謎の男を目撃した。それは中肉中背で肩幅が広くて、短く刈った頭をしていたといったね。この三人の男たちの中で、それに合致する人物は誰だい？」

鵜飼に問われるまでもない。流平は先ほどから、ずっとそのことを念頭に置きながら、三人の男性陣を観察していたのだ。流平は自らの結論を鵜飼に伝えた。

「輝夫、和彦、圭介、三人とも条件に合致していると思います。三人とも中肉中背だし、肩幅は広いほうだし、髪の毛は短い。三人の中から誰かひとり選ぶのは無理ですね」

「そうか。じゃあ、仕方がない。では、人物紹介もひと通り済んだことだし、そろそろはじめるとするか」

呑気そうな雰囲気でそういうと、鵜飼は容疑者たちの待つ広間へと勇躍乗り込んだ。静かだった広間の空気が急にザワッとなる。胡散臭《うさんくさ》いものを見るような複数の視線が、探偵の身にいっせいに注がれた。

容疑者たちは突然の闖入者《ちんにゅうしゃ》について、率直な印象を語り合う。

「誰だ、あの男？」「夜の新橋で終電を逃したサラリーマン風だな」「有楽町のガード下みたいな雰囲気もある」「中央線沿線の焼き鳥屋にいそう」「いや、赤羽《あかばね》っぽい……」

赤羽っぽさの定義はよく判らないが、いずれにしても評判は散々だ。一見、涼しい顔で聞いている鵜飼も、よく見るとその眉はピクピクと動き、頬の筋肉は引き攣《つ》っている。

するると、鵜飼の窮地を救うべく、花代が広間の一同に向かって凛《りん》とした声を発した。

「みなさん、失礼ですよ。この方は新橋でも赤羽でも、錦糸町《きんしちょう》でもありません。烏賊川市在住の私立探偵です」

もとより、誰も『錦糸町』とはいっていない。これは花代の失言だったようだ。

「花代姉さん」と口を開いたのは日焼けした顔の和彦だ。「ひょっとして、この男が例の街でいちばんの探偵って奴なのか。大丈夫なのか。こんなのに任せて」

「いまはこの方にお任せする以外にありません。先ほど、わたしはこの鵜飼探偵に今回の事件の調査を正式に依頼しました。ですからみなさんは、鵜飼探偵の捜査に協力するようにしてください。いいですね」

花代の言葉は魔法のように効果的で、反論するものはいなかった。鵜飼に対する厳しい視線は和《やわ》らぎ、広間の空気は「とりあえず、この男の話を聞いてみようか」という雰囲気に変わった。西園寺庄三が不在のいま、この家の実質的な指揮権は長女の花代が握っていると見て間違いないようだ。

鵜飼は部屋の中央に進み出て、ようやく関係者からの聞き取り調査へと移行した。

「今日の午前零時半ごろ、戸村流平君と絵理さんが雀の森で、謎の人物を目撃したという話はみなさんも御存知ですね。状況から見て、その人物は庄三氏を殺害した犯人である可能性が高いと思われます。そこで、みなさんにお尋ねしたいのはアリバイなのですが、その前にひとつ確認を――」

鵜飼は沈黙する一同を眺め回しながらズバリと質問した。

「昨日、生きている庄三氏の姿を最後に見たのはどなたですか」

一同がキョトンとする中、代表するように答えたのは圭介だった。

「そりゃ決まってるだろ。戸村と絵理ちゃんだ。二人は森の中で車椅子の親父を見ている」

「なるほど、確かに。しかし、わたしが聞きたいのは、もっとちゃんとした形で庄三氏と会話するなり見かけるなりした人は誰なのか、ということなんですがね。いかがですか、輝夫さん?」

話を振られた輝夫は困惑した様子で口を開いた。

「いや、昨日なら僕は、一度も義父《ちち》と顔を合わせていないし会話も交わしていませんね」

「ほう、一度も!? それはまた、どうしてです」

「べつに珍しいことではありませんよ。昨日は土曜日で会社は休み。公の行事がないのですから、義父は離れでひとりゆっくりと静養していたはずです。一方、わたしと和彦君は大事な取引先とゴルフの約束があったんで早朝から出かけていましたから」

輝夫の言葉を裏付けるように、和彦も強く頷いた。「確かに、そうだった。盆蔵山カントリークラブだ。帰宅したのは、もう夕方だったな」

和彦は西園寺邸から車で一時間ほどのところにある、ゴルフ場の名前を挙げた。

そんな二人を、日頃けっして裕福ではない探偵は、「休日にゴルフですかぁ、優雅ですねぇ」と羨望《せんぼう》のまなざしで眺めている。

「遊びのゴルフじゃないぞ」和彦がむっとした顔で反発する。「新商品開発に関わる大事な取引先を招待してのゴルフだ。これも立派な仕事さ」

「ほう、新商品開発⁉」鵜飼の眸《ひとみ》に好奇心の光が宿る。「『すずめ饅頭』で有名な和菓子の老舗『雀屋』にどんな新商品が加わるというんですか」

鵜飼の質問に、社長の輝夫が急遽営業マンの顔つきになって、勇んで答える。

「茶色く平べったい形をした甘い焼き菓子です。社名にちなんで雀の形をしているのがポイントでしてね。商品名はズバリ『雀サブレー』です」

「『雀サブレー』ですって⁉」

これにはさすがの鵜飼も胡散《うさん》臭さを感じたようだ。

「『鳩サブレー』によく似ていますが――」

「全然違います。向こうは鳩。こっちは雀です。鳥という以外なにもかぶっていません」

「なるほど、『すずめ饅頭』の次は『雀サブレー』ときたか……」

鵜飼はしばし考え込むように黙り込むと、いきなり顔を上げ感服の面持ちで頷いた。

「いやあ、さすが『雀屋』さんだ。大ヒットの予感がプンプンしますね！」

でも、サブレーは和菓子じゃありませんね。流平は心の中で細かいツッコミを入れる。

そしてようやく鵜飼はサブレーから殺人事件に話を戻す。「――で、庄三氏を最後に見たのはどなた？　まだ、誰も名乗り出ていないようですが」

すると、恐る恐るといった態で、骨ばった細い手が挙げられた。

「たぶん、わたくしだと思います」家政婦の高田朝子だった。「昨日の夕方、六時ごろに離れにお食事をお持ちいたしました。それから一時間ほどして、今度は食器を下げに参りました。ええ、旦那様の様子は普段と変わりございません。『今夜はもう用事はないから休んでいいよ』と、そうおっしゃいますので、わたくしも礼をいって下がらせていただきました。結局、それが旦那様のお姿を見た、最後となりました……」

悲しみに満ちた家政婦の声があたりに広がり、広間にいったん静寂が舞い降りる。

「ということは、高田朝子さんが食器を片付けた午後七時以降、どなたも庄三氏の姿を見ていない。そう考えていいのですね」

容疑者たちはお互い顔を見交わすばかり。結局、午後七時以降に庄三氏の姿を見たと証言する者は現れなかった。ふむ、そうですか——と意味深な表情を浮かべて頷く鵜飼。

そんな探偵の態度に、不満そうな声をあげたのは圭介だった。

「そんな話はどうだっていいでしょう、探偵さん。事件が起こったのは午前零時半だ。戸村と絵理ちゃんが犯人の姿を目撃しているんだから、その時刻だけは間違いようがない。だったら、さっさと午前零時半のアリバイを尋ねればいいじゃありませんか」

「じゃあ、お聞きします。圭介さん、あなた深夜の零時半ごろ、どこでなにを？」

「俺か!?　俺は戸村と一緒に飲んでるうちに、いつの間にか寝てた。アリバイはないないなら、そんなに堂々とするなよ、紛らわしいだろ——と、呆れる流平。

その隣で、鵜飼は他の容疑者にも同じようにアリバイを尋ねていく。

「どなたか午前零時半のアリバイを主張できる人はいませんか」

一同は探るように互いに顔を見合わせる。だが手を挙げる者はひとりもいなかった。

「無理ですよ、探偵さん」口を開いたのは輝夫だった。「その時間帯なら、屋敷の人間は寝ているか、自分の部屋にひとりでいるかの、どちらかです。わたしは部屋にいました。妻は自分の寝室で寝ていたはずだから、お互い証人になってくれる人はいません。つまり、わたしにも妻にもアリバイはない」

輝夫の言葉に、妻の花代は黙って頷いた。

「僕も同じだ。その時刻、もう自分の部屋で寝てた。アリバイはない」

そう答えたのは和彦だ。「それにもし仮にだ、この屋敷の中で誰かと誰かが一緒にいたとしても、そんなのはアリバイとはいえないんじゃないか。家政婦の朝子さんまで含めて、全員家族みたいなものなんだから」

和彦の言葉に、朝子は頭を下げて「おそれいります」と感謝の意を表した。そういう高田朝子も、それ以上なにも主張しないところを見ると、やはりアリバイはないようだ。

どうやら、全員アリバイなしか、と流平が思いかけたところで、圭介が手を挙げた。

「だけどさ、絵理ちゃんだけはべつだろ。絵理ちゃんは戸村と一緒にいて、犯人の姿を目撃したんだから、アリバイはあるわけだ。そうだろ、戸村?」

「え⁉」流平は一拍遅れて答えた。「あ、ああ、それは圭介のいうとおりだな……」

姪っ子にあたる絵理の無実を主張してあげるなんて、西園寺圭介、なんて優しい奴——と感動のあまり返事が遅れたのではない。真実はその逆だ。流平はどうも圭介が彼女のことを「絵理ちゃん」と呼ぶ度に、背中が痒《かゆ》くなるような違和感を覚える。考えてみれば、輝夫の連れ子である絵理と圭介の間に血縁関係はない。その点では赤の他人。違和感の正体は、たぶんそこだ。要するに圭介は絵理のことを女として見ている節がある。

そして、流平はふと思った。ひょっとしたら今夜、絵理が流平のことを雀の森に誘ってまで話そうとしたことは、そういった悩みだったのかもしれない――

心の中にざわめくものを感じる流平をよそに、鵜飼の聞き取り調査は、もうしばらくの間続いたのだった。

4

広間での聞き取り調査を終えたころには、夜はすっかり明けていた。鵜飼と流平の二人は、花代と絵理の母娘を連れて、西園寺家の離れへと向かった。離れは平屋建ての西洋風建築。車椅子での生活に支障がないよう、段差のない設計になっていた。鵜飼たちは花代の案内を受けながら、庄三の寝室へと向かった。

寝室は畳なら十畳程度の広さがある、ゆったりとしたフローリングの部屋だった。目立つ家具といえば大きめのベッドと小さなライティングデスク。他は本棚と小さな薄型テレビがあるばかり。それだけなら簡素にして充分といえる寝室。だが、ふと壁に目をやると、そこには昔のお金持ちの屋敷にありがちな、《巨大な角を生やした鹿の首の剥製》が、いかにも「わたしが鉄砲で仕留めましたよ」といわんばかりに飾られているために、残念ながら安らかな眠りは約束できない。いや、たぶん撃たれた鹿が夢に出てくるに違いない。

そんな中、鵜飼は本棚に飾られた写真立てに目を留めた。写真の中ではひと組の男女が仲睦まじげに寄り添いながら微笑んでいる。男のほうは白髪まじりの髪の短い紳士で、太くもなく細くもない体型。一方、女のほうは茶色い髪にパーマを当てた、赤いドレスの婦人。正直、ふくよかと表現するのが逆に嫌味に思われるほどの肥満体型。ドレスの腰に巻かれたベルトが肉に食い込み気味である。

鵜飼は写真の中の婦人と目の前の花代とを、見比べるようにしながら尋ねた。

「誰ですか、この太っ——大柄な女性は？」

すんでのところで禁句を飲み込んだ鵜飼に対して、花代は朗らかに微笑みながら答えた。

「これは死んだ母、西園寺昌代《まさよ》ですわ」

花代は懐かしむような視線で写真を見詰めた。「隣に写っているのは父ですが、見てのとおり普通の体型でしょ。わたしは母に似たんですね」

「これは車椅子生活になる前の庄三氏ですね。この写真はいつごろ撮られたものですか」

「母が死んで、もう十年になります。たぶん、これは母が死ぬ一年ほど前に撮ったものでしょう。母もまだ、車椅子の世話になっていないみたいですから」

「ん⁉　お母様も車椅子の生活をされていたのですか」

「ええ。母は五十五歳の若さでこの世を去りましたが、最後の一年ほどは車椅子の世話になっていました。きっかけは足首の軽い骨折だったんです。ところが、なにせ母の体重が当時百キロ程度でしたから、完治するまで時間が掛かりましてね。車椅子も普通のものでは駄目で、特注品を用意しなくてはなりませんでした」

「なるほど。それは大変ですね」

「そうこうするうちに、足腰の弱ってしまった母は病気がちになってしまって……最終的には重い肺炎を患いましてポックリと……」

昔の記憶を呼び覚まされたのか、花代はしんみりした口調で、隣に佇む娘に語りかけた。

「絵理も覚えているわよね、昌代おばあちゃんのこと。病気がちで家から出られなくなったおばあちゃんは、よく絵理と二人で森の中を散歩していたわ」

「ええ、もちろん覚えているわ。おばあちゃんのことは、いまでも鮮明に……」

だが、鵜飼は絵理が語る思い出話には興味を持たないらしく、ただうわ言のように、口の中で「車椅子……車椅子……」と呟くばかり。やがて彼は、急に思いついたように顔を上げると、

「そういえば、裏門のあたりに庄三氏の車椅子が放置されている――そんな話でしたよね。

それを、ちょっと見せてもらいましょうか」

鵜飼のリクエストに応えて、流平たちは裏門へと向かった。裏門といっても、そこは西園寺家。並の家屋の正門よりも遥かに立派なものである。問題の車椅子はそんな裏門を少し入ったあたり、ちょうど内側に開いた門扉の陰に隠れるような目立たない場所に転がっていた。片側の車輪を上にした状態で、文字どおり横倒しになっているのである。

「ふむ、まさに捨て置かれた、という感じだな」鵜飼はその車椅子の様子を丹念に観察した上で、花代に確認した。「この車椅子は、普段から庄三氏が使用していたものに間違いないのですね？」

「ええ、もちろんですとも。見てください、この肘掛の、このあたり……」

「ん⁉ どれどれ」いわれるままに鵜飼は車椅子に顔を寄せていく。

「手垢《てあか》の跡がありますでしょ」花代は黒く変色したそれを指差していった。「父の手垢に間違いありませんわ！」

「はあ……」そういわれてもなあ、という顔で鵜飼は腰を伸ばした。「まあ、いいでしょう。とにかく雀の森から駆け戻った犯人は、この場所に庄三氏の車椅子を放置し、それから急いで建物へと戻った。やがて流平君や絵理さんが騒ぎだすのを聞いて、犯人は何食わぬ顔で現れて騒ぎの輪の中に加わったと——だいたい、そういう流れが想像できますね」

そして、鵜飼は裏門の外に顔を突き出すようにして、あたりを見やる。そこには鬱蒼とした森の景色が広がっていて、その中を一本の小道が通っている。深夜に流平と絵理が肩を並べて歩いた遊歩道である。

「この道は例の崖に続いているんだったね」鵜飼はそういいながら、門の外に一歩足を踏み出した。「もしも、これが思われているとおりの殺人事件だとすれば、その崖こそが殺人現場ということになる。ならば、一度この目で見ておく必要がありそうだな」

確かに、鵜飼のいうとおりだ。それに流平自身、深夜に一度はその崖を見たとはいっても、それは月明かりだけが頼りの暗がりでのこと。お天道様の光が降り注ぐ中で見れば、またなにか違った発見があるかもしれない。

流平は、鵜飼の後を追うように門を出た。流平のあとには絵理も続く。

ただひとり、花代だけは「朝食の支度がありますから」といって屋敷へと戻っていった。殺人の有無に拘らず、朝食は重要なものだ。引き止めるわけにはいかなかった。

鵜飼、流平、絵理の三人は犯行現場の崖を目指して、遊歩道を歩きはじめた。

しばらく歩くと、遊歩道の傍らにお地蔵様が現れた。深夜に、灌木の陰から顔を覗かせた流平の前を、庄三と謎の人物が車椅子とともに通り過ぎていった。それがこのお地蔵様の前だった。いまあらためてその灌木の陰から遊歩道を眺めてみると、あのときの光景がまざまざと蘇るような気がする。鵜飼もまた、自ら木の陰に身を隠したり立ち上がったりしながら、深夜の出来事を追体験しようと試みる。

「ところで、いまさらこんなことを聞くのもなんだけど」

そういって、鵜飼はひとつの重大な質問を発した。「流平君や絵理さんは、ここで車椅子の庄三さんと、その車椅子を押す謎の男を見た。そのとき、庄三さんは本当に生きていたんだろうか。すでに殺されていて冷たくなっていた――なんてことはないんだろうか。その点、どうなんだい、流平君？」

「なんだ、そんなことですか。それなら疑問の余地はありませんよ。確かに、あのとき庄三さんは生きていました。左手にしっかり懐中電灯を握って前を照らしていましたし、右手も肘掛から少し浮かせた感じに見えました。顔はよく見えなかったけれど、上半身は少し前かがみで前方をしっかり見ているみたいな感じに見えました。あれはどう考えたって、死んだ人間じゃありませんよ。ねえ、絵理さん」

「ええ、はい。確かに、わたしの目にも戸村さんのいうとおりに見えました」

「そうか。二人がそこまでいうのなら、間違いはなさそうだな。いや、さっきの広間での聞き取り調査によると、昨日の午後七時以降、庄三氏の姿を見た人はいないようだった。だから、ひょっとして僕らが思っているよりももっと早い段階で、庄三氏は殺されていたのではないかと、そう思ったんだが——。どうも、考えすぎだったようだ」

鵜飼は軽く頭を左右に振ると、再び森の遊歩道を歩き出した。

しばらくいった場所にあるのが赤い鳥居のお稲荷様だ。鳥居の傍に木製のベンチがある。深夜に流平と絵理の間で弾まない会話が交わされた、あのベンチだ。ここでも鵜飼は、ベンチの陰に身を潜めるなどしながら、深夜の様子を把握することに努める。

「流平君と絵理さんは、このベンチの陰に隠れながら、再び車椅子と謎の人物をやり過ごした。しかし、そのときには車椅子には誰も乗っていなかった。ただ、謎の人物が空になった車椅子を猛スピードで押しているばかりだった。そうだね、流平君」

「ええ。確かに、そうでした。僕らの前をあっという間に通り過ぎていきましたね」

「それは、男と考えて間違いないいんだね」

「車椅子を押していた人物ですね。ええ、男ですよ。肩幅や頭髪の様子など、そう見えました。ねえ、絵理さん」

同意を求められて、絵理は少しの時間考えてから、しっかりと頷いた。

「はい。あっという間に走り去っていったので、顔までは判りませんでしたが、身体つきは確かに男性でした。間違いありません」

「そうですか。では、車椅子を押していたのは男性——と」

鵜飼はひとつ頷いて、赤い鳥居の場所から遊歩道の先へと目をやった。「この先が、いよいよ問題の崖ってわけだ。さっそく、いってみようじゃないか。犯人の奴が、なにかとんでもない手掛かりを残しているかもだ」

鵜飼は期待を口にしながら先頭に立って歩き出す。流平と絵理も後に続いた。

やがて三人は森を抜け、海風が吹きすさぶ崖の上に到着した。柵も手すりもない畳十枚程度のスペース。崖の端にある小さな立て札は、深夜には読むことができなかったが、いまなら『早まるな、考え直せ――』と読める。要するに自殺者を思いとどまらせるためのメッセージらしい。そして、崖の向こうに広がるのは見渡す限りの水平線だ。

宙に浮かんだようなこの空間に足を踏み入れた瞬間から、鵜飼と流平の顔色が変わった。

鵜飼は不自然に身体をかがめ、思い切り重心を低くした体勢で流平に注意を促す。

「気をつけろ、流平君。絶対に危ない真似はするんじゃないぞ。後ろからいきなり『わッ』みたいな悪ふざけは禁止だからな。いいな、絶対だぞ。落ちたら洒落にならないぞ」

一方の流平も地面に両手をつくような恰好で、鵜飼に念を押す。

「そういう鵜飼さんこそ、やめてくださいね。師匠の権限を振りかざして『流平君、その崖の端から向こう側を覗き込んでごらん。なにか見つかるかもしれないから』みたいな、変な指図をするのは。僕は絶対に、そういう指示には従いませんからね」

「いいな絶対、危ない真似はするなよ！」鵜飼はさらに重心を低くする。

「いいですね、絶対やめてくださいよ！」流平は地面に両手をつく姿勢。

二人は崖の端から充分離れた絶対安全な地面にいながら、いつしか完全に腹ばいの恰好を取っていた。地を這う虫のような体勢の二人の傍らに、絵理だけが普通に立っている。

「あのー、なにをなさっているのですか、二人とも!?」

「あ、危ないですよ、絵理さん！」

流平は腹ばいの状態のまま警告を発した。「この鵜飼さんはね、危険な目に遭いやすい人なんです。いままでも階段や急斜面から、何度も落ちたことがあるし、車に撥ねられたこともある。うっかり近づくと、巻き添えを食いますよ！」

「馬鹿な。僕のほうこそ、君たちの巻き添えを食って、痛い目に遭ってきたんだ！」

鵜飼は海に向かって不満げに叫ぶと、一転して自分を落ち着かせるように続けた。

「だが、大丈夫だ。心配はいらない。二時間ドラマの探偵役は崖の上で謎を解くことはあっても、けっして崖から落ちることはない。探偵と崖との関係は、本来そういうものだ」

「なるほど、確かに、僕も崖から落ちた探偵は見たことがないですね」

だが言葉とは裏腹に、鵜飼も流平も腹ばいの姿勢をけっして崩そうとはしない。そんな二人は、勇気を振り絞りながら匍匐《ほふく》前進で崖の端へとにじり寄った。

「ふむ、だいたいこのあたりから、庄三氏を海に向かって放ったんじゃないか。脚の不自由な庄三氏は踏ん張ることもできず、崖から落下するしかない」

鵜飼の言葉に悪い想像を掻きたてられて、流平は思わず身震いした。

「だけど鵜飼さん、犯人はなぜ庄三さんを海に放り込むような残酷な手段を選んだんでしょうね。殺すにしても、もっと他に穏やかな手口があったんじゃありませんか。ナイフで刺すとか、鉄パイプで殴るとか――」

「それのどこが穏やかな手口なんだ？」

鵜飼は流平の矛盾を鋭く指摘して、自らの見解を口にした。「なぜ、犯人は庄三氏を海に放り投げたか。理由はいくつか、考えられる。そうだな……まず、庄三氏は脚が不自由だから、海に落とせば簡単確実に殺せる。血を見たり死体を見たりしなくて済むから、精神衛生上もよろしい。それよりなにより、海に落ちた死体は簡単には見つからない。発見までに数日掛かるかもだ。そうなれば、死体の状況から正確な死亡推定時刻を割り出すことも難しくなる。犯人にとって断然有利じゃないか。まあ、そんなとこかな……」

「ああ、それもそうですね」

と流平は素直に鵜飼の見解に同意した。「べつに事故や自殺に見せかけようとしたわけじゃなさそうだし……そうか、死体の発見を遅らせる、ね……」

流平も探偵の端くれなので、法医学を多少はかじったことがある。死斑の出現は死後三十分から三時間、角膜の混濁は開眼状態なら死後二時間。死体硬直は死後二、三時間ではじまって約十二時間で最高潮に達する——分厚い専門書の中で、辛うじて記憶にとどめることができたのは、それぐらいだった。だが、それらの知識も死体があってこそ役に立つものだ。死体発見の遅れが、犯人側の利益であることは常識だ。

「てことは、犯人の思惑は大外れってわけですね。犯人は庄三さんを海に放り込む直前直後の姿を僕らに目撃されてしまった。死体がなくたって、犯行時刻がいつなのかは、もはや歴然なわけで——あれ!?　鵜飼さん、どうしました!?」

流平はすぐ隣の様子に愕然とした。さっきまでクモのように地面に張り付いて離れなかった鵜飼が、なにを思ったのか突然立ち上がったのだ。唖然とする流平をよそに、鵜飼はおぼつかない足取りで崖の端へと歩を進めた。

「ち、ちょっと、鵜飼さん、な、なにやってんです、ほらッ、前、見て！　崖！　崖！」

流平も思わず膝立ちになり、注意を促す。それでも鵜飼の傍に駆け寄ろうとしないのは、巻き添えを食いたくないからだ。幸い、流平の注意は鵜飼の耳に届いたのか、鵜飼は立て札の周囲をぐるっと一周して、またこちらへと戻ってきた。流平はホッと胸を撫で下ろす。だが、そんな流平に目もくれないまま、鵜飼は腕組みしながら彼の傍《かたわ》らを素通り。そのまま、いまきた道を引きかえすように雀の森の中へと入っていく。

「鵜飼さんの様子が変ですけど、どうかなさったのですか」

「あの人は推理に夢中になると、時々前を見ないでそこら中歩き回るんです。ひょっとしたら、なにか事件解決の手掛かりを摑んだのかもしれない。黙って後をつけましょう」

流平と絵理は鵜飼の推理を邪魔しないように気をつけながら、彼の後を追った。鵜飼は夢遊病者のような足取りで遊歩道をふらふらと進む。やがてお稲荷様の場所までたどり着くと、鵜飼は赤い鳥居に向かってまっすぐ接近。危ない！　と、流平が危険を報せる前に、鵜飼はひょいと鳥居をくぐる。ホッと息を吐く流平と絵理。そんな二人の前で、鵜飼は祠《ほこら》の前のキツネの像に、いきなり正面衝突。キツネの長い鼻が彼の額に突き刺さり、鵜飼はようやく目が覚めたように「うをッ」と叫んで転倒した。

鵜飼の歓喜に満ちた叫びが雀の森に響き渡ったのは、その直後だった。

「――そうか！　そうなのか！　そういうことだったのか！」

流平はすぐさま鵜飼のもとに駆け寄った。額に傷を負った鵜飼を覗き込みながら、「まったく、なんで前見て推理できないんですか！」と流平は溜め息を吐く。

しかし鵜飼はふらつく足で立ち上がり、「大丈夫だ。心配いらない」と片手を振る。そして焦点の定まらない視線を流平に向け、実験に成功したマッド・サイエンティストのような笑みを浮かべた。「喜べ、流平君！　やっと、判ったんだよ！」

「え、判ったって、なにが!?」

「深夜に君が見たという、車椅子を押す謎の男性の正体だよ。だが、詳しく説明する前に、あの娘に聞きたいことがある。あの娘はどこだい？」

「絵理さんのことですか。彼女なら、ほらそこに……」

流平は自分の背後に佇む絵理を指で示した。鵜飼は、「やあ、そこにいたんですか」と嬉しそうに微笑むと、彼女のもとにつかつかと歩み寄った。そして鵜飼は絵理に確認した。

「ひょっとして庄三氏を殺害したのは、絵理さん、あなただったのでは？」

「!?」

鵜飼の発言も意外ならば、絵理の反応もまた予測を超えるものだった。鵜飼が質問を終えるや否や、絵理は言葉で答える代わりに、右の拳で鵜飼の腹を正面から撃ち抜いた。

鵜飼は、「んぐむを！」としか書き表せないような奇妙な呻き声を発して、ガクリと膝をつく。

「鵜飼さん！」驚く流平には、振り向きざまのハイキックが飛んできた。「――づぶぉ！」

すべては一瞬の出来事だった。腹を押さえた鵜飼と顎を押さえた流平が、折り重なるようにして赤い鳥居の前でぶっ倒れる。そんな中、西園寺絵理は二人の前でスカートを翻《ひるがえ》すと、

「ご、御免なさ――い！」

大きな声で謝って、一目散に遊歩道を駆け出した。

5

衝撃の正拳突きと戦慄《せんりつ》のハイキックから、約一分後――

事件は唐突なクライマックスを迎えた。舞台となったのは、やはり崖の上だ。

絵理は切羽詰った形相で崖の端に立ち、小さなナイフを自分の首筋に当てている。

「それ以上、近寄らないで！　近寄ったら、喉《のど》を掻き切って、この崖から飛び下りるから！」

一方、彼女を追って崖にやってきた鵜飼と流平には成す術がない。崖の恐怖に怯える鵜飼は、前かがみの体勢で完全に及び腰。流平も蹴られた顎を押さえ、うんと離れたところから声を掛けるのが精一杯だった。

「ろーいふことれすかへりさん。ほんとひはなたかひょーそーはんをころひたんれすか」

顎を痛めている流平に代わって、鵜飼が通訳する。

「『どういうことですか、絵理さん。本当にあなたが庄三さんを殺したんですか』――流平君は、そう聞いていますよ。どうなんですか、絵理さん」

絵理は手にしたナイフの刃先を震わせながら、叫ぶように答えた。

「そうよ、わたしがおじいちゃんを殺したの。わたし前々から、薄々思っていたの。おじいちゃんがわたしのことを嫌らしい目で見てるんじゃないかって。そしたら昨日の昼、わたしがおじいちゃんの離れに食事を運んであげたときに、おじいちゃんがいきなりわたしのお尻を触ってきたの。それでわたし思わずカッとなって、つい――」

「正拳突きですか？　それともハイキック？」

「違うわよ、馬鹿！　普通に突き飛ばしたのよ。でも向こうは車椅子だから、そのまま勢いよく後ろにすーっとバックしていって、そのまま壁にドスンってぶつかったの」

「それだけ!?　たった、それだけのことで、死んだんですか!?」

「違うわ。壁にぶつかった衝撃で……鹿が……鹿が……」

「鹿!?」鵜飼は、ふと思いついたように指を鳴らした。「そうか、壁に飾られた鹿の首の剝製が落下して、その角が庄三氏の頭を直撃した。そうなんですね！」

西園寺絵理は涙ぐむ表情で頷いた。「探偵さんのいうとおり。あたしが殺したの……」

傍で聞いている流平には、二人の会話が理解できなかった。昨日の昼？　鹿の剝製？　どういうことだ。殺人は深夜の崖の上で起こったのではなかったのか。

事実を把握しきれない流平をよそに、鵜飼は死の淵に立つ少女を救うべく、必死に叫ぶ。

「あなたのいうことは、よく判りました。でも、それはあなたの罪じゃない。悪いのは庄三氏です。いきなり身体を触ろうとするエロ爺さんにこそ罪がある。そうでしょう」

「違うのよ！」絵理は興奮気味に顔を振った。「死んだおじいちゃんの掌で、一匹の蠅が死んでいたの。おじいちゃんはわたしのお尻に止まった蠅を叩いて、それをわたしが勘違いして……」

「ええッ、そうなんですか、それはますます悲劇的な……」鵜飼は天を仰いだ。「だが、あなたに殺意がなかったことは間違いない。そう、これは事故。運の悪い偶然が重なっただけの事故なんですよ」

「ほ、本当にそう思う？　本当に、これは事故だって、思っていいの、探偵さん……」

微かな希望を見出したように、ナイフを握る絵理の指が弛む。鵜飼は、もうひと押しするように説得を続けた。

「ええ、間違いなく事故ですとも。そう、悪いのは鹿。あの壁に飾られた鹿の首が悪い。あんな趣味の悪いものを、あんな場所に飾っておくから、こんなことになるんです。まったく誰ですか、あんなものを飾った奴は！」

瞬間、絵理の表情が絶望の色で満たされ、ナイフを持つ指先に再び力がこもった。

「あたしよ、あたしが飾ったの！　あたしが昔、おじいちゃんにプレゼントしたの！」

「ええッ、そ、そうでしたか」鵜飼はがっくりと肩を落とし、残念無念というように拳で膝を叩いた。「くそ、なぜ鹿なんだ。せめて馬なら――」

いや、そういう問題ではないはずだ。それは流平にもよく判る。

すると、そんな二人に別れを告げるように、絵理は再び「御免なさい」と呟くと、首筋に当てたナイフを下ろした。そして彼女は踵《きびす》を返し、崖の下に広がる海に身体を向けた。

やばい！　彼女、本気で飛び下りる気だ！

矢も盾もたまらず流平は駆け出した。いままさに崖から身を投げようとする絵理の背後まで一気に迫る。流平は右手を彼女の腕へと伸ばした。だが、彼の指先は虚しく宙を掻いただけ。しまった、まさかの空振り！　万事休す、と思ったその瞬間、二人の間に割って入る男の姿。鵜飼だった。鵜飼は流平が摑み損ねた彼女の腕を右手でキャッチ。絵理の身体は重心を海側に傾けながらも、まだなんとか崖の端に留まっていた。

「あきらめるな、流平君！　彼女を死なせてはならない！」

「鵜飼さん！」

流平は感動した。この危機的状況を見かねた鵜飼は、崖の恐怖におののきながらも蛮勇を奮い、絵理と流平の窮地を救いに飛び出してきてくれたのだ。サンキュー名探偵！　さすが、師匠と見込んだ男だぜ！　と心の中で大絶賛したのも束の間——

流平の目の前で鵜飼の踏ん張った足がズルッ——滑った！

鵜飼は咄嗟《とっさ》に左手を伸ばし流平の右手を摑む。流平もまた摑むものを捜して、目の前にあった立て札の支柱を左手で握り締めた。次の瞬間、すでに重心のほとんどが海側にある絵理の身体は、とうとう崖の向こう側に落ちた。完全なる宙吊り状態。それでも鵜飼は絵理の手を放さない。お陰で鵜飼の身体もまた、崖の向こうに半分持っていかれている。

結果、流平の身体はとんでもないことになった。右手には絵理と鵜飼、二人分の重量が掛かっている。左手は立て札の支柱を握っている。流平の二本の手は張り詰めたロープのように左右にピーンと伸ばされて、いまやちぎれる寸前。まるで江戸時代の拷問だ。

「う、鵜飼さん、駄目です！　無理です！　腕、ちぎれます！　立て札、折れちゃいます！」

「あきらめるな、流平君！　彼女を死なせてはならない！」

あんた、自分が死にたくないだけだろ！　さっきと同じ台詞でも、感動はゼロだ！

だが、鵜飼に向かって文句をいう余裕はもはやない。流平は痛みと恐怖の板ばさみで、訳が判らない錯乱状態に陥った。

「腕、ちぎれます！　立て札、折れます！　腕、ちぎれます！　立て札、折れます！　腕、ちぎれる！　立て札、折れる！　腕、ちぎれる！　立て札」――ボキッ！

あれ!?　いまの音は腕がちぎれた音!?　いや、違う、いまのは立て札が――

「折れたあああああああぁぁぁぁ――――ッ！」

唯一の支えを失った流平と鵜飼。二つの身体は、宙吊りになった絵理に引っ張られて一気に崖の端から空中に投げ出された。宙に浮いた三つの身体は、縺《もつ》れ合うように真下の海へとまっ逆さまに落ちていく。

やがて、海面に三本の水柱が上がった。

6

落下から数秒後。鵜飼と流平はほぼ同時に海面に顔を出し、似たような動作で自分の両腕の在《あ》り処《か》を確認した。自分の腕が二本とも胴体にくっついていることを知り、流平は安堵の溜め息。そして波間を漂う鵜飼に向けて皮肉な口調でいった。

「誰ですか、けっして探偵は崖から落ちることはないって豪語していた人は！」

「では訂正しよう。探偵も崖から落ちる。ただし探偵は崖から落ちたって死なない！」

確かに死ななかったようだ。「ところで、絵理さんは？」

流平は慌てて自分の周囲を見回す。すると彼の真横のあたりに、プカプカ浮かぶ紺色のカーディガンの背中を発見。西園寺絵理だった。流平は死んだようにぐったりした彼女の身体を背後から抱きかかえる。結果的に、鵜飼がなんの遠慮もなく少女の左胸に耳を押し当てるという役得を得た。

「大丈夫、気を失っているだけだ」

「よかった」安堵すると同時に、流平の胸にあらためて疑問が湧き上がる。「だけど、なんで⁉ なんで、僕ら三人とも崖から落ちて助かったんです⁉」

「さあね。ところで君、左手に握っているのは、なんのお守りだい？」

いわれてはじめて、流平は左手に持った物体に気がついた。支柱の折れた立て札だった。

「ん⁉」このとき、流平は初めて立て札の全文を読んだ。「なになに、『早まるな、考え直せ。この崖は自殺するには低すぎる』――くそ！ どうりで助かるわけだ！」

流平は腹立ち紛れに立て札を放り投げる。鵜飼はにやりと笑みを浮かべた。

「とにかく、ここで漂っていても仕方がない」鵜飼は遠く離れた場所に見える岸辺を指差して叫んだ。「見ろ。あそこに砂浜がある。流平君、君は彼女を背負ってあの岸まで全力で泳げ。僕は君の奮闘する姿に最大級のエールを送ろう」

「エールなんかいりませんから、手伝ってください！」

それから、しばらく後——

流平は鵜飼とともに砂浜に座り、小さな焚き火の炎を見詰めていた。焚き火の傍では、西園寺絵理が意識を失ったまま横たわっている。流平たちは救助を待っていた。彼らのたどり着いた砂浜は切り立った崖の下にあり、崖の上へと登っていく道はなかった。幸い、絵理の持っていた携帯が防水タイプだったので、花代に連絡することはできた。だが救援が到着するには、いましばらく時間が掛かりそうだった。

「鵜飼さん、やることなくて暇だから、事件の謎について説明してもらえませんか」

「暇だからとは、なんだ！　それが名探偵に事件の謎解きを求めるワトソン役の態度か！」

ちぇ面倒くさいなあ、と思いながらも流平は素直に頭を下げる。

「お願いします、鵜飼さん。なぜ絵理さんが犯人なんですか？　深夜に僕と絵理さんが見た光景は、いったいなんだったんですか？　僕にも判るように説明してください」

すると鵜飼はアッサリ機嫌を直して「いいだろう、よく聞きたまえ」と説明を開始した。

「僕の推理のきっかけになったのは、実は流平君の言葉だった。崖の上で君が僕に質問しただろ。なぜ犯人は庄三氏を海に放り投げるような手段を選んだのか、ってね。僕はいくつかそれらしい理由を並べてみせた。簡単確実だからとか、死体発見を遅らせることができるからとか。でも正直なところ、それらは僕自身納得のいく答えではない。最も納得のいく答えは、むしろ流平君の呟きのほうにあった。そう、事故や自殺に見せかけるためだ。殺したい相手を崖から海に落とすような殺人は、多くの場合、事故や自殺に見せかけるためにおこなわれる。そうだろ、流平君？」

「確かに、そういうケースは多いですね。だけど、今回はそうじゃない」

「そうだ。今回の事件は事故や自殺には見えない。なぜか。流平君と絵理さんという目撃者の証言によってそうなった。そういう側面も確かにあるだろう。だが、根本的な問題はそこじゃない。問題は車椅子にある。庄三氏の死が事故や自殺ならば、彼の車椅子は崖の上に残されているか、あるいは一緒に海に落ちていなければならない。しかし、実際はそうなっていない。彼の車椅子は屋敷の裏門に放置されていた。それ故に、これは事故でも自殺でもなく、何者かによる殺人に違いないという結論が導かれているわけだ。すると、次にはこういう疑問が湧き起こってこないか。――なぜ犯人は崖の上に車椅子を残しておかなかったのか？」

「う！　いわれてみれば、確かに」

鵜飼の指摘に、流平は目からうろこが落ちる思いだった。

「深夜に僕らが目撃した犯人は、車椅子に庄三さんを乗せたまま崖に向かい、数分後には空っぽになった車椅子を押しながら逃げ去っていった。でも、事故や自殺に見せかけるためには、確かに車椅子は置き去りにしたほうがいい。なぜ犯人は用済みになった車椅子を持ち帰るような真似を……」

「逆に考えるなら、犯人には車椅子を崖の上に残しておくことができない、なんらかの理由があったと考えるべきだろう。その理由は、なにか――」

鵜飼は指を一本立てて、推理を続けた。「もしも、その車椅子が本当に庄三氏の愛用している車椅子だったとしよう。その場合は、やはり犯人はそれを崖の上に残していったんじゃないだろうか。そのほうが犯人にとって有利な選択だからね。犯人がそれをしなかったのは、その車椅子が庄三氏の愛用する車椅子ではなかったからではないだろうか」

「庄三氏の車椅子ではない、もうひとつの車椅子ということですか。そういえば、花代さんの母親、昌代さんは亡くなる前に一年ほど、車椅子の世話になっていた。そうか、西園寺家には車椅子がもう一台ある！」

「そう、それだ」流平の言葉を串刺しにするように、鵜飼は指を突き出した。「車椅子なんて、暗がりの中でシルエットを見る限りでは、どれも似た形に見える。だから、君が気付かなかったのも無理はない。だが、実際には君が深夜に目撃した車椅子は、庄三氏のものではなく、昌代さんの車椅子だったんだよ」

「だけど、犯人はなぜ庄三さんを運ぶために、昌代さんの車椅子を使ったんです？」

「それは、その車椅子が特別な車椅子だからだ。昌代さんは体重百キロの大柄な女性だったというからね。花代さんも『特注品』といっていたじゃないか」

「はあ、車椅子も少し大きめだったというわけですね。それがなにか？」

「いや、大きさはあまり関係がない。注目すべきは花代さんの言葉だ。彼女は確か、こんなふうにいっていた。昌代さんは絵理さんと仲が良く、二人でよく森の中を散歩していたってね。いいかい。昌代さんが亡くなったのは十年前だ。このとき、絵理さんはまだ九歳の女の子だ。九歳のか弱い女の子が、百キロの女性を乗せた車椅子をスイスイ押して森の中を楽しく散歩できると思うかい。無理だ。女の子はへとへとになっちまうぞ」

「それもそうですね。ということは、その特注品の車椅子というのは……」

「そう。おそらくは百キロの女性を乗せて軽々と移動できる、強力なモーターを搭載した電動式の車椅子に違いない。犯人は、屋敷の倉庫かどこかに眠っていた、その特別な車椅子を犯行に利用したんだ。だから、崖の上に残して立ち去るわけにはいかなかったんだよ」

だが、ここまでの鵜飼の推理を聞いて、流平は釈然としない思いを抱いた。

「うーん、なんというか、ピンときませんね。仮に、その車椅子が昌代さんのものだったとしてですよ、庄三さんは死んだ奥さんの車椅子に乗せられて、なにも疑問に思わなかったんですか？　犯人はどういう理屈で、庄三さんを納得させたんでしょう？　そもそも、なぜ犯人は電動式の車椅子をわざわざ利用するんです？　庄三さんが使っている普通の車椅子じゃ駄目なんですか？」

流平の並べる質問を耳にして、鵜飼はわざとらしく肩をすくめて、「やれやれ、まだ判っていないようだね」と落胆の素振り。そして返す刀でこう聞いてきた。

「流平君も街中で電動式の車椅子を見たことがあるだろ。あれはどうやって操作する？　そう、椅子に座った人間が手元のレバーで操作する。だったら昌代さんの車椅子だって同じはずだ。動かしているのは、椅子に座った人間なんだよ」

「ん、どういう意味ですか？」

「いいかい、君は深夜に自分が目撃した光景を、こう解釈したはずだ。『庄三氏が乗った車椅子を、後ろにいる謎の男が押して崖に向かわせている』と。つまり『車椅子に座っている人間が被害者で、それを押しているのが犯人である』と。だが、それは君の勘違いだ。実際に犯行に使われたのは、電動式の車椅子なんだ。だったら、その電動式車椅子を操作して崖に向かわせているのは、車椅子に乗った人物のほうなんだ。判るね、この意味」

「え、それって、つまり……」

「そう、車椅子に乗っている人物のほうが犯人なんだよ!」

鵜飼の意外な言葉に、いままで流平が信じていたものが、大きく揺らいだ。

「そ、そんな馬鹿な! 車椅子に乗っていたのは庄三さんだったはず!」

「そういう君は、車椅子に乗った人物の顔をハッキリ見たのかい。いや、見なかったはずだ。君自身、そういうふうに証言していたじゃないか」

確かに、流平は車椅子の人物の顔をハッキリ見た記憶がない。鵜飼に対しても、顔を見たとはいっていない。車椅子に乗っていたのは、庄三ではなかったのか——

「じゃあ、庄三さんはどこに?」

「当然、前にいる人物が犯人なら、後ろにいる人物が被害者ということになる。そう、車椅子の後ろにいた謎の男の正体こそ、西園寺庄三氏その人だったわけだ」

鵜飼のこの推理には、さすがの流平も頷くことはできなかった。

「まさか、あり得ませんよ、そんな話。庄三さんは脚が不自由なんですよ。その庄三さんが、どうして車椅子の後ろを立って歩けるんですか」

「いや、庄三氏は立っていないし歩いてもいない。そんなふうに見えただけだ。庄三氏の身体はまっすぐ立った状態のまま、車椅子の背もたれの部分に固定されていただけなんだよ。もちろん、その時点で庄三氏はすでに死んでいたわけだが」

「なんですって！　すでに死んでいたって――じゃあ、あれは死体だったんですか！」

流平の脳裏に、深夜に見た男の後ろ姿がまざまざと蘇る。車椅子を押して崖へと向かう、肩幅のある男の背中。流平の目には、そのように見えた。だが、いくら思い出そうとしても、その男の脚の動きは記憶の中にない。灌木の上から顔を半分だけ覗かせていた流平の目線からは、男の下半身が死角になっていたのだ。

「そうか、あれは死体だったのか……車椅子を動かしているのではなくて、車椅子の動力で動かされていたのか……」

意外な事実の連打に愕然とする流平をよそに、鵜飼は淡々とした口調で推理を続ける。

「犯人は庄三氏の死体を車椅子の背もたれに、紐かなにかで括《くく》り付けたんだな。そういうと難しい作業のようだけど、実際は車椅子の背もたれのほうを死体に括り付けて、あとはまっすぐに立たせればいいわけだから、やってやれないことはないだろう。犯人はそういった細工を施した状態で、自ら電動式の車椅子に乗り込み、それを操作して崖を目指して森の中を進んだわけだ。君と絵理さんはその様子をお地蔵様の傍らで目撃した。だが、君には『車椅子の人物=庄三氏』という先入観がある。だから、車椅子の人物を庄三氏であると勝手に思い込んだ。その一方で、『足の悪い庄三氏が立って歩いているわけがない』

との先入観から、車椅子の背後にいる人物を庄三氏とは違う謎の男と思い込んだ。実際には、君が見た肩幅のある髪の毛の短い男性の後ろ姿、それは庄三氏の死体の後ろ姿だったわけだ」

「…………」流平はもはや、黙って頷くしかない。

「さて、ここまで僕の話を聞いて君は、『おや』と思ったはずなんだが……」

鵜飼は戦意喪失気味の流平の横顔を眺めながら、やれやれというように溜め息を吐く。

「どうやら、君は『おや』とも、なんとも思っていないようだね。よく考えてみたまえ。これはとても奇妙なことだと思わないか」

「そりゃ奇妙ですよ。車椅子に死体が括り付けてあるなんて話、奇妙にきまってます」

「そういう意味じゃなくてだよ。いいかい、仮に車椅子の背もたれに死体を括り付けたとしよう。そのとき、その死体がまるで自分の意思でピンと立っているように見える——そんな状態があるだろうか。もし、あるとすれば、それはどういった状態だと思う？」

そのとき、流平の脳裏にひとつの四字熟語が浮かんだ。

「ひょっとして、死後硬直‼ 庄三さんの死体は死後硬直のためにカチカチだった⁉」

「そう、死後硬直。そしてそれこそが、先ほどの君の質問に対する答えだ。なぜ犯人は電動式の車椅子をわざわざ利用したのか。それは、その死体の死後硬直が進んでいて、棒のようにまっすぐな状態のまま固まっていたからだよ。死後硬直さえなければ、死体は普通の車椅子に座らせて運べただろう。だが、死体はカチカチだった。だから、犯人はそれを電動式車椅子の背もたれに固定して運ぶという奇抜な手段に訴えたわけだ」

そこまで説明して、鵜飼はあらためて流平の顔を見やった。

「さて、これまでの推理が正しいとすると、僕らはこの事件に対する認識を根本から改めなければならなくなる。僕らはいままで、この事件が午前零時半に起こった事件だと思ってきた。君は、まさしく庄三氏が海へと放り投げられて殺される、その直前直後を目撃したものと思っていた。だが、実際はそうではなかった。死体が死後硬直によってカチカチになる、つまり死後硬直が最高潮に達するのは死後十二時間程度が経過したころだ。逆算するなら、庄三氏が死んだのは、昨日の昼の十二時半前後ということになるだろう。庄三氏殺害は深夜の事件ではなくて、昨日の真っ昼間の出来事だったわけだ」

なんということだ。鵜飼のいうとおり、事件は根本から覆された。

「ところで、僕らは謎の男の正体として、西園寺家の三人の男性を容疑の対象にしてきた。輝夫、和彦、圭介、この三人だ。しかし、犯行時刻が昨日の昼間だとすると、話は違ってくる。昨日の昼間といえば、輝夫と和彦は取引先との接待ゴルフだ。まさか、途中で抜け出して、屋敷に舞い戻るなんてことはできないだろう。一方、圭介は流平君と一緒に朝から素人映画の撮影だ。製作監督脚本主演を一手にこなす圭介は、やはり現場を離れられない。こうして考えると、怪しいと思われた三人の男性は、実は全員シロだと判る」

「逆に考えるなら、怪しむべきは女性たちってことですか」

「うむ。花代さん、絵理さん、そして家政婦の高田朝子、この三人の中で明らかな嘘をついている人物のいることが判るだろ。そう、高田朝子だ。彼女は昨日の夕方に庄三氏の離れに夕食を届けた、といっている。そして庄三氏の様子に特に変わりはなかった、とも証言した。だが、そんなはずはないんだ。昼間の時点で、庄三氏はすでに死んでいる。夕方なら、すでに死後硬直がかなり進んだころだ。特に変わりがない、なんて大嘘もいいところなんだよ」

「なぜ、高田朝子はそんな嘘を？」

「おそらく高田朝子は夕食を運んだ時点で、庄三氏の死体を離れで発見したんだろう。だが、彼女は事件を公にはしなかった。これは推測だが、庄三氏の死体を発見した高田朝子には、その犯人が西園寺家の誰かであることが、充分想像できたはずだ。しかし西園寺家に心から仕える高田朝子は、この家から殺人犯を出してはならない、と考えた。そこで彼女は自ら死体の処分を買って出たんだな。庄三氏が崖の上から不注意で海に落ちた、そう見せかけることができれば、西園寺家の威信は守られる。偽装工作をおこなうなら深夜だ。

そのころには死後硬直はさらに進んでいるだろう。そこで、高田朝子は昌代の車椅子を保管場所から引っ張り出し、バッテリーの充電も終えて、深夜の死体運搬に備えたわけだ」

「じゃあ、深夜に車椅子に座って死体を運んでいた人物は、高田朝子なんですね」

「うむ。それは、体格的な点から考えてもまず間違いない。高田朝子は関係者の中で、いちばん痩せているからね。彼女と庄三氏の二人の体重を合計しても、たぶん百キロ前後に納まったはずだ。これなら昌代さんの車椅子に余裕で二人乗りができる」

「そうか。逆に花代さんや他の男性陣だと苦しいですね。庄三さんと合わせて、百キロを軽くオーバーするはずだから」

「そうだ。以上のことから考えて、お地蔵様の傍で君たちの前を通り過ぎていった車椅子、それに乗っていたのは高田朝子に間違いない。そして、その背もたれには庄三氏の死体が括り付けられていた。いったん君たちの前を通り過ぎた車椅子の高田朝子は、間もなく崖に到着した。そこで彼女は背もたれに括り付けていた死体を下ろし、崖から海に落とした。そして彼女は空になった車椅子を今度は自分の力で押して、駆け足で屋敷へと逃げ帰った。君と絵理さんは、その様子を今度はお稲荷様の傍で目撃した。このとき、君にはすでに『車椅子を押す人物＝謎の男』という先入観ができあがっている。だから、車椅子を押す高田朝子の姿を見ても、それが男に見えたんだ。いや、正確にいうと、君はこの場面では空っぽの車椅子のほうに気を取られていて、それを押している高田朝子の姿など、ほとんど見ちゃいなかったんだ。違うかい？」

「そういえば、僕は空っぽの車椅子ばかり見ていたようです」

「そのはずだよ。さて、屋敷に戻った高田朝子は電動式の車椅子を元あった場所に戻した。だが、それで終わりではない。彼女は今度こそ庄三氏の本物の車椅子を押して裏門から屋敷を出ようとした。崖の上に庄三氏の車椅子を置いて、不慮の事故に見せかけようとしたんだ。それが高田朝子の本来の目的だからね。だが、その細工は中断を余儀なくされた。屋敷に戻った君たちが、森での出来事をみんなに伝え、屋敷中が大騒ぎになったからだ」

「それで、庄三さんの車椅子は裏門の付近で中途半端に放置されたんですね」

「そういうことだ」ひと通りの説明を終えた鵜飼は、満足そうに頷いた。「これで高田朝子が庄三氏の死体遺棄の犯人であることは納得してもらえたと思う。だが、そうなるとまたあらたな疑問が浮かび上がってこないだろうか」

「というと？」

「流平君は空っぽの車椅子を押していた高田朝子の姿を、実はよく見ていなかった。それはいい。だが、その一方で、空っぽの車椅子を押して立ち去った人物は、確かに男性の身体つきだった、間違いありません、とそう証言している人物がいたはずだ。誰だったかな？」

「そうか、絵理さんだ！」

つい先ほど、赤い鳥居の前で、鵜飼の質問に答えて、絵理は確かにそんな証言をした。鵜飼はゆっくりと頷き、そして焚き火の傍らで眠り続ける絵理を見詰めた。

「僕らは、彼女のあの証言をどう解釈するべきだろうか。単なる見間違いと見過ごすべきなのか。だが、あの痩せた家政婦さんの姿を見て、『確かに男性の身体つきに見えました』と断言するのは、見間違いのレベルじゃない。彼女の証言は明らかに意図的な嘘。流平君の勘違いに乗じて語られた偽りの証言だ。なぜ、彼女はそんな嘘をついたと思う？　共犯者を庇《かば》うためか。それとも、彼女自身に疚《やま》しい部分があるためか。どっちだろう？」

「…………」

「そこで思い出すのは、彼女が深夜の森の中で君になにか秘密を打ち明けようとしていた、という点だ。それはどんな秘密だったのか。その秘密はなぜ打ち明けられないままになっているのか」

「じゃ、じゃあ、あのとき絵理さんは僕に……そうか、そうだったのか！」

流平はいまやっと判った。絵理が深夜の森に流平を誘い、打ち明けようとした秘密とは、昼間に自分が犯してしまった罪のことだったのだ。それなのに流平は趣旨を誤解し、彼女をモノにすることばかりを考えるあまり、彼女の話を聞いてやることができなかった。そうこうするうちに、絵理は事後共犯者である高田朝子と遭遇したのだ。その光景を見た絵理が、どこまで正確に状況を理解できたかは判らない。だが、少なくとも流平よりは、よく判っていたはずだ。実際、あのとき彼女は流平の隣でハッキリといったではないか——「おじいちゃん!」と。彼女には見えていたのだ。車椅子の背後に立つ庄三の死体が。

結果、絵理は誰かが自分に成り代わって死体を処分しようとしていることを知った。そして秘密を打ち明けることをやめてしまった。これが、深夜に雀の森で起こった出来事のすべてだったのだ。

「絵理さんは、これからどうなるんでしょうね」

「花代さんは、『犯人は自首させる』といっていた。彼女のことだから本気だろう。絵理さんは自首することになると思う。もちろん家政婦さんも同様だ。ただし、その前に」

鵜飼は砂浜の上にすっくと立ち上がると、手をかざして沖を見やった。

「まず救援がやってきて、僕らを無事に保護してくれないと、どうしようもないな」

「そういや、誰もきませんね。なんだか、潮が満ちてきたみたいですけど」

「うむ。このまま満潮を迎えれば、このちっぽけな砂浜は間違いなく海の底だな」

冗談じゃない。濡れた身体もやっと乾きかけたというのに!

と、そのとき鵜飼が「おや!?」と意外そうな声をあげた。「流平君、あれを見たまえ、ほら、波間に漂っている、あれ」

いわれて流平は、鵜飼の指差す方角を見やる。確かに波の立つ海面に、なにやら奇妙な物体が見え隠れしている。その浮遊物は満ち潮の流れに押されるように、徐々に砂浜へと接近しつつある。流平は目を凝らしてそれを見詰めた。鵜飼も黙って成り行きを見守る。

やがて、その浮遊物は波の力で彼らのいる浜辺へと打ち上げられた。陸に上がったその物体を間近で確認した鵜飼は、満足そうに大きく頷いた。

「ふむ。これで今回の事件も完全にフィナーレというわけだ。見つかってなによりだ」

鵜飼は肩の荷を下ろしたようなサバサバした表情。流平は無くした物を偶然発見したような驚きの思いで、それを見詰めた。

それは、深夜に崖から落下した後、ひと晩掛けてようやく岸にたどり着いた、西園寺庄三の亡骸《なきがら》だった。

宝石泥棒と母の悲しみ

1

それは綺麗な赤い水だった。グラスの中の赤い水。それは頭上にきらめくシャンデリアの光を受けて、真っ赤な宝石のように輝いて見えた。ソファに座っていた僕は、その鮮やかな色にしばらく見とれていたのだと思う。隣に座っていた若い男、溝口勇作《みぞぐちゆうさく》が僕の様子に気づくと、手にしていたグラスを僕の顔の前に差し出して、眠そうな声で聞いた。

「おや、おまえも飲みたいのか？　よし、いいぞ。飲んでみろ。うまいから」

本当にうまいの？　僕は恐る恐るグラスに顔を近づける。赤い水は熟した果物、たとえばブドウのような、甘酸っぱい香りがした。僕の経験からいうと、見た目が綺麗で香りのよいものはなんだっておいしいものなのだ。僕は差し出されたグラスに迷わず口を持っていった。正体不明の赤い水を舌の先でちょっとだけ舐《な》めてみる。うまい。毒じゃない。それから僕は安心して赤い水をごくごくと飲んだ。溝口勇作はそんな僕の様子を見て、「おッ、コイツ結構いける口みたいだな」と目を丸くしている。「よし、いいぞ、もっと飲め飲め」

するといままでキッチンのほうにいた母さんが、血相変えて僕のところにやってきた。

「おっと、恐いママさんの登場だ。退散退散」

溝口はグラスを僕の口許《くちもと》から離すと、後のことは知らないよ、というようにひとりで居間を出ていった。母さんはそんな溝口の背中を鋭く睨みつけてから、僕のほうに向き直ると、咬《か》みつきそうな勢いでいった。

「マー君、なにやってるの！　あんなもの、飲んじゃいけないでしょ！」

マー君というのは僕の名前だ。屋敷の人たちはみんな僕のことをそう呼んでいる。

「駄目なの？　すごくおいしいのに」

「おいしくたって駄目なものは駄目。あれはワインといって子供の飲むものじゃないの」

「じゃあ、大人になったら飲んでいい？」

「大人になっても駄目よ。この屋敷でワインを飲んでいいのは旦那様たちとそのお客様だけ。母さんだって、この屋敷にお世話になってずいぶん経つけれど、ワインなんてひと口も飲んだことはないわ」

旦那様たちというのは、この屋敷に暮らす花見小路《はなみこうじ》家の人たちのことだ。そういえば、旦那様や楓《かえで》さんが食事の後などに、綺麗な赤い水の入ったグラスを手にしながら、楽しそうに話をしている姿を、何度か見た記憶がある。そうか。あれはワインという飲み物だったのか。僕はまたひとつ賢くなった。

「判ったよ、母さん。犬はワインなんて飲んじゃいけないんだね」

「もちろんよ、マー君」母さんは頷く代わりに自慢の尻尾を大きく振った。「ワインを飲む犬なんて、母さん聞いたことないわ」


母さんの名前はモモ。花見小路家で長年暮らしているビーグル犬。だけど断じてペットじゃない。母さんは狩猟犬。だから旦那様が狩猟に出掛けるときは、いつも母さんが一緒だ。僕もいつか立派な狩猟犬になって母さんと一緒に猟に出たい、そう思っている。いまはまだ子供だから留守番ばかりだけれど。

「さあ、マー君はもう寝床に入って休みなさい。母さんも後からすぐにいくから」

母さんに促されて、僕はひとりで屋敷の外に出た。真冬のこの時期、寒風吹きすさぶ夜の庭は、凍えるほどの寒さ。ところがなぜか、歩くうちに僕の身体は熱くほてりはじめ、頭はボンヤリ。おまけに足元がふらついてまっすぐに歩くことができない。なるほど母さんがいったとおり、ワインなんて飲むんじゃなかった。ああ、なんだか眠くなってきた……犬小屋までたどり着けるかな……

僕と母さんが寝床にしている犬小屋は、お屋敷の広大な庭の片隅にある。ようやく犬小屋にたどり着いた僕は、転がるように中へ。そのまま敷き詰められた毛布に身体を埋める。すると、毛布の端に隠れていた彼女が「きゃあ」と悲鳴をあげて顔を覗かせた。「なんだ、マー君なの!? おどかさないでよね」

忘れてた。彼女は同じ犬小屋で暮らしているアイちゃん。僕のガールフレンドだ。新しいお友達よ、仲良くしてあげてね――そういって楓さんがアイちゃんを初めて僕の前に連れてきたのは、ほんの一ヶ月ほど前のこと。初対面の印象は、色が白くておとなしそうな可愛い女の子、だった。でも一緒に暮らすようになってすぐに、僕は初対面の印象が間違いだったことに気づいた。

「ねえねえ、なんなのよ、マー君。あなたの身体、なんか変な臭いがする」

こういうことを平気でいう女の子なのだ、アイちゃんは。彼女は僕の身体に顔を寄せて臭いを嗅ぐと、「うッ」と呻《うめ》いて犬小屋の端に移動した。

「判った。あんた、お酒飲んだでしょ」

「お酒じゃないよ。ワインだよ」

「ワインはお酒よ!」

「ああ、そうなんだ」僕はまたひとつ賢くなった。「アイちゃんは物識《し》りだな。でも、そ

んなことはどうでもいいや。僕は眠くて眠くて

身体が熱い……」

「暑いどころか、寒くて風邪をひきそうよ。今夜は特に冷える

アイちゃんは小さな身体をぶるりと震わせた。

僕は毛布にうずくまるようにして目を閉じた。たちまち意識が遠くなり、アイ

言葉も聞こえなくなっていった。しばらくして母さんが犬小屋に戻ってくる気配を感じたけれど、それが何時ごろのことだったのか、よく判らない。僕は半分眠った状態で頭はボンヤリしたままだったし、それにだいいち犬小屋に時計はないもんね。

2

次の日の朝、目覚めた僕の身体には、たくさんの異変が起こっていた。頭が痛い。胸がムカムカする。お腹がゴロゴロする。なんだか吐き気もするみたい……

「それは、ゆうべ飲んだお酒のせいね」一緒に目覚めたアイちゃんがいった。

「そうかもね。それじゃ、目がチカチカして庭が真っ白に見えるのも、お酒のせいかな？」

「いいえ」と、母さんが犬小屋の外を眺めながら答えた。「これはゆうべ降り積もった雪よ」

「へえ、これ全部、雪なんだ」

僕だって雪ぐらい知っている。でも、これほど大量の雪を見たのは初めてだった。屋敷の庭を一面覆《おお》い尽くしている雪。僕はなんだか興奮して、アイちゃんと一緒に犬小屋を飛び出した。頭の痛みや胸のムカムカを忘れて、僕は駆け回った。母さんも一緒になってはしゃいでいる。珍しいことだ。

僕らが時間を忘れて雪と戯《たわむ》れていると、屋敷の門に一台の車がやってきた。見慣れない青い車。それは屋敷の駐車場に止まり、中から二人の男が現れた。ひとりは背広にコートを着込んだ男。もうひとりは白いダウンジャケットにジーンズ姿の青年。二人は花見小路家の玄関に向かって歩きながら、言葉を交わしていた。

「へえ、花見小路一馬《かずま》氏って学校の先生だったんですか。なんだ、たいそうな名前だから貴族かと思いましたよ。まさか鵜飼《うかい》さんの高校時代の恩師だとは……」

「流平《りゅうへい》君、いまの時代に貴族はいないよ。しかしまあ、花見小路家は私立花見小路学園の学園長を代々務めてきた家柄だ。名家には違いない。花見小路一馬先生も僕が学生のころまでは教壇に立っていたが、後には学園長となったそうだ。見ないか。庭も馬鹿みたいに広い。やあ、ペットの犬もいる」

ペットじゃないやい、狩猟犬だい！　僕は見知らぬ男たちのほうを睨《にら》みつける。

「とてもゆうべ宝石泥棒が入った家とは思えませんね」

流平と呼ばれたジーンズの青年が呟く。「平和そのものですよ。警官もいない」

「だが宝石泥棒は事実だ。それにしても花見小路一馬、貧乏人から高い授業料を取って高価な宝石なんぞ買っていたとは、とんだ教育者だ。ざまーみろといってやりたいね」

「駄目ですよ、そんなこといっちゃ。せっかくの依頼人なんですから」

「いうわけないだろ。僕だって、それぐらいの常識はわきまえている。愛想良くするさ」

鵜飼という名の背広の男は玄関前に立つと、おもむろに呼び鈴を鳴らした。すぐさま玄関の扉が開き、初老の男性が姿を現した。鵜飼は西洋人のように大袈裟に両手を広げ、

「お懐かしゅうございます、花見小路先生！」と、相手の男性に抱きつきながら、感動に声を震わせた。「この度は、とんだ事件にお遭《あ》いになったとのこと。この鵜飼、取るものも取りあえず参上いたしました」

「あの、わたくし、この家の運転手の小松《こまつ》と申しますが……」

「やあ、これはどうも」鵜飼はパッと身体を離すと、何事もなかったかのような態度で相手を眺めた。「ふむ、小松さんね。いや、どうりで懐かしくない顔だと思ったんですよ」

「たぶん初対面です。鵜飼探偵事務所の方ですね。お待ちしておりました。どうぞ中へ」

「それじゃ、お邪魔しますね」

鵜飼は悪びれることもなく胸を張り、流平という青年を連れて屋敷の中へと入っていった。僕とアイちゃんは互いに顔を見合わせた。

「なんなのよ、あの男。変な奴ね！」

「うん、なんか変わってる。それにあの二人、宝石泥棒がどうした、とかいってたみたい」

すると、僕らの背後から母さんが白い息を吐きながら心配そうな声でいった。

「お屋敷でなにかあったようね。あの人は探偵よ。探偵というのは難しい事件を解決するために雇われた特殊な能力を持った人間なの」

「特殊な能力⁉　あの人が？　そうは見えなかったけど」

「そうね――でも、とにかく気になるわ。わたしたちもいってみましょう」

母さんはそういって、玄関扉に歩み寄った。ジャンプしてノブにしがみつき、器用に扉を開ける。屋敷での生活が長い母さんの、いちばんの得意技だ。僕らは三人揃って屋敷の中に入った。広々とした玄関フロアでは、例の探偵が旦那様の前で再び両手を広げながら、声を震わせていた。

「お懐かしゅうございます、先生。この度は、とんだ事件にお遭いになったとか……」

旦那様は感動の対面を済ませると、探偵たちに楓さんを紹介した。大学に通う楓さんは旦那様の自慢の孫娘。近所でも評判の美人で、とても優しい人だ。休みの日なんかには、僕を腕に抱いて散歩に連れていってくれたりする。そんなとき、道ゆく人の視線はみんな楓さんに釘付けだ。この前など、彼女の姿に見とれるあまり、自転車ごと溝《どぶ》に落っこちたお蕎麦《そば》屋さんもいたぐらい。

「さあ、楓。さっそく鵜飼君たちに事件のことを話してやってくれないか」

旦那様に促されて、楓さんは昨夜の出来事を話しはじめた。

「昨夜、わたしは二階の部屋でゼミのレポートを書いていました。あれは真夜中の二時ごろのことです。わたしは一服しようと思い一階のキッチンにいき珈琲を淹《い》れました。そして珈琲カップを手にしながら部屋に戻ろうと、この階段を上りかけたのですが……」

そういって楓さんは目の前の大きな階段を手で示した。

「そのとき二階で変な音が響いたのです。ガラスが割れたような音でした。わたしは驚いて小さな悲鳴をあげ、階段の途中で足を止めました。その直後、二階の廊下を誰かが駆けていくような気配を感じたのです」

「姿は見なかったのですね。気配だけで」

「そうです。わたしは恐る恐る階段を上がって二階の廊下の様子を窺いました。すると廊下の突き当たりの部屋——おじいさまの書斎ですが——その扉が開きっぱなしになっているのが目に入りました。これは変だと思ったのですが、わたしには書斎を覗き込む勇気がありません。そこで、二階のおじいさまの寝室の扉をノックしました。間もなく姿を現したおじいさまに事情を説明するとおじいさまは、よし判った、といってひとりで書斎に入っていきました」

「なるほど。で、書斎の状況はどうだったのですか、おじいさま」

「君からおじいさまと呼ばれる筋合いはないぞ、鵜飼君！」

旦那様が不愉快そうに顔をゆがめる。「書斎の様子は電話で話したとおりだ。金庫がやられて大事な宝石が盗まれておった。——とにかく現場を見てもらおうか」

旦那様は探偵たちを引き連れて、二階への階段を上がっていく。僕らが後に続こうとするのを見て、楓さんが嬉しそうに微笑んだ。

「あら、あなたたちも現場が見たいの？　いいわ、いらっしゃい」そういって楓さんは僕とアイちゃんを両手で抱きかかえた。「モモもくる？」

母さんはワンと鳴いて、勢い良く階段を駆け上がった。

旦那様はきれい好きな方で、書斎は隅々まで整理が行き届いていた。そんな中、金庫の扉だけがだらしなく開きっぱなしになっている。床の上に転がる洒落たガラスケース。ただし表面のガラスは粉々に割れており、ケースの中身は空っぽ。ガラスの破片だけが金庫の周りに飛び散っていた。その様子を見るなり、鵜飼が語りはじめた。

「なるほど。犯人は金庫を開けて、ガラスケースの中の宝石を盗もうとした。その際、ガラスケースを床に落として、大きな音を立ててしまった。慌てた犯人は金庫を開けっ放しのまま、宝石だけを手にして廊下に駆け出した。偶然、階段のところにいたお嬢さんが、その音を聞き、犯人の気配を感じた――といったところですね」

「さすが名探偵。まさに君のいうとおりじゃ」

すると、いままで黙って聞いていた流平が、不思議そうな顔で素朴な質問。

「金庫の扉って、そんなに簡単に開くものなんですか」

「とんでもない。この金庫は特別製じゃ。これを見たまえ」そういって旦那様は一本の鍵を取り出した。「金庫の鍵じゃ。現代のハイテク技術を駆使した最新式の鍵でな、合鍵が存在するということはまずあり得ない」

旦那様はその鍵でもって金庫の扉に鍵を掛けてみせた。金庫の扉はびくともしない。その様子を見て、流平があらためて首を捻《ひね》る。

「不思議ですね、鵜飼さん。犯人はいったいどうやって、この最新式の金庫を開けることができたんでしょう？　さては金庫破りのプロの犯行ですかね？」

「いや、そうとは限らないよ」鵜飼は慎重に首を振って、旦那様のほうを向いた。「ところで先生、その金庫の鍵は普段どちらに？」

「ふむ、鍵の保管場所はここじゃ」旦那様は最新式の鍵を自分の机の引き出しに仕舞って、玩具みたいな小さな鍵を掛けた。「どうじゃね、鵜飼君」

「どうじゃねって……」鵜飼は呆れたように呟くと、胸のポケットから小さなピンを取り出した。「ちょっと失礼」鵜飼はピンを引き出しの鍵穴に差し込んでひと捻り。たちまち引き出しは開き、探偵はたった五秒で最新式の鍵を手に入れた。「意味ありませんね、先生」

「う、ううむ……じゃがな、鍵を手に入れただけではこの金庫は開かんのじゃよ。ダイヤルの数字を合わせなければならない。しかも数字の組み合わせは無数にあるのじゃ」

「ほう。やっていただけますか」

「いいとも」旦那様は金庫のダイヤルに手を掛けた。「ええと、番号は確か右に三十二……あれ……いや、違うな……おお、そうじゃ、こんなこともあろうかと……おい、鵜飼君、さっきの引き出しにメモが入っとるじゃろ」

「ああ、これですか？」鵜飼は引き出しの中から白い紙を取り出し、読み上げた。「右に三十六、左に十四、右に二十二」

「それじゃ！　ええと、右に三十六っと……」

「もう結構です、先生」

鵜飼はやれやれというように首を振って、助手のほうを向いた。

「見てのとおりだよ、流平君。金庫破りのプロでなくても、この金庫は誰でも開けることができたわけだ」

「うーん、なるほどー、これって金庫の恰好をした、ただの箱だったんですねー」

流平はむしろ感心したように腕を組む。楓さんは申し訳なさそうに身体を小さくして、探偵たちに頭を下げた。

「すみません、探偵さん。おじいさまったら、最近すっかりモウロクしてしまって……」

「こらッ、楓！　モウロクとはなんじゃ！　わしはモウロクなどしておらんぞ」

失敬な、とばかりに目を吊り上げる旦那様の隣で、鵜飼がのほほんとした笑顔で頷いた。

「そうですよ、お嬢さん、べつに先生はモウロクしたわけではありません。この人は昔からだいたいこんな感じだったのですから」

「まあ、それを聞いて安心いたしました！」

ホッと胸を撫で下ろす楓さんを見ながら、僕は隣にいるアイちゃんにそっと耳打ちした。

「よかった。僕らも安心だね」

「馬鹿、安心するところじゃないって」

アイちゃんの後ろで母さんも黙って頷いた。


「ところで素朴な疑問なんですが」と、流平が旦那様に尋ねた。「宝石が盗まれたのなら、立派な窃盗事件ですよね。なぜ警察に届けないんですか」

「おお、青年よ、それはじゃな、警察よりも鵜飼君のほうが優秀だからじゃよ。なにしろ鵜飼杜夫《もりお》といえば、烏賊川《いかがわ》市でいちばんの名探偵と評判じゃ――」

「…………」一瞬、奇妙な間があってから、流平はせせら笑うようにフンと鼻を鳴らして鵜飼の発言を無視した。「どうなんですか、花見小路さん、実際のところは」と鵜飼がいった。

「本当は警察に届けるべきなんじゃろうが、そうはしたくないのじゃ」

と、今度こそ旦那様が答えた。「さっきの楓の話から判るとおり、犯人が犯行直後に二階の廊下にいたことは間違いない。そのとき階段には楓がいたから、犯人は階段を使って一階に下りることはできなかった。では、二階の窓から飛び下りて逃げたのか。ところが、それも無理なのじゃ。というのも、その時点で屋敷の周りはすでにかなりの雪が降り積もっておった。わしは犯行の直後、楓を二階の廊下に残して、ひとりで屋敷の周りを見て回った。だが犯人の足跡などはひとつもなかった。降る雪が足跡を覆い隠したのでもない。雪はもうだいぶ弱まっていたからな。つまり犯人は二階から飛び下りて逃げたのではない。ということは――」

「内部の者の犯行ということです。間違いありません」鵜飼は子供の僕にも判る結論を偉そうに口にした。

「うむ。残念ながら、そう考えるしかないようじゃ。もし警察を呼べば、花見小路家の身内の恥を晒《さら》すことになる。それは避けたい。だから仕方なく鵜飼君を呼んだのじゃ」

「仕方なく、とはなんですか、仕方なくとは！」鵜飼は鼻息を荒くすると、「まあ、いいでしょう。要するに容疑者は昨夜、屋敷の二階で寝泊まりしていた人物というわけだ。で、それは誰なんです？」

「二階で寝泊まりしていた人物は、わしと楓を除けば二人だけ。運転手の小松秀則《ひでのり》、それから親戚の溝口勇作という若い男じゃ」

「運転手の小松さんというのは、先ほど玄関でわたしを出迎えた人ですね。この家では、運転手が住み込みなのですか」

「いや、いまだけじゃ。というのも息子夫婦、つまり楓の両親が、いま二人して学園の仕事で海外出張へいっておる。その間、屋敷にはわしと楓の二人きり。あまりに無用心なので小松に泊まり込んでもらっておるのじゃ」

「じゃあ溝口勇作さんというのは？」

「あいつは勝手にやってきた。溝口は新しい事業をはじめたいなどといって、このところ再三うちを訪ねてきては金をせびっておる。もちろん、わしはそのたびに断っているが、性懲りもなくやってくる。あれでも親戚には違いないから無下《むげ》にはできん。訪ねてくれば何日か泊めてやることもある。昨夜もそうじゃった」

「ほう、なにやら怪しい臭いのする人物ですね。容疑者としては申し分ない」

身を乗り出す鵜飼を旦那様が押し留める。

「いや、君に依頼したいのは犯人捜しではなく、むしろ宝石捜しなのじゃ」

「といいますと？」

「昨夜、この事件が内部の者の犯行であると確信したわしは、すぐに二階にいた溝口と小松を叩き起こし、部屋から出るように命じた。もちろん身体検査は入念におこなった。着ている服はもちろん、口の中や耳の穴まで調べたほどじゃ。そうやって何も持っていないことを確認した上で、二人を部屋から追い出し、そのまま彼らの部屋に鍵を掛けた。判るじゃろ、この意味が」

「なるほど。溝口と小松、どちらが犯人であるにせよ、盗んだ宝石はその鍵の掛かった部屋の中に残されているはず。つまり部屋を調べて、宝石が出てきたほうが犯人というわけですね。先生にしてはなかなか気の利いたやり方です。で、どうでした？」

「うむ、わしと楓はさっそく手分けして二つの部屋をくまなく調べたのじゃが……」

「宝石は出てこなかった、というわけですね。なるほど。肝心の宝石が出てこないのでは、どうしようもない」

「ちょっと待ってください」流平が質問を挟む。「犯人は盗んだ宝石を自分の部屋以外の場所に隠したんじゃありませんか。例えば、廊下とか二階の他の部屋とか」

これには楓さんが首を振った。

「いいえ、廊下には物を隠せそうな場所はありません。それに時間的に見て、犯人が他の部屋に出入りする機会はなかったと思います。犯行の際に大きな音を響かせてしまった犯人は、自分の部屋にまっすぐ戻るのが精一杯だったはずです。そして事件の直後、確かに溝口さんも小松さんも自分の部屋にいました。だから、わたしとおじいさまは二人の部屋だけを調べればよかったのです。ところが不思議なことに、どちらの部屋からも宝石は出てきません。そうこうするうちに夜が明けてしまって……それで仕方なく探偵さんを呼ぶことにしたのです」

「お嬢さんまで、仕方なく、ですか……」鵜飼は少し傷ついた表情を見せてから、気を取り直すように顔を上げた。「事情はだいたい判りました。要するに二人の部屋をもう一度調べなおして、盗まれた宝石を捜し出せばいいのですね。簡単じゃないですか。で、二人の部屋はどこです？」

「この書斎を出て三つ目の部屋が小松、四つ目が溝口じゃ」旦那様はそういいながら身に付けていた二本の鍵を鵜飼に手渡した。「部屋の鍵じゃ。二つの鍵はわしが肌身離さず持っていた。よって、溝口と小松は部屋から追い出されて以降、いまに至るまで、自分の部屋に一歩も足を踏み入れておらん。宝石はまだ彼らの部屋のどちらかにあるはずじゃ。ぜひとも捜し出してくれたまえ」

「お任せください、先生。どうやら話を聞く限りでは、この事件、ポーの『盗まれた手紙』のパターンを踏襲する事件のようです。ならば、そう難しくはありません。きっと御期待に応えてさしあげますよ」

鵜飼は自信ありげに拳を胸に当てると、すぐさま傍《かたわ》らの青年に声を掛けた。

「よし、いくぞ、流平君。二つの部屋を徹底的に調べ上げるのだ」

鵜飼探偵とその助手流平は、威勢良く書斎の扉を開け放ち、廊下に飛び出していった。

「大丈夫なのかしら、あの二人……」

二人の出ていった扉を見つめながら、心配そうに呟く楓さん。その呟きが終わるか終わらないかというところに、再び書斎の扉が勢い良く開かれ、「やあ、大事なことを忘れてましたよ、先生」と鵜飼が顔を覗かせた。

「盗まれた宝石というのはダイヤモンドの指輪ですよね？」

旦那様が溜め息まじりに首を振った。

「ルビーじゃよ。真っ赤なルビーの裸石じゃ。ダイヤでも指輪でもない」

3

予想に反して、探偵たちの宝石捜しは難航している様子だった。数時間が経過したころ、探偵たちは途方に暮れた表情で廊下に現れ、疲れた顔を寄せて首を振った。そんな探偵たちのもとに一階から現れた溝口勇作が歩み寄り、勝ち誇った笑みを浮かべた。

「どうだい、探偵さん。俺の部屋から宝石は出てきたかい？　その顔じゃ、何も見つからなかったらしいな。そりゃそうだ。そもそも俺は盗みなんか働いていない。あのじいさんは俺がやったに違いないと思い込んでいるようだが、見当違いも甚《はなは》だしい。探偵さんもいい加減諦めて、俺の無実を認めてくれないか」

「ふむ。認めてあげてもいいのですが、その場合、どうなるのでしょうね、この事件」

「簡単だ。犯人は小松っていう運転手さ。俺が無実なら犯人はあいつしかいない」

「小松さんの部屋なら僕が隅々まで捜しました」流平が二人の話に割って入る。「でも、やっぱりルビーは見つかりません」

「じゃあ、二人とも無実ってことだ。犯人はルビーを握り締めて、屋敷の外に逃走した」

「雪の上に足跡をいっさい残さずに？　それは不可能です」鵜飼が首を振る。

「じゃあ、なんだっていうんだ！　犯人は盗んだルビーを煙のように消したとでも？　ふん、馬鹿馬鹿しい！　とにかく、犯人は俺じゃない。捜すんなら小松の部屋だ。そっちを念入りに捜したほうがいいぜ」

溝口勇作はそういい残すと、乱暴な足音を響かせながら階段を駆け下りていった。

僕はその後ろ姿を見送ってから尋ねた。「母さんは、あの男をどう思う？」

「さあ、いまのところはなんともいえないわね」母さんは慎重な様子で首を振った。「確かに溝口勇作は嫌な男だけど、証拠もないのに犯人にはできないもの」

「証拠となるのは、やっぱりルビーよね」アイちゃんはどこか楽しそうだ。「探偵さんたちの手で、うまく見つけられればいいけれど」

アイちゃんのいうとおりだ。僕らは期待を込めた視線を探偵たちに送った。すると——探偵である鵜飼は助手の青年にいきなりこう尋ねた。「流平君は、あの男をどう思う？」

「さあ、いまのところはなんともいえませんね。確かに溝口勇作は嫌な男ですけど、証拠もないのに犯人にはできませんからね」

「証拠となるのは、やっぱりルビーだな。僕らの手で、うまく見つけられればいいのだが」

「…………」あまりのことに僕は思わず絶叫した。「た、大変だ、アイちゃん！　この人たち、僕らとほとんど同じレベルだよ！」

「ホントだぁ！　動物レベルだぁ！」

「ぐ、偶然よ！　ただの偶然だから心配いらないわ！　うろたえちゃ駄目！」

母さんは僕らを落ち着かせようと必死で《偶然》を訴える。

そんな僕らの動揺などに構うことなく、探偵たちは再び溝口の部屋の扉を開けて中へと入っていく。チャンス。僕らは扉が閉まる寸前に、素早く身を躍らせた。侵入成功。僕らは溝口勇作の部屋の様子をこの目で見る機会を得た。

その部屋はいわゆる客間で、ベッド、テレビ、テーブル、椅子など最小限の家具だけが置かれたガランとした空間だった。テーブルの上にはワインの瓶とグラス。ゆうべ溝口が面白がって僕に飲ませたワインだ。ラベルに見覚えがあるから間違いない。見ているだけで、僕はまた胸がムカムカしてきて吐き気をもよおした。「ぐえッ……」

しかし探偵たちは僕らの存在に気づかないまま、窓の外を眺めながら話をはじめた。僕らはベッドの陰に隠れるようにしながら、二人の会話に聞き耳を立てた。

「鵜飼さん、これだけ捜して見つからないということは、もはや残された可能性は二つだけだと思うんですよ」

「ほう、二つというと？」

「まずひとつ目。切羽詰った犯人は、盗んだ宝石を窓の外に放り捨てた、という可能性です。宝石を持っていれば犯人と見なされる。窃盗犯として警察に突き出されるよりは捨てたほうがマシ、と犯人は考えたんです」

「ふむ。確かに可能性はある。しかし苦労して手に入れた宝石を、そう簡単に外に捨てたりするかな？　後になって拾える確証はないんだぞ——おや!?」窓の外を眺めていた鵜飼が、ふいに声をあげた。「小松の部屋にはベランダがあるんだな。こっちの部屋は転落防止用の鉄柵があるだけなのに——」

「普通でしょ。全部の部屋にベランダがあったら逆に変ですよ。団地じゃあるまいに」

「そりゃそうだけど。流平君、あのベランダはちゃんと調べたんだろうね」

「もちろんですよ。ベランダにはなにもありません。エアコンの室外機が置いてあっただけ。ルビーなんて転がっていませんでした」

「そうか。――で、二つ目の可能性は？」

「荒業《あらわざ》なんですがね。切羽詰った犯人は、盗んだ宝石を口の中に放り込んだ！」

「ん!? 先生は容疑者たちの口の中まで調べたといっていたが」

「いえ、口の中に宝石を隠した、といってるんじゃありません。犯人は宝石を食べちゃったんですよ。宝石は犯人の胃袋の中です」

「なるほど、荒業だ。しかしルビーというやつは、要するに硬い石ころなんだよ。石ころって、人間がそう簡単に飲み込めるものかな――むッ！」突然、鵜飼は話を止めて振り向いた。「誰だ、そこにいるのは！」

まるで暗闇で殺人犯と遭遇したかのように身構える鵜飼。しかし、僕らがベッドの端からぞろぞろと姿を見せると、彼は拍子抜けしたように溜め息を漏らした。

「なんだ、さっき廊下にいた犬たちだな。いったい、いつの間に入ってきたんだ。駄目じゃないか――こら、んん、おーよしよし、よーしよしよしよーしよーし、よーしよしよしよしよし、よーしよーし、よしよしよしよし――」

「撫で回しすぎですよ、鵜飼さん！　どんだけ犬好きなんですか！　ほら、犬だって嫌がってるじゃないですか！」

「だってうちの事務所じゃ犬は飼えないし、触《さわ》れるときに触っておかないと——ん⁉」

その瞬間、ふいに鵜飼の表情が強張《こわば》った。彼は僕の顔をじっと見つめていたかと思うと、急に立ち上がり、黙ったままその場で円を描くようにウロウロ。やがて考えが纏《まと》まったのか、何度も頷きながら嬉しそうに声をあげた。

「そうか。うん、判ったぞ、流平君。いや、待てよ、まだそうと決まったわけじゃないか。しかし、可能性はある……」

「どうしたんです、鵜飼さん？」

「なに、君のいった可能性のほかに、もうひとつ違った可能性があると思ってね。とにかく、確かめてみる価値はあると思うよ。うん、こうしちゃいられない！」

鵜飼はひとり言のように呟くと、いきなり部屋を出ていった。残された流平は、わけが判らないというように無言のまま首を捻る。

もちろん僕にも探偵の行動は理解できない。

その日の夜。旦那様は突然外出の支度をはじめた。なんでも、友人と一緒に猟をする約束があって、いまさら断れないのだという。猟をするなら狩猟犬である母さんの出番だ。

猟銃を肩に担いだ旦那様が母さんを連れて出掛けるのを、僕と楓さんが玄関で見送る。

「何もこんな夜に出掛けなくても……」

「すまない、楓。だが心配は要らない。万が一のときに備えて、鵜飼君にひと晩屋敷の警備を頼んである。頼りない男だが、番犬の代わりにはなるだろう。では、いってくるよ」

片手を挙げる旦那様の傍らで、母さんが僕の顔をぺろりと舐める。

「じゃ、いってくるわね、マー君。母さんがいなくても、ひとりで眠れるでしょ」

「うん、大丈夫だよ。母さんも頑張ってね」僕は笑顔で答える。内心は不安だったけど。

旦那様と母さんは迎えにきた車に乗って、屋敷を出ていった。僕と楓さんは不安な気持ちを抱えながら、玄関から屋敷の中へと戻った。廊下を進むと、どこからか聞こえるいびき声。

「誰かしら……」

楓さんが食堂を覗く。空になったワイン瓶を前にして、探偵が居眠りをはじめていた。

その夜は僕にとって、とりわけ長い夜だった。普段は狭苦しい犬小屋も、母さんがいないとやけにだだっ広く感じて、心細い。そんな僕を見てアイちゃんは、「情けないわねー、それでも男の子？」と偉そうなことをいう。本当にこの子は僕より年下の癖に、お姉さん気取りだ。でも、こういう場面では彼女のそういうところが、妙に頼もしかったりする。

僕は犬小屋の片隅でアイちゃんと寄り添うように寝た。最初は不安でなかなか寝付けなかったけれど、それでも眠りはやがて訪れる。僕は普段より少し浅い眠りについた。

そうして何時間が経過したのかは判らない。僕は暗闇の中でふいに目覚めた。犬小屋の近くに人の気配を感じたからだ。僕は顔を持ち上げ、あたりの様子を窺った。確かに誰かいる。雪の解けた地面を踏みしめる人間の足音。犬小屋のすぐ外だ。楓さん？　いや、違う。楓さんの足音なら、僕は聞いただけでそれと判る。じゃあ、いったい誰だ。今夜、屋敷にいる人間は楓さんの他は、溝口、小松、それから鵜飼探偵の三人だけ——

そう思った瞬間、犬小屋の入口から一本の手がぬっと伸びてきた。男の手だ。その手は眠っているアイちゃん目掛けてまっすぐに伸びていき、彼女の首のあたりを摑みかけた。

大変だ！　アイちゃんが危ない！　僕は恐怖心を振り払い、その誰のものだか判らない手に無我夢中で食らいついた。このッ、このッ、アイちゃんから手を離せ！

「痛ッ！　畜生め！」

腹立たしげな男の声。伸ばされた手が、ひるんだように引っ込められる。だが、それで諦めるような相手ではない。男は再び小屋の中に手を伸ばしてくる。そのとき、ようやく危険を察知したアイちゃんが目を覚ました。アイちゃんは目の前に差し出された男の手を見るなり、大きな声で恐怖の叫びを上げた。

「なによ、これ！　どうしたの！　きゃあ！　やめて！　があ！　やめてったら！　があ があ！　やめなさいよ！　があがあがあ、があがあがあ、がーがーがー、がーがーがー」

アイちゃんが小さな羽をいっぱいに広げて、犬小屋の中を跳ね回る。暗く狭い空間に白い羽毛が舞い上がる。落ち着いて、アイちゃん！　だけどアイちゃんの鳴き声はやまない。

そのとき突然、犬小屋の外から呑気そうな調子で話しかける男の声があった。

「おやおや、こんな真夜中に、いったいなにをなさっているのです？」

ハッと息を呑む声。男は手を引っ込め、慌てて立ち上がった。「だ、誰だ！」

「僕ですよ僕、鵜飼です」犬小屋の外、木立の暗闇から姿を現したのは例の探偵だった。鵜飼は男のほうに歩み寄りながら尋ねた。「その鳥を捕まえて、どうなさるおつもりです？」

「くそッ、罠か！」男は吐き出すようにいうと、鵜飼とは反対の方角に脱兎《だつと》のごとく駆け出した。だが、十メートルもいかないうちに、「う、うわああ！」

暗闇の中から弾丸のように飛び出してきた黒い影。男は悲鳴をあげて立ちすくむ。黒い影は唸り声を上げながら男の足に食らいつく。男は一歩も動けなくなり、怯えた声をあげながらその場にヘナヘナとしゃがみこんだ。

「よし、もういい！　やめるんじゃ！」

突然響く旦那様の声。男の足をくわえていた黒い影は、号令に従って男から離れた。黒い影の正体は――

「母さん！」僕は呆気に取られながら母さんのもとに駆け寄った。

母さんの傍らで男がうなだれていた。

4

それからしばらくの後、花見小路家の居間には、旦那様と楓さん、鵜飼探偵が集まっていた。もちろん僕と母さんもいる。アイちゃんもいまは落ち着きを取り戻している。

「いったいどういうことじゃ、鵜飼君。わしにも判るように説明してくれたまえ」

旦那様は探偵に説明を求めた。その傍らで、僕は母さんに説明を求めていた。

「どういうことなの？　母さんは旦那様と一緒に猟に出掛けたんじゃなかったの？」

「母さんにもよく判らないんだけれど、猟というのは嘘だったみたい。旦那様は出かけたフリをしただけで、すぐに屋敷に戻ったの。きっと犯人に罠を仕掛けたのね」

確かに母さんのいうとおりらしい。その罠に掛かったのは運転手の小松秀則だった。だけど、それはどういう罠だったのだろう。なぜ小松がアイちゃんを襲ったのか。僕には小松がアヒルの子をいじめる理由が判らない。

探偵は旦那様を前にして説明をはじめた。

「時間的にも空間的にも限られた状況の中で、犯人はどうやって盗んだ宝石を隠すことができたか。それが今回の事件のポイントです。しかし容疑者たちの部屋の中をどれほど捜し回っても、宝石は出てこなかった。そのとき流平君が二つの可能性を示唆してくれました。ひとつは、犯人が宝石を窓の外に放り捨てた可能性。もうひとつは犯人が宝石を飲み込んでしまった可能性です。しかし、それを聞いたわたしはもうひとつ、第三の可能性を思い浮かべました。それはいわば、流平君の提示した二つの可能性をひとつに合体させるようなやり方。と同時に有名な密輸のトリックの応用なのですが――」

「密輸のトリックじゃと？」

「ええ、アヒルとダイヤモンドの話。知りませんか？　要するに、海外で仕入れたダイヤをアヒルに飲み込ませて国内に持ち込むって手口です。後でアヒルの腹を裂いてダイヤを取り出すわけですね。まあ、現在ではたぶん通用しない手口でしょうが。――さあ、ここまでお話すれば、もうお判りでしょう」

「そうか！　だんだん判ってきたぞ」旦那様はゆっくりとした口調で自らの考えを口にし

た。「犯人はわしの書斎から宝石を盗み出した。その際、大きな音を立ててしまった犯人は、慌てて自分の部屋に逃げ戻った。このまま宝石を手元に置いていてはまずいと思った犯人は、そのとき偶然、ベランダにアヒルの姿を見つけた。咄嗟《とっさ》にアヒルを使った密輸のトリックを思い浮かべた犯人は、アヒルに宝石を飲み込ませ、そしてそのアヒルを外に放った。だから、屋敷の周りの雪は綺麗なままだった――そういうわけじゃな」

「さすが先生、なかなかの推理です。特に、犯人は偶然ベランダにいたアヒルを利用した、と考えた点は鋭い。実際、犯人にしてみれば、大きな音を立ててしまったのは想定外のミスなのですから、前もってトリックの種を用意できたはずはない。先生のいわれるとおり、犯人は咄嗟の機転を利かせたのでしょう。しかしながら先生、恥をかかせるようで忍びないのですが――アヒルは空を飛べませんよ」

「う！」

「飛べないアヒルがどうやって二階のベランダに偶然現れるんですか。それに、飛べないアヒルを外に放ったところで、真下に落っこちて雪の上に派手な痕跡を残すだけですよ。そんなことも判んないっすか、先生？」

「ええい、ちょっと勘違いしただけじゃい！　ネチネチと責めるでない！　だいたい、犯人がアヒルのトリックを使ったといったのは君じゃないか。それに実際、小松はアイちゃんを捕まえようとしておったじゃないか。小松はアイちゃんを捕まえて、腹の中のルビーを取り出そうとしておったのだ。違うかね」

「先生、わたしはこの事件の犯人がアヒルを使ったなんていってませんよ。それに、小松はアイちゃんを捕まえようとしていたわけではありません。犬小屋の中に手を突っ込んだら、寝ていたアイちゃんに偶然手が触れただけでしょう。小松の狙いはアヒルのアイちゃんではなく、一緒に寝ていたマー君ですよ。マー君は、たぶんあれ、真鴨《まがも》ですよね」

え？

僕は一瞬耳を疑った。鵜飼探偵はいまとても奇妙なことをいったようだ。

僕が真鴨？　真鴨って何？　鳥だよね？　僕が鳥だって？　意味が判らない。僕は犬だよ。母さんが犬なんだから、僕だって犬に決まってるじゃないか。ねえ、母さん――「僕は犬だよね？」

しかし、母さんは悲しそうな顔で首を左右に振った。

「探偵さんのいうとおりよ、マー君。あなたは犬じゃない。鳥よ。真鴨なの」

嘘――僕は頭の中が真っ白になった。

「そうです。確かにマー君は真鴨です」楓さんがとどめを刺すようにいった。

「あのー、話は逸れますが、なぜ花見小路家では真鴨をペットにしてるのですか？」

「それにはちょっとした経緯があります。あれは昨年の春、おじいさまの狩猟にわたしがついていった際の出来事でした。わたしたちは、親のいない鳥の巣の中で、ちょうど一羽の雛鳥《ひなどり》が卵の殻を破って出てくるところに遭遇したのです。雛鳥は顔を出した瞬間、おじいさまの連れていたモモを見たようでした。——探偵さんは御存知でしょうか、刷り込みというのを」

「生まれて最初に見た動く物体を母親だと思い込む現象ですね。一部の鳥などに顕著に見られる——ははあ、ということは」

「ええ。その雛鳥は生まれて最初にモモを見た。それ以来、モモのことを母親と思い込んでしまったのです。わたしはその雛鳥のことを不憫《ふびん》に思い、家に連れ帰ってペットとして飼うことにしました。それがマー君です。マー君はいまでもモモのことを母親だと思っているようです。ひょっとすると自分自身のことを犬だと思っているのかもしれません」

楓さんの話に鵜飼はひとつ大きく頷いてから、話を事件に戻した。

「マー君が自分のことを犬と思っているか鳥と思っているかは、この際、問題ではありません。問題なのは、犯人がトリックに使用した鳥はアヒルか真鴨か、という点です。しかし、先ほどもいったようにアヒルでは無理です。家畜であるアヒルは飛べませんからね。一方、真鴨は野生動物です。空を飛べる羽がある。もちろん犬を母親と思い込んで育ったマー君は、野生の真鴨のように大空を飛び回ることはできないでしょう。それでも二階の窓に飛び上がるくらいはできるでしょうし、二階の窓から放てば五メートルや十メートルは滑空できるはず。それだけ飛べば、建物のまわりの雪に痕跡を残さずに済む。建物からだいぶ離れた場所に小さな鳥の足跡が残るだけです。間違いありません。小松は偶然ベランダに見つけた真鴨のマー君にルビーを飲み込ませて外に放った。これが真実です」

「ううむ、そうだったのか」

「さて、そんなふうに推理したわたしは、犯人に罠を仕掛けました。犯人はなるべく早くマー君のお腹の中から宝石を取り出したいと思っているはず。その場合、最大の障害はマー君といつも一緒に行動している恐い恐いお母さん、モモの存在です。そこで、わたしは今夜、先生にモモを連れて狩猟に出掛けるフリをしていただきました。犯人にしてみれば絶好のチャンスと映ったことでしょう。案の定、小松はマー君の寝ている犬小屋に手を伸ばした。そうすることによってかえって自らの罪を露呈してしまった、というわけです」

「見事じゃ、鵜飼君。しかし君は小松が犯人であることに気がついていたのかね。それとも、捕まえてみたら小松だった、ということなのかね。わしはむしろ犯人は溝口のほうだとばかり思っていたのじゃが」

「わたしは、ほぼ小松で間違いないと思っていましたよ。なぜなら、溝口の部屋にはベランダがない。窓には転落防止の柵があるだけ。しかしながら真鴨は水鳥です。水かきのついた足ではスズメのように柵にとまることすらできない。だから、マー君が溝口の部屋の窓に姿を現すことは無理がある。よってマー君を利用できたのは小松のほうだと考えたわけです。普段、犬小屋で寝ているマー君が、なぜ昨夜に限って小松の部屋のベランダにいたのか、その点だけが謎ですけどね」

探偵は話を終えた。旦那様も楓さんも大きく頷いている。でも僕は頷けない。

嘘だ、嘘だ。そんなはずはない。これはなにかの間違いだ。昨夜、僕は普段と同じように犬小屋で眠っていた。小松の部屋のベランダにいたわけがないじゃないか。ねえ、母さん――「僕はずっと犬小屋で寝てたよね？」

しかし、今度も母さんは悲しげな眸《め》をしたまま、首を振った。

「ゆうべのあなたはワインのせいで酔っ払っていた。だから覚えていないと思うけど、あなたは昨日の真夜中、ひとりで急に起き上がり、犬小屋の外に出ると大きく羽を広げたの。母さんは夢うつつのまま、それを見ていたわ。朝になって、目が覚めたときには、あなたはちゃんと犬小屋にいて、いつものように母さんの隣で眠っていた。だから、母さんもあれは夢だったのかと思っていたのだけれど……やっぱり間違いなかったのね。マー君、あなたはゆうべ酔っ払ったまま外に出て、その羽で少しだけ空を飛んだのよ」

ああ、母さんまでそんなことを！　僕は恐ろしい言葉を聞いたように激しく首を振った。

「嘘だ、嘘だ。僕は犬だ。僕は犬だ。飛べるもんか、飛べるもんか、飛べるもんか！」

「なにいってんのよ！　いい加減にしなさい！」僕の様子を傍らで見ていたアイちゃんが、痺《しび》れを切らしたように叫んだ。「ほら、よく見なさいよ。あんたはあたしより立派な羽を持ってるじゃない。くちばしだって、ほら、あたしのとよく似てる。あんたは犬じゃないの。真鴨よ。あたしと同じ鳥なの。だから、あたしたち仲良しなんじゃない。楓さんはあんたと友達になれるように、わざわざアヒルのあたしを連れてきたのよ。もしもあんたが犬なら、楓さんだってアヒルじゃなくて雌犬を連れてくるわよ」

「違う。違う。僕は鳥じゃない。鳥じゃない。真鴨じゃない。真鴨なんかであるもんか。僕は犬だ。僕は犬だ。僕は犬が、僕は犬があ、僕は犬があッ、があッ、があッ、があがあ、があがあがあ、があがあがあ、がーがーがー、がーがーがー」狂ったように鳴きわめく僕の身体に、そのとき異変が起こった。「があッ！」

今朝起きたときから感じていた胸のムカムカ、お腹のゴロゴロ。それが猛烈な吐き気となって、身体の奥からせりあがってきた。僕はひと際激しい鳴き声とともに、異物を吐き出した。

「――ぐわあッ」

僕の口から飛び出した物体。すぐさま探偵が僕の前に歩みより、床に転がったそれを指先で拾い上げた。「ああ、これは好都合。おかげでこの子の腹を裂かずに済みましたよ」

探偵は背広の袖で丁寧にそれを拭《ぬぐ》って、旦那様の目の前に掲げた。

それは小さく輝く赤い石。ルビーだった。

僕がゆうべ空を飛んだことのなによりの証拠だ。

僕はもう鳴くのをやめた。そして母さんに尋ねた。

「やっぱり僕は鳥なんだね」

「そうよ。あなたは鳥よ。真鴨なの」

「犬じゃないんだね」

「そうよ。あなたは犬じゃないわ」

母さんの口調はキッパリとしていながら、普段と同じように優しい。僕は勇気を振り絞って、いちばん大切なことを尋ねた。

「僕が犬じゃないなら、母さんは僕の母さんじゃなくなるの？」

「馬鹿なこといわないで。あなたが鳥だろうと犬だろうと、わたしの子供であることに変わりはないでしょ」

母さんの言葉を聞いて、僕の眸《ひとみ》にじんわりと熱いものがこみ上げてきた。よかった。

僕は真鴨で母さんは犬で、だから僕は母さんのような狩猟犬にはなれないと思うけれど、それでも僕らは親子なんだ。いままでもそうだったし、これからもそうなんだ。

僕は嬉し涙を隠すように「があ」とひと声高らかに鳴いた。

アイちゃんも一緒になって「があ」と鳴く。

母さんは僕の顔をぺろりと舐めて「わん」と鳴き、嬉しそうに大きく尻尾を振った。

解説

福田雄一《ふくだゆういち》
（劇作家・放送作家）

原作のドラマ化に際して、脚本を担当したというだけで東川先生の本に解説なるものを書かせて頂くなど、本当におこがましい話である。そう。僕には到底《とうてい》、先生の書いたものに解説なんてことをすることは出来ない。それでも、テレビ朝日のプロデューサーから「解説、書きませんか？」と言われた時には「書きます！」と即答してしまった。完全に後悔している。でも、なぜに書きたかったかというと、それは先生の小説が好きだからである。

だってさ！　あなたが例えば、福山雅治《ふくやままさはる》のファンだとしよう。で！　ＣＤ発売に際して、今回のＣＤへの感想を広告に載せてみませんか？　って言われたら「はい！」って言うでしょ？　それと同じ事ですよ。何が悪いんですか、僕が書いて！

……うんうん。よしよし、勇気が湧いてきたぞ。ただなあ～～、福山雅治でふと思ったけど、東野圭吾《ひがしのけいご》の小説の解説を、脚本家の福田靖《やすし》先生が書くなら話はわかる。余談だが、とっても有名な映画製作会社ＲＯＢＯＴというところ（踊る大捜査線、海猿、ＡＬＷＡＹＳなどを作っている）で、福田靖先生は「いい福田」僕は「悪い福田」と呼ばれている。そうなんだ。僕ごときは悪い福田なんであって、やはりおこがましさはつきまとう。ああ、辛い。

……いや、しかし、待てよ。偶然にも先生にも「東」の字が……。東野圭吾、東川篤哉……もしかすると、先生も基本的にギャグ路線だし、出版界では東野先生を「いい東」、東川先生を「悪い東」と呼んでいるかもしれない。そうだ。そう思って思いきって書かせて頂こう。さらに余談で言うと、先生と僕は同じ歳だ。いろいろと偶然はある。偶然は幾度かの重なりを経て、必然になる。よしっ！　書くぞっっ!!

さて、そんなわけでようやく本題です。『はやく名探偵になりたい』と題されたこの本。5つのいかがわしいエピソードが収録されている。シリーズ名にふさわしく、どれもこれもいかがわしいエピソードだ。本当に誤解しないで頂きたい！　本当にとてもいい意味で敢《あ》えて言わせて頂くと、先生の推理小説の最大の魅力は、最後に謎解きされる時の「えっっ!?!?　そんなことかよっっ!!」感である。引っ張りに引っ張って、そこかよっっ!!　的な？　先生の本がバカ売れしていることから察するに、この一点において超ハマっている読者が多いに違いない。

僕たち、映画、テレビの世界では「くだらない」という言葉は全面的に褒《ほ》め言葉として使われる。それでいうと、東川ミステリーのトリックはおそろしく「くだらない」のだ。僕はこの一点において激しく先生に嫉妬する。

ここで私事をひとつ。僕は5年前に「33分探偵」というドラマを作った。「なんだ、そのタイトルは？」と思われるだろう。堂本剛《どうもとつよし》扮する名探偵？　鞍馬《くらま》六郎《ろくろう》は毎度警視庁の大田原《おおたわら》警部の依頼を受けて、殺人現場にかけつける。しかし、かけつけた直後に事件は解決する。そう。簡単な事件なのだ。毎回。でも、六郎は、それでは放送時間の残りをどうしたらいいのか？　ということを考える。そして宣言する。「俺が33分持たせてやる！」と。そうなのだ。「33分」とは、このドラマ枠の実尺。枠の時間からＣＭの時間を抜いた時間だ。で、六郎は何をするかというと、この簡単な事件において「他に真犯人がいるかも」という線を探って、罪のない人たちにがんがん疑いをかけていく。その際に六郎はミステリーマニアたる知識をフルに使って疑いをかけた人間がしたかもしれないとんでもなくくだらなく、とんでもなく実現性の薄いトリックを提案するのだ。

ちなみにこのドラマ、フジテレビ史上最もくだらないドラマという勲章を頂き、その後もこれ以上にくだらないドラマはフジテレビにおいて放送されていない。ぶっちゃけ、当時はいろんな人に言われた。「よくこんな発想が出ましたねえ」とか「メタミステリーの傑作だよ！」とか。なんだか知らんが当の僕も「奇才」みたいな言われ方をするようになったのも、この作品からだった気がする。そしてまた僕も思ってた。「ミステリーをここまでおちょくった作品を作ったのは僕が初めてだろうな」と……。

しかし、後にそれが大きな間違いだったことに気付く。そう……。僕なんかよりはるか以前に、ミステリーという歴史と「無茶さ」を逆手に取って、ミステリー、トリックをギャグとして発表していた作家がいたのだ。それが東川先生だった。デビュー作である『密室の鍵貸します』で披露される謎解きがそれで、まあ、それはそれはくだらない。

今回のエピソードに収録されるトリックもトリックで相当くだらなくて、僕は先生がくだらないトリックを書けば書くほど嫉妬する。そこで、今回のドラマ化である。僕は誓った。「くだらない師匠」である東川作品のベースをお借りして、僕の「くだらないパワー」をフルスイングして勝負を挑もう！　と。

原作では比較的影の薄い二宮朱美《にのみやあけみ》に剛力彩芽《ごうりきあやめ》を迎えて、原作よりも若干品のいい玉木《たまき》・鵜飼《うかい》に対して、うっとーしいほどくだらない推理を投げかけることにした。僕の考えたくだらない推理を経て、最後に先生の書かれたくだらない結末に向かっていく。これはギャグミステリーのパイオニアである先生とコラボレーションさせて頂くという意味ではそ――と――に幸せなことだ。今、ドラマの脚本はというと、ちょうど半分を書き終えたあたりだ。パソコンの前に座るたびに先生の偉大さに押しつぶされそうになるが、なにくそとふんばって書き進める日々だ。ああ「はやく立派なギャグミステリー作家になりたい」っつ!!

初出

藤枝邸の完全なる密室　「ジャーロ」四十二号（二〇一一年夏号）
時速四十キロの密室　『新・本格推理 特別編』光文社文庫（二〇〇九年三月刊）
七つのビールケースの問題　「ジャーロ」四十号（二〇一〇年冬号）
雀の森の異常な夜　「ジャーロ」四十一号（二〇一一年春号）
宝石泥棒と母の悲しみ　「ジャーロ」三十一号（二〇〇八年春号）

二〇一一年九月　光文社刊

光文社文庫

はやく名《めい》探《たん》偵《てい》になりたい

著者　東《ひがし》川《がわ》篤《とく》哉《や》

2014年1月20日　初版1刷発行

発行者　駒井　稔
印刷　萩原印刷
製本　ナショナル製本

発行所　株式会社　光文社
〒112-8011　東京都文京区音羽1-16-6
電話（03）5395-8149　編集部
8113　書籍販売部
8125　業務部

落丁本・乱丁本は業務部にご連絡くだされば、お取替えいたします。
ISBN978-4-334-76676-4　Printed in Japan

組版　萩原印刷

お願い　光文社文庫をお読みになって、いかがでございましたか。「読後の感想」を編集部あてに、ぜひお送りください。
　このほか光文社文庫では、どんな本をお読みになりましたか。これから、どういう本をご希望ですか。どの本も、誤植がないようつとめていますが、もしお気づきの点がございましたら、お教えください。ご職業、ご年齢などもお書きそえいただければ幸いです。当社の規定により本来の目的以外に使用せず、大切に扱わせていただきます。

光文社文庫編集部